Helmut Schwarzer *Ein vager Verdacht*

Helmut Schwarzer

Ein vager Verdacht

Kriminalroman

*Für meine Enkelkinder
Sandra, Marcel, Maria und Fin*

© 2014 Helmut Schwarzer
Satz und Layout: Buch&media GmbH, München
Umschlaggestaltung: Bianka Schwarzer
Herstellung und Verlag: BoD – Books on Demand
Printed in Germany · ISBN 978-3-7357-6942-8

Noch heute erinnere ich mich gut an den Sommer 2001 und wie es damals begonnen hat. So viel Gewalt, so viel Leid. Da ich nur am Rande in das Geschehen involviert war, haben mich Heinz Grunder und Kurt Hollmann gebeten, diese Begebenheiten möglichst genau und ohne weiteres Beiwerk zu Papier zu bringen. Natürlich habe ich alle Namen geändert, sodass jede Ähnlichkeit mit verstorbenen oder noch lebenden Personen rein zufällig ist.

***

Langsam lenkte Hendrik Pilgrim seinen dunklen Jaguar XJ in Richtung Frankfurter Innenstadt. Suchend nahm sein Blick den Bürgersteig auf. »Da ist sie ja«, sagte er leise, als er punktgenau vor einer brünetten Frau, die im Lichtschein der Schaufenster wartete, zum Stehen kam. Sie öffnete die Tür und ließ sich auf dem mit weißem Leder bezogenen Beifahrersitz nieder. Behutsam setzte sich der schwere Wagen wieder in Bewegung und ordnete sich in den fließenden Verkehr ein.

»Ich bin Luzie – wir haben gestern telefoniert. Fahren wir zu Ihnen?«, fragte die junge Frau, während sie ihren kurzen Rock zurechtrückte und etwas weiter hochschob, sodass ihre makellosen Oberschenkel bis zur Hälfte zu sehen waren.

»Was? – nein, das geht auf gar keinen Fall – wir bleiben in meinem Auto.« Pilgrims Tonfall ließ keine Widerrede zu.

»Ja gut – dann besorge ich es Ihnen gleich hier ...«, kam die kurze, schnippische Antwort. »Kostet aber etwas mehr, Sie verstehen ...«, setzte sie eilig hinzu.

Der Wagen fuhr weiter in Richtung Innenstadt und bog nach

einer Weile rechts ab. »Das kenne ich hier, da hinten sind Grünanlagen, da war ich schon mal«, sagte Luzie und warf einen Blick auf den jugendlich wirkenden Freier neben ihr. Sorgfältig taxierte Pilgrim die Umgebung und konstatierte zufrieden, dass um diese Zeit nicht mehr viel los war. Am Ende der Straße parkte er den Jaguar. Sein Herz schlug in freudiger Erwartung bis zum Hals, obwohl es für ihn inzwischen zur Routine geworden war, sich mit jungen Frauen auf diese Art zu vergnügen. Die Gefahr, in einer eindeutigen Situation entdeckt zu werden, war für Pilgrim der besondere Nervenkitzel. Sanft ließ er die Lehne seines Sitzes in eine bequeme Schräglage gleiten und legte erwartungsfroh die rechte Hand auf das Schulterblatt der jungen Begleiterin, die ihren Kopf auf seinen gut trainierten, festen Bauch legte. Pilgrim roch das verführerische Parfüm, was ihn noch mehr auf Touren brachte. Fast gefühlvoll durchstreiften seine Finger ihre halblangen brünetten Haare. Sein Blick ging prüfend über das Armaturenbrett nach draußen, dann in den Außenspiegel, den er nachjustiert hatte – niemand war in der Nähe.

Na dann mal los, dachte er. Luzie richtete sich auf, zog ihre Jacke aus und öffnete langsam – Knopf für Knopf – ihre Bluse, in dem Bewusstsein, dass alle Aufmerksamkeit in diesem Moment auf ihrem schlanken Körper ruhte. Sie war sich ihrer Wirkung auf Männer bewusst. »Soll es denn etwas Besonderes sein?«, hauchte sie leise mit einer Stimme, die Pilgrim dahinschmelzen ließ.

»Das überlasse ich ganz dir, Kleine. Mir ist alles recht – du machst das schon ...«

»In Ordnung«, flüsterte Luzie bedeutungsvoll und legte den Kopf auf seine Brust. Ihre schlanken Hände suchten zielsicher die Gürtelschnalle der teuren Anzughose und trotz der langen künstlichen Fingernägel öffnete sie geschickt den Reißverschluss.

Pilgrims Hand glitt unter ihre Bluse und spürte den warmen Rücken. Voller Leidenschaft tastete er nach dem Verschluss von Luzies Büstenhalter und öffnete ihn geschickt. Er fühlte sich wie ein Pennäler beim ersten Mal. Aufstöhnend überließ sich Pilgrim seinen Gefühlen. Plötzlich tauchte ein Lichtschein das Innere des Wagens in eine diffuse Atmosphäre. Pilgrim sah in den Rückspiegel und erkannte die Lampe eines Mopeds, das sich rasch näherte und laut knatternd an ihnen vorbeifuhr. Kurz danach wurde der Innenraum des Jaguars von einem Scheinwerfer grell erhellt. Ein Auto raste mit hohem Tempo an ihnen vorbei. Pilgrim wollte schon erleichtert seine Aufmerksamkeit wieder ganz Luzie widmen, als er sah, wie das Auto vor ihm den Mopedfahrer erfasste. Im Schein einer Straßenlaterne konnte Pilgrim entsetzt sehen, wie der Mann von seinem Gefährt gerissen wurde. Mit brachialer Gewalt knallte der Körper auf dem Fußweg auf und blieb regungslos im fahlen Licht liegen. Das Moped rollte noch ein Stück alleine weiter und verschwand in der Dunkelheit der Grünanlage. Pilgrim war wie erstarrt, wohin gehend Luzie sich immer noch darauf konzentrierte, ihn in Stimmung zu bringen. Mit quietschenden Reifen bremste der Fahrer des Autos, löschte das Scheinwerferlicht und stieg aus. Suchend ging er um seinen Wagen herum, blieb an der rechten Frontseite des Kotflügels stehen und begutachtete ihn gründlich. Dann richtete er sich auf, blickte verstohlen die Straße auf und ab. Es war offensichtlich, dass er sich völlig unbeobachtet fühlte. Erst jetzt näherte sich der Mann dem am Boden liegenden Mopedfahrer und beugte sich über ihn. Wieder schaute er sich nach allen Seiten um, richtete sich auf und stieß mit seiner Schuhspitze gegen den leblosen Körper am Boden. Der Fahrer ging zurück zu seinem Auto, stützte sich auf den Kofferraum und spähte nochmals in alle Richtungen. Instinktiv rutschte Pilgrim ein Stück hinunter und lugte vorsichtig durch das Lenkradkreuz auf die vor ihm liegende makabere Szene.

Das hat mir gerade noch gefehlt – ein Unfall und ich als wahrscheinlich einziger Zeuge. Seine Gedanken rasten. *Wie soll ich plausibel machen, was ich hier gemacht habe. Völlig unmöglich ist das. Ein Staatsanwalt am Oberlandesgericht mit einer Prostituierten in der Öffentlichkeit – dann noch in so einer eindeutigen Situation. Nein, das geht wirklich nicht – auf gar keinen Fall! Andererseits habe ich jedoch die verdammte Pflicht ...* Weiter kam er nicht, denn die Ereignisse auf der Straße zogen wieder seine Aufmerksamkeit auf sich.

»Was ist?«, fragte Luzie, die bemerkt hatte, dass ihr Freier nicht so recht bei der Sache war.

»Nichts, mach' weiter«, sagte Pilgrim barsch.

Das Unfallopfer lag noch immer regungslos auf dem Fußweg. Hastig ging der Fahrer zur Frontseite seines Wagens und tastete den Schweinwerfer ab. Dann bückte er sich. Offenbar, so dachte Pilgrim, hatte er etwas gefunden. Nach kurzer Zeit war der Fahrer wieder zu erkennen. Hastig ließ er etwas in seiner Jackentasche verschwinden, stieg in seinen Wagen und schloss behutsam die Tür. Dann fuhr er zügig ohne das Licht einzuschalten los. Für ihn schien das Schicksal des Opfers offensichtlich besiegelt. Und jetzt zögerte Pilgrim keine Sekunde mehr – er musste diesem Kerl nach.

»He, Luzie, es ist vorbei – Schluss jetzt!« Pilgrim schob energisch die junge Frau von sich, richtete seinen Sitz wieder auf und startete den Motor. Ohne das Unfallopfer am Boden weiter zu beachten machte er sich daran, dem Auto nachzufahren.

Luzie war eingeschnappt: »Gefällt es dem *Herrn* etwa nicht? Ich meine – ich mühe mich hier ab und mache, aber der gnädige Herr sagt einfach ›Schluss‹.«

»Ja, sieh' zu, dass du verschwindest. Ich habe etwas Wichtiges zu erledigen.«

»Was ist mit meinem Geld?«, fragte Luzie, während sie sich eilig ihre Bluse zuknöpfte und die Jacke hastig über die Schultern legte.

Der Verfolgte war inzwischen auf der breiten Hauptstraße angekommen, hatte das Scheinwerferlicht wieder eingeschaltet und beschleunigte schwungvoll. Pilgrim heftete sich ihm an die Fersen und folgte in gebührendem Abstand weiter in Richtung Frankfurter Altstadt.

»Also, was ist denn jetzt mit meinem Geld?«, fragte Luzie schnippisch, wenn auch mit belegter und verängstigter Stimme. Pilgrim griff ohne das Lenkrad mit der Linken loszulassen in die Reverstasche seines Jacketts, angelte hastig einen 50-Markschein heraus und reichte ihn ihr. »Hier, nimm, mach schnell! Ich hab' keine Zeit!«

Der Verfolgte vor ihm kam gerade an eine große Kreuzung, deren Ampel auf Rot zeigte.

Diesen Moment nutzte Pilgrim und wies mit der Hand nach vorne. »Da ist eine Telefonzelle. Ich lass' dich da raus, verstanden?«, sagte er kurz angebunden. Sein Blick war starr auf das Auto vor ihm gerichtet.

Luzie stand schon auf dem Bürgersteig, als Pilgrim ihr hastig die Handtasche hinterherwarf, die sie gerade noch auffangen konnte.

»Und wie komme ich jetzt nach Hause?« Luzies Stimme klang weinerlich.

»Mit einem Taxi!«, rief Pilgrim unbeherrscht. Luzie knallte die Beifahrertür zu und trat hastig einige Schritte zurück, denn Pilgrim war schon wieder gestartet.

Nach einiger Zeit bog der Wagen vor ihm in eine Seitenstraße ein und verlangsamte sein Tempo. *Was machst du hier in dieser verwahrlosten Gegend?*, dachte Pilgrim und bemühte sich, gebührend Abstand zu halten, um nicht vom Verfolgten gesehen zu werden.

Plötzlich hielt der Wagen vor einem Gebäude, das offensichtlich schon bessere Zeiten gesehen hatte und schaltete das Scheinwerferlicht aus. Auf dem Vorplatz hatte wohl einmal eine Tankstelle gestanden, deren Dasein im Zuge der Städtebaureform beendet worden war. Auch Pilgrim stoppte, schaltete das Licht aus und wartete im Dunklen, was geschehen würde. Plötzlich setzte sich der von ihm Verfolgte wieder in Bewegung und fuhr langsam hinter dem Vorplatz auf das Grundstück.

Pilgrim überlegte nicht lange. Er stieg aus, rückte sein Sakko zurecht und ging eilig in die Richtung, in der sein Zielobjekt verschwunden war. Vorsichtig schaute er um die Hausecke in einen unaufgeräumten Innenhof, auf dem das Auto des Unfallfahrers jetzt stehengeblieben war. In diesem Moment ging im hinteren Gebäudeteil das Licht an und der ganze Hof war grell ausgeleuchtet. Pilgrim konnte gerade noch im Schatten eines Mauervorsprungs der Toreinfahrt verschwinden. Vorsichtig sondierte er das Umfeld. Ein heruntergekommenes Firmenschild mit der altmodischen, teilweise abgeblätterten Aufschrift »Karosseriebau und Lackierungen Becker« wies über einer großen Doppeltür auf bessere Tage hin. Der Hofplatz selbst war mit Schrottwagen vollgestellt und machte einen ziemlich verlotterten Eindruck.

Auf einmal öffnete sich die große Doppeltür, der Wagen startete und verschwand dahinter. Sorgfältig den Hofplatz kontrollierend, zog ein älterer Mann anschließend die Türflügel wieder zu und ließ sie krachend ins Schloss fallen. Gespenstische Ruhe kehrte wieder ein. Pilgrim zündete sich nervös eine Zigarette an. *Und jetzt?* Irgendwie hatte er keinen rechten Plan, aber es drängte ihn unwiderstehlich, seine Verfolgungsjagd jetzt nicht aufzugeben. Er warf die Zigarette auf den Boden und trat sie mit seinem italienischen Designerschuh aus. Bemüht, keinen Laut zu verursachen, schlich sich Pilgrim im Schutz der Dunkelheit am Gebäude vorbei. Sein Ziel war ein großes vergittertes Fenster neben der Doppeltür, hinter der das Auto gerade eben verschwunden war. Glücklicherweise stand eine Palette mit alten Autoreifen davor, sodass Pilgrim hinaufklettern und ins Innere spähen konnte. Da das Fenster einen Spalt weit geöffnet war, konnte er auch gut hören, was dahinter gesprochen wurde.

Pilgrim erkannte eine Werkstatt, die wohl vor vielen Jahren einmal modern gewesen sein musste. Jetzt war der rote, mit Klinkern ausgelegte Fußboden an manchen Stellen durch eingetretene Altölspuren richtiggehend unappetitlich geworden.

An der gegenüberliegenden Seite des Fensters an dem Pilgrim

stand, befand sich eine lange Werkbank, davor eine Grube. Rechterhand der Halle stand eine Hebebühne mit einem aufgebockten Auto. In der Mitte der Werkstatt parkte der von Pilgrim verfolgte Unfallwagen. Der Fahrer und der ältere Mann, der ihm geöffnet hatte, unterhielten sich lautstark.

»Warum kommst du Schwachkopf gerade hierher? Direkt zu mir?«, fragte der Ältere und tippte sich vielsagend an die Stirn.

»Ja wo hätte ich denn hingehen sollen? Kannst du mir das vielleicht sagen? Auf jeden Fall muss die Karre weg – und das möglichst schnell!«, brüllte ihn der jüngere Mann an.

»Was hast du denn überhaupt gemacht? Sind deine ›Geschäfte‹ schiefgegangen?«, fragte der Ältere jetzt etwas ruhiger, offensichtlich darauf bedacht, die Situation zu entschärfen und seinen Gesprächspartner nicht weiter zu reizen.

»Nein, ist alles in Ordnung. Aber ein Typ auf seinem Moped ist mir in Bornheim dazwischengekommen.«

»Ein Unfall? Und was ist mit ihm? Tot?«

»Keine Ahnung Mann. Er hat sich jedenfalls nicht mehr gerührt. Schöne Scheiße.«

»Sehe schon, der Scheinwerfer ist kaputt. Hast du die Scherben mitgenommen?« Prüfend und ohne auch nur die geringste Gefühlsregung zu zeigen ging der Ältere um den Wagen herum.

»Klar, bin doch nicht blöd. Was denkst du denn?«

»Na, besonders clever war das ja wohl nicht, was du dir da geleistet hast. Hat dich jemand gesehen?«, fragte der Ältere eindringlich.

»Nee, war keiner da.«

»Was machst du überhaupt in der Ecke – und das um diese Zeit?«

»Na ›Geschäfte‹, wie du eben so treffend bemerkt hast. Ich kam gerade von Alex, du kennst die Kneipe, und da …« Weiter kam er nicht.

»Was ist mit dem Typ und dem Moped?«, unterbrach der Ältere den Redeschwall. »Hast du dich um den gekümmert?«

»Hätte ich vielleicht in dieser Situation die Bullen rufen sollen? Mit so viel Bier in der Birne?«

»Na«, der Ältere machte eine abfällige Handbewegung, »du hättest ja vielleicht einen Krankenwagen rufen können. Dafür brauchst du nicht einmal deinen Namen zu nennen. Die rufen dann die Bullen und alles wäre geritzt. Aber was soll's – so bist du nun mal. Ich sage dir, was wir jetzt machen werden: Wir nehmen die Nummernschilder ab und holen das Öl raus, dann bringe ich den Wagen morgen zu Schmidtke.«

»Ich kann keine weiteren Mitwisser brauchen.«

»Mann! – Schmidtke ist der Mann fürs Grobe – draußen an der 661. So, nun räum' aber die Karre endlich leer, ich nehme die Schilder ab. Den Rest mache ich dann morgen in der Früh.«

Der Ältere ging zur Werkbank, durchwühlte dort einen unaufgeräumten Werkzeughaufen und kam mit einem Schraubendreher wieder.

Pilgrim konnte das Nummernschild gut erkennen und holte einen Kugelschreiber aus seiner Jackentasche. Er schob die Plastikhülle von einer Zigarettenschachtel und notierte sich darauf das Kennzeichen F-PB 721. Er war sich sicher, dass ihm diese Information einmal von Nutzen sein würde.

»Was ist mit der Motornummer?«, fragte der Jüngere, als er die Sachen aus dem Handschuhfach auf einen Werkzeugwagen legte.

»Ich hab' dir doch gerade gesagt, dass ich alles vorbereite. Ich nehm' das Schild mit der Fahrgestellnummer weg und die Motornummer wird auch weggefeilt. Die Nummer am Rahmen schneid' ich mit der Trennscheibe 'raus. Die Karre kommt dann auf den Trailer unter die Plane und wenn sie dann morgen bei Schmidtke ist und er die Kohle von dir hat – das kostet übrigens wieder ein paar Mark –, dann ist sie endgültig Geschichte, kapiert?«, brummelte der Ältere.

»Ist ja gut! Ich gebe dir morgen Nachmittag das Geld, aber ich brauche einen Ersatzwagen – hast du einen für mich?«

»Hm«, überlegte der Ältere. »Draußen steht ein Omega, der ist

zugelassen und hat noch eineinhalb Jahre TÜV. Den kannst du nehmen – wenn du willst. Der kostet dich aber 'ne Kleinigkeit.«
»Ja, okay, ich nehme ihn – danke!«
Plötzlich erstarrte der Ältere in seinen Bewegungen und sah zum Fenster. »Sag mal«, begann er langsam, »ist dir auch wirklich niemand gefolgt? Mir war so ...« Er schüttelte den Kopf. »Aber ich hör' wahrscheinlich schon wieder Gespenster.«
»Ich hab' dir gesagt, dass ich allein war.«
»Ja, hast du gesagt. Ich dachte ja auch nur ...«
»Wo steht denn der Omega?«
»Draußen auf dem Hof.«
Pilgrim fuhr erschreckt zusammen. Vorsichtig stieg er von seinem Beobachtungsposten herunter und war froh, wieder festen Boden unter den Füßen zu haben. Als er jedoch an seinem Bein heruntersah merkte er, dass er mit einem Schuh in einer schmierigen Pfütze stand. »Verdammter Mist«, fluchte er leise und ging zu einer Rasenfläche, die sich an der Grundstücksgrenze befand. Mühsam wischte er sich die Ölspuren von seinem italienischen Schuh. Er wollte den Hof gerade verlassen, als sich die große Doppeltür quietschend und ächzend öffnete. Schnell duckte sich Pilgrim hinter einem Mauervorsprung. Er wagte kaum zu atmen.
»Wo steht der Omega?«, hörte er den Jüngeren.
»Dort hinten! Mist, ich habe die Schlüssel vergessen. Bin gleich wieder da.«
Beide Männer verschwanden wieder im Innern der Werkstatt. Diese Gelegenheit nutzte Pilgrim. Er schlich sich vorsichtig an der Mauer entlang – den Blick starr auf die Tür gerichtet – zurück zur Straße. Als er vor seinem Auto stand, atmete er tief durch. »Geschafft«, entfuhr es ihm erleichtert. »Jetzt aber ab nach Hause.« Der Jaguar setzte sich in Richtung Königstein in Bewegung und glitt nach etwa einer halben Stunde fast lautlos auf ein parkähnliches Grundstück zu, das von einem eisernen Rolltor an der Straße begrenzt wurde. Mit einem Summen gab das Gitter den Weg frei. Langsam fuhr Pilgrim über den knirschenden Kiesweg

durch die alten Platanenreihen bis zum imposanten Eingangsportal seiner Villa. Der durch antikisierende Säulen getragene Frontbalkon verlieh dem Gebäude eine ganz besondere edle Note. Pilgrim sah auf seine Armbanduhr. *Hm, gleich halb vier.* Er lauschte den ersten Vögeln, die mit ihrem Gesang den Morgen einleiteten. Aber an Schlaf war nicht zu denken, zu sehr hatten ihn die Ereignisse der Nacht aufgewühlt. Pilgrim wollte sich erst noch einen Schluck genehmigen und ging daher in sein großzügiges, mit teuren Antiquitäten und Designermöbeln ausgestattetes Wohnzimmer. Am Servierwagen blieb er stehen und suchte zwischen den vielen halbvollen Flaschen nach einem Tropfen, der seinem Geschmack gerecht wurde. Er griff sich die Flasche mit dem Brandy und schenkte sich ein großes Glas ein. Zielstrebig ging Pilgrim zu einem alten Lehnstuhl, nahm sich die Fernbedienung für die Musikanlage und trank einen Schluck. Dezent tönte Mozarts »Kleine Nachtmusik« aus den Boxen und Pilgrim ließ die nächtlichen Vorkommnisse noch einmal Revue passieren.

Ich hätte den Unfall zur Anzeige bringen müssen, klar, grübelte er. *Na ja, vielleicht ist der arme Teufel schon gefunden worden und alles ist wieder in bester Ordnung.* Er stellte das Glas auf den Tisch und zündete sich nachdenklich eine Zigarette an. Nachdem er den Brandy ausgetrunken hatte, goss er sich noch einen weiteren Drink ein und versank wieder in Gedanken. *Kein Mensch weiß, dass ich vor Ort war. Die Kleine wird sicher nichts sagen, sie hat ja von der ganzen Sache gar nichts mitbekommen.* Pilgrim trank entschlossen das nächste Glas leer und füllte es noch ein weiteres Mal voll. Er griff zur Zigarettenschachtel, doch die war leer. Gerade, als er sie zusammenknüllen wollte, fiel sein Blick auf die Rückseite der Pappschachtel. F-PB 721 stand da in schnell hingeworfener Schrift. Pilgrim sah nachdenklich auf die Notiz. Ein völlig neuer Gedanke begann allmählich in ihm zu reifen. Langsam erhob er sich, ging zum Servierwagen und schenkte sich noch einen Brandy ein. Sein Weg führte ihn jetzt zum Sofa. Er riss eine neue Zigarettenschachtel auf und sank nachdenklich wieder zurück in die gemütlichen Polster. Ein Blick auf seine Armbanduhr verriet ihm, dass es bereits 6 Uhr in der Früh war. Mit der Wirkung des Alkohols überkam Pilgrim eine bleierne Müdigkeit. Er schloss die Augen und schlief augenblicklich tief und traumlos ein.

»Es ist Sonntag und 12 Uhr. Hier das Wetter für Frankfurt und Umgebung.« Von der Radiomeldung geweckt, gähnte Pilgrim laut, streckte sich und tappte schwerfällig ins Bad. Im Spiegel der großen Waschkonsole betrachtete er mit zusammengekniffenen Augen sein Bild. »Zum Schluss der Meldung verlesen wir noch eine Mitteilung der Polizei, die um Mithilfe aus der Bevölkerung bittet: ›In der Nacht zum Sonntag ist es im Stadtteil Bornheim zu einem Verkehrsunfall gekommen. Der Fahrer eines Mopeds wurde hierbei tödlich verletzt. Der Unfallbeteiligte hat sich durch Fahrerflucht entzogen. Die Polizei bittet jetzt die Bevölkerung um Mithilfe. Wer etwas beobachtet hat, möge sachdienliche Hinweise an die nächste Polizeidienststelle geben.‹« Pilgrim erstarrte. *Der Mann hätte noch leben können, wenn ich Mumm gehabt und den Unfall gemeldet hätte.* »Niemals darf herauskommen, dass ich das Ganze gesehen habe.« Die letzten Worte brachen so panisch aus ihm heraus, dass er erschrocken zusammenfuhr. Pilgrim machte sich fertig, um den Rest des Tages im Golfclub zu verbringen.

Am frühen Nachmittag verließ Staatsanwalt Pilgrim seine Villa. Er war kein passionierter Golfspieler, im Gegenteil. Was ihn in die erlauchte Gesellschaft des Clubs zog, war allein die Zugehörigkeit zur gehobenen Frankfurter Mittelklasse.

Auf dem Parkplatz konnte er schon an den Autos erkennen wer alles im Club war. Pilgrim nahm mehrere Stufen, die zum Hauptgebäude hinaufführten, auf einmal, oben angekommen öffnete sich die Eingangstür automatisch und er betrat den stilgerecht edel eingerichteten Clubraum. »Guten Tag Simon! Einen Whisky on the Rocks bitte«, sagte er zu dem jungen Mann, der hinter der Bar eifrig Gläser polierte. »Selbstverständlich, Herr Pilgrim«, erwiderte der Barmann ausgesucht freundlich und stellte ein schweres Kristallglas vor den Gast auf den mit Intarsien versehenen Mahagonitresen. Pilgrim lehnte sich im Stehen lässig gegen die goldfarbene Reling der Bar, trank einen Schluck und schaute unauffällig über den Rand des Glases in den Clubraum. Er hoffte, dass Bekannte ihn bemerkten. Vor dem Panoramafenster stand Hermann Veit mit einem Glas in der Hand – vertieft in ein Gespräch. Der Mann, der ihm gegenüberstand, schien aufmerksam seinen Worten zu lauschen. Pilgrim ging auf die beiden zu und streckte die Hand aus. »Guten Tag Onkel Hermann! Schön, dich hier zu treffen.«

»Ja, hallo Hendrik«, begrüßte ihn Hermann Veit, der Juwelier aus dem Frankfurter Westend. »Wie geht es dir? Wir haben uns länger nicht gesehen. Darf ich bekannt machen?« Er wies auf sein Gegenüber. »Das ist Herr Vandenbergh, ein Freund aus Belgien. Er ist schon eine ganze Weile hier in Frankfurt. Wir haben zusammen Geschäfte zu tätigen.«

»Angenehm«, sagte der große, schlanke Mann und reichte Pilgrim freundlich und zuvorkommend die Hand.

»Ganz meinerseits, Herr Vandenbergh«, erwiderte Pilgrim höflich und fuhr fort: »Ich will dann auch gar nicht länger stören.«

Interessiert blickte Vandenbergh Pilgrim nach. Veit folgte seinem Blick und klärte den Belgier auf: »Ach, der Junge hat es wirklich nicht immer leicht gehabt ...« Hermann Veit übernahm das Gespräch während er seinen Blick durch das Fenster, vorbei an seinem Geschäftsfreund, auf das saftige Grün des Golfplatzes schweifen ließ. »Wissen Sie, seinen Vater, Wilhelm Pilgrim, den habe ich gut gekannt. Er war Diplomat in Südafrika mit den besten Beziehungen – da unten wie auch hier, Sie verstehen schon.« Veit fuhr sich nachdenklich durch sein volles, graues Haar und machte eine Pause, bevor er fortfuhr: »Nun, ich war oft geschäftlich in Südafrika. Pilgrim war mir bei Verhandlungen über bestimmte Ausfuhrangelegenheiten behilflich. Er hatte übrigens ganz in der Nähe hier eine Villa geerbt. Der Junge war zu der Zeit in einem Schweizer Internat, kam aber dort nicht so richtig

klar. Nach Beratungen, die wir mit der Internatsleitung und seinem Vater hatten, haben meine Frau Gerlinde und ich den Jungen dann hierher nach Frankfurt an eine Privatschule geholt. Er ist richtig aufgelebt daraufhin und hat auch Freunde gefunden. Nachdem er das Abitur geschafft hatte, waren wir froh, dass er in Heidelberg Jura studieren konnte. Ich denke, es waren sicher die guten Beziehungen seines Vaters, die ihm dann eine Planstelle als Staatsanwalt am Oberlandesgericht, ganz in der Nähe, in Aussicht gestellt haben. Allerdings war diese Stelle zu diesem Zeitpunkt noch nicht frei und Hendrik hat daher zunächst einen Posten in der Beratungsstelle der Polizei angenommen. ›Kriminalprävention‹ hieß das. Er hat dort Anfragen zu Sicherheitstechnik und Alarmanlagen bearbeitet. Er hatte auch eine kompetente Firma bei der Hand, die die Ausführung der Arbeiten vor Ort übernommen haben. Die haben übrigens, auch unser System im Geschäft und zu Hause, in der Villa, auf Vordermann gebracht. Hendrik hat sich da richtig 'reingekniet und er ist auch wirklich topfit in allem, was Anlage- und Tresortechnik betrifft. Wenn ich so sagen darf: die ideale Schaltstelle zwischen uns und den Sicherheitsbehörden.«
Man konnte Veit den Stolz auf seinen Schützling anhören.
»Hat er bei Ihnen gewohnt, als er hier in Frankfurt war?«
»Nein, er ist in der Villa seines Vaters geblieben. Wilhelm hatte eine Hausmeisterfamilie im Souterrain einquartiert. Die Frau hat sich um den Haushalt gekümmert und ihr Mann war für die Außenanlage zuständig. Irgendetwas muss meinen Freund Wilhelm allerdings eines Tages aus der Bahn geworfen haben, denn als ich ihn später in Pretoria noch einmal besucht habe, war er starker Alkoholiker geworden. Das war für Gerlinde und mich ein Schock, das mitansehen zu müssen.«
Nachdenklich drehte Veit sein Glas in den Händen. »Dann kamen‹ später, als er wieder in Frankfurt war, auch noch schwere Depressionen hinzu. Er wurde krank und war die letzten Jahre nur noch ein Schatten seiner selbst.«
»Das ist eine tragische Geschichte, wenn man einen guten

Freund auf diese Weise begleiten muss«, sagte Vandenbergh einfühlsam. »Und was wurde aus seinem Sohn?«

»Ja – wirklich, es war eine schwere Zeit – für uns alle«, bestätigte der Juwelier und blickte ins Leere. Langsam fuhr er fort: »Als Wilhelm sein Amt als Diplomat aufgeben musste, war es um ihn völlig geschehen. Er hat sich von allen Freunden und Bekannten vollkommen zurückgezogen. Eines Tages hat ihn auch noch Lieke, seine Frau, verlassen. Sie hat es wohl nicht mehr ertragen. Meines Wissens ist sie zurück in die Niederlande gegangen, ein Bruder von ihr lebt dort. Wir haben seitdem nichts mehr von ihr gehört. Aber so ist das eben, mein lieber Vandenbergh, die Menschen kommen und gehen wieder. Nach dem Tod von Wilhelm – Herzinfarkt, so die offizielle Version, wissen Sie, ich glaube, der alte Pilgrim wollte einfach nicht mehr – jedenfalls haben wir die Aufgabe übernommen, uns weiter um seinen Sohn zu kümmern. Nun, das taten wir auch – so gut es eben ging.« Die letzten Worte kamen schwer über seine Lippen.

»Ich glaube, er hat in Ihnen einen guten Begleiter gefunden.«

»Ja schon, wenn da nicht die eine oder andere dumme Sache gewesen wäre. Vieles haben wir ja gar nicht gewusst. Eines Tages war Hendrik von der Schule verschwunden – eine Woche, glaube ich – zusammen mit einem Mädel …« Veit stockte kurz, dann fuhr er fort: »Neidhöfer, ja so hieß die Kleine, Neidhöfer. Ihre Eltern haben ein beträchtliches Weingut an der Mosel. Sie war von Hendrik schwanger gewesen. Eine mehr als prekäre Situation. Die beiden waren ja noch halbe Kinder und sollten erst einmal die Schule zu Ende bringen. Jedenfalls sind die beiden für ein paar Tage verschwunden. Meine Frau und ich haben das Mädchen später kennengelernt. Es wirkte sehr verstört und verschlossen. Meine Frau hat damals vermutet, dass wohl etwas sehr Schlimmes mit ihr geschehen sein musste. Was es war – nun mein lieber Freund, das haben wir leider nie erfahren. Natürlich haben wir uns damals große Sorgen gemacht.«

»Und seine Freunde, die wussten auch von nichts?«

»Nein, das hat uns auch sehr gewundert. Es gab da eine Freundin der Kleinen, die später angedeutet hat, Hendrik habe ihre Freundin zu einer Abtreibung in den Niederlanden gezwungen. Aber das konnte ich mir nicht vorstellen – nicht Hendrik!«
»Vielleicht gibt es für alles eine simple Erklärung«, entgegnete der Belgier behutsam. Er schaute auf seine Armbanduhr und leerte sein Glas mit dem Hinweis, dass sie sich ja demnächst auf einer Vernissage in Metz wiedersehen würden. Hermann Veit blickte noch lange durch das große Fenster und schien die Vergangenheit noch einmal greifen zu wollen.

Pilgrim steuerte seinen Jaguar auf den Parkplatz des Oberlandesgerichts. Nachdem er den Pförtner und die Sicherheitseinrichtung passiert hatte, machte er sich schnellen Schritts über die langen Flure des Gebäudes auf den Weg zu seinem Büro. Mit einem gemurmelten »Morgen« hastete er an seiner Sekretärin vorbei und zog die Tür zu seinem Amtszimmer hinter sich zu. Pilgrim legte seine Jacke ab und begann die Akten zu sichten, die auf dem Schreibtisch lagen.

Aber er war unkonzentriert. Immer wieder gingen ihm die Ereignisse der letzten Nacht durch den Kopf. Er durchwühlte seine Taschen und kramte das Stück der Zigarettenschachtel hervor, auf dem er die Autonummer notiert hatte. Nachdenklich drehte er den Karton in der Hand, als seine Sekretärin die Tür öffnete. »Einen Kaffee, Herr Pilgrim?« Instinktiv schob er hastig die Packung unter einen der geöffneten Aktendeckel.

»Ja, natürlich«, kam die knappe Antwort. »Und die Zeitung. Ich bin noch gar nicht auf dem Laufenden.«

Eilig verschwand die Sekretärin und kam mit dem Gewünschten wieder. »Ich sage Ihnen, eine Welt ist das! Da hat es doch bei uns in Bornheim einen Unfall gegeben und der Fahrer ist verschwunden – einfach so.« Sie machte eine ausladende Handbewegung und schnipste mit den Fingern.

»Gibt es Zeugen?«, fragte Pilgrim und suchte die Antwort in ihren sanften Gesichtszügen.

»Nein, nichts. Niemand war in der Nähe. Die Polizei sucht auch schon – es kam auch im Radio und hier in der Zeitung steht auch einiges darüber. Ein junger Mann soll es gewesen sein, der auf seinem Roller angefahren worden ist. Er soll noch an Ort und Stelle verstorben sein, ist das nicht schrecklich, Herr Pilgrim? Wenn man bedenkt, dass er hätte gerettet werden können! Aber weil man ihn anscheinend erst in den Morgenstunden gefunden hat, war alles zu spät.« Sie machte eine bedeutungsvolle Pause.

»Brauchen Sie noch etwas, Herr Pilgrim?«

»Was? Nein. Ich mache mich dann an die Akten.« Pilgrims Stimme drohte zu versagen.

Ich muss den Halter dieses Autos herausfinden – aber wie?, überlegte er, während er ohne wirklich etwas zu lesen in den Akten blätterte. Plötzlich kam ihm eine Idee.

Ein Blick auf die Uhr zeigte ihm, dass es fast Mittag war. Er drückte die grüne Taste seiner Gegensprechanlage und sagte: »Frau Mertens, ich gehe eben zu Tisch.«

Er machte sich auf den Weg zu seinem Anwaltskollegen Dr. Meyer, der gerade dabei war, seine Bürotür abzuschließen als Pilgrim ihn erreichte. Was für ein Glück! So war es ja noch leichter, seinen Plan umzusetzen. Mit einem Redeschwall lenkte Pilgrim Meyer ab. »Wie geht's, wie steht's? Immer noch genug in Sachen Verkehrsdelikte zu tun? Ich wollte gerade zu Tisch, begleiten Sie mich?«

»Ja, ja gerne, Pilgrim. Ich wollte auch gerade …«

»Ja gut, dann los«, fiel Pilgrim ihm barsch ins Wort, legte seine Hand auf die Schulter des Kollegen und schob ihn mit Bedacht in Richtung Lift.

»Ich wollte eben …«

»Wer soll denn schon in Ihr Büro gehen?«

»Da haben Sie recht, mein lieber Pilgrim – wer sollte schon in mein Büro gehen und dort womöglich arbeiten.« Die letzten

Worte verloren sich im Gelächter der beiden. Leise öffnete sich die Fahrstuhltür und die beiden Männer stiegen ein. Plötzlich schlug sich Pilgrim mit der Hand an die Stirn: »Die Akte, ich habe die Akte vergessen! Ich soll gleich nach dem Essen zum Oberstaatsanwalt und habe die Akte nicht mit.« Schnell schob er seinen Fuß in die Lichtschranke des Lifts und wartete, bis sich die Tür wieder ganz geöffnet hatte. »Ich kann ja schon vorgehen«, sagte Meyer. »Wir treffen uns dann in der Kantine.«
»Ja gut«, erwiderte Pilgrim und war schon auf dem Flur. Er wartete, bis sich der Aufzug in Bewegung gesetzt hatte und ging dann rasch zum Büro seines Kollegen zurück. Vorsichtig blickte er den langen Flur entlang – niemand war zu sehen. Schnell trat er ein, ging zum Computer und rief die Verkehrsdatenbank der Ordnungsbehörde auf. *Meyer, du bist unvorsichtig! Hast dich nicht abgemeldet. Gut für mich,* dachte Pilgrim und tippte das Autokennzeichen von seinem Zettel in den PC ein. Sofort gab das System den Namen und die Adresse des Halters bekannt. Eilig notierte sich Pilgrim alle relevanten Daten und ließ den Zettel in seiner Jacketttasche verschwinden. »Mal sehen, mein Freund, wofür wir dich noch brauchen können«, murmelte er vor sich hin, loggte sich wieder aus dem System aus und stellte den ursprünglichen Zustand des Rechners wieder her. Leise begab Pilgrim sich zur Bürotür und lauschte. Nichts war zu hören. Als er jedoch die Klinke langsam herunterdrückte, hörte er plötzlich den Hall von Absätzen, die im Flur auf ihn zukamen. *Nein, bloß nicht hierher.* Er lauschte angestrengt den klackenden Lauten nach, die aber allmählich leiser wurden, bis sie schließlich ganz verstummten. Pilgrim öffnete die Tür, spähte den Gang entlang und ging schnell aus Meyers Büro in sein eigenes, um irgendeine Akte zu holen. Dann marschierte er rasch zum Fahrstuhl und drückte erleichtert die Taste E. Sanft setzte sich der Lift in Bewegung und entließ ihn vor der Kantine.

Suchend sah er sich nach seinem Kollegen um, der am Fenster saß und ihm freundlich zuwinkte. »Hierher, Pilgrim!« Er ging rasch durch die gut besuchte Kantine zu dem ihm zugedachten Platz. Er legte die Akte so ab, dass sein Kollege sie bemerken musste, und erkundigte sich nach dem Tagesmenü.

Nach dem Essen ließ sich Pilgrim mit einem »Na also« zufrieden auf seinem ausladenden, bequemen Drehstuhl nieder. Er zog den Zettel mit den aus Meyers PC erschlichenen Daten aus seiner Tasche. *Janda, Daniel Janda. Ich kenne diesen Namen – Janda – Woher kenne ich den Namen? – Hab' ihn irgendwo gelesen – Kürzlich erst. Da bin ich mir sicher.* Pilgrim lehnte sich zurück, zündete sich eine Zigarette an und ließ seine Gedanken schweifen.

Schließlich schaute er auf den Aktenstapel vor ihm und gab sich einen Ruck. *Irgendwann muss ich ja mal weitermachen. Ungelöste Fälle ... Vor zwei Jahren passiert und ich kann mich nun damit amüsieren.* Er fischte willkürlich eine Akte heraus und blätterte sich lustlos durch die Geschehnisse. Missmutig und desinteressiert legte er den Vorgang wieder zur Seite und nahm sich eine andere Akte vor – als wäre diese besser geeignet.

»Hm«, murmelte Pilgrim vor sich hin. »Stadtteilfest – Einnahmen geraubt – der Veranstalter schwer verletzt – Cateringservice unter Verdacht.« Irgendetwas ließ ihn plötzlich stutzen und konzentriert las er jetzt die weiteren Details. *Sehr merkwürdig! Obwohl man Haare, die dem Hauptverdächtigen zugeordnet werden konnten, am Tatort gefunden hat, haben sie ihn wieder laufen lassen müssen. Er hatte ein Alibi.*

Und dann stockte Pilgrim der Atem. *Daniel Janda.* Da stand schwarz auf weiß der Name, den er sich gerade vorhin in Meyers Büro notiert hatte. Hastig holte er den Zettel mit den Ergebnissen seiner Recherche aus der Sakkotasche. Tatsächlich, es war der gleiche Mann. Wie hieß damals der ermittelnde Beamte? Pilgrim blätterte die Akte durch und fand im vorderen Teil die Namen der Zuständigen, die sich seinerzeit mit dem Fall beschäftigt hatten. Hollmann stand da. Nur zu gut erinnerte er sich an den: *Kurt Hollmann – das Abitur – die Abschlussparty und Karin, die ihren*

Mund nicht halten konnte ... Kann schon mal in einem neuen Jaguar fahren und dann stellt sie sich an, wenn man ihr näher kommen will – Frauen –Vergewaltigung, dass ich nicht lache! Wenn sie nicht das Weite gesucht hätte – ich hätte ihr schon gezeigt, wo's langgeht. In einem Anflug von Nächstenliebe hat Karin sich meiner Jutta angenommen, und die hat natürlich alles erzählt – alles ...

Aber Pilgrim hing seinen Erinnerungen nicht lange nach. Bedächtig nahm er sich die Akten wieder vor und begann jetzt gezielt nach dem Namen Janda zu suchen. Er wurde mehrmals fündig und studierte aufmerksam die Tathergänge. Es erstaunte ihn, wie es Daniel Janda offensichtlich immer wieder gelungen war, die Spuren so zu verwischen, dass er nie hatte belangt werden können.

Seine Hand ging zur Gegensprechanlage. »Ja, Herr Pilgrim?«, hörte er die Stimme seiner Sekretärin.

»Ich bin in der nächsten Stunde außer Haus, Frau Mertens. Wir sehen uns dann morgen früh. Legen Sie mir die erforderlichen Akten für das Gericht heraus.«

»Gerne, Herr Pilgrim ...« Den Rest der Antwort hörte er schon nicht mehr. Schnell zog er sich seinen Mantel an, nahm den Aktenkoffer und verließ sein Amtszimmer. Er schlug den Mantelkragen hoch, senkte den Kopf und verließ das Gelände über den Parkplatz. Sein Ziel war die Telefonzelle an der Ecke. Er blickte die Straße entlang und als er sich sicher war, dass ihn niemand beobachtete, betrat er die Kabine. Nachdem er seinen Zettel aus der Tasche gefischt hatte, gab er die Nummer auf dem Tastaturblock ein. Es dauerte eine Weile, bis sich jemand meldete.

»Ja, hallo?«
»Sind Sie allein, Janda?«
»Wer ist denn da?«
»Ich sage Ihnen was: ICH gebe die Anweisungen und ICH stelle hier die Fragen. Sie tun nur das – und zwar genau das – was ich Ihnen sage. Ansonsten muss ich ein bestimmtes Datum der Öffentlichkeit zugänglich machen. Sie erinnern sich vielleicht an gestern Abend? Haben Sie verstanden?«, sagte er barsch. Auf der

anderen Seite war komplette Stille. Pilgrim hatte langsam mit einer verstellten Stimme gesprochen und war sich seiner Wirkung bewusst. »Ich melde mich mit Anweisungen für Sie in den nächsten Tagen. Halten Sie sich bereit!« Ohne noch eine Antwort abzuwarten drückte er auf die Telefongabel und das Gespräch war unterbrochen. »Das hat gesessen«, sagte er zufrieden und war ein wenig stolz auf sich. Schnell verließ er die Zelle und ging zu seinem Jaguar.

Schwer lag ein herbstlich nasskalter Nebel über der Frankfurter Innenstadt. Hauptkommissar Heinz Grunder war auf dem Weg zu seinem Büro, wo ihm seine Sekretärin schon entgegenstrahlte.

»Guten Morgen, Marion«, wünschte er ihr, während er seinen Mantel auszog und ihn sorgfältig im Wandschrank verstaute.

»Guten Morgen, Herr Grunder! Die Kollegen erwarten Sie schon. Ich mache dann alles fertig für das Treffen morgen mit dem Oberstaatsanwalt.«

»Bestens, danke! Wollen mal sehen, was er sich ausgedacht hat. Übrigens, ist denn Kurt Hollmann schon eingetroffen? Sie wissen ja, ich habe ihn angefordert, weil bei uns eine Planstelle im Raubdezernat frei geworden ist. Ich habe mir gedacht, dass es gut wäre, wenn ich den Jungen in meiner Nähe hätte.« Grunder fügte schnell hinzu: »Vielleicht bin ich aber auch nur sentimental.«

»Ist das *der* Kurt Hollmann, den Sie ...«

»Ja, genau der. Ich hab' mich um den Jungen gekümmert als sein Vater gestorben ist. Erinnern Sie sich? Er ist bei einem Einsatz tödlich verletzt worden. War eine schwere Zeit für uns alle.«

»Er wird sicher noch kommen«, sagte Marion Lange, die Sekretärin, mitfühlend. »Ich bringe die Akten gleich zu Ihnen 'rüber.«

Die Sekretärin nahm ihr Headset ab und begann die Blumen auf der Fensterbank zu gießen. Mit Sorgfalt putzte sie gerade ein Alpenveilchen, als es an der Tür klopfte und ein Mann, Ende zwanzig, eintrat. »Guten Morgen, ich suche Herrn Grunder – Hollmann ist mein Name.«

»Ah ja, Sie werden schon erwartet. Herr Grunder hat bereits nach Ihnen gefragt. Kommen Sie, ich bringe Sie rasch zu ihm. Mein Name ist Lange, Marion Lange, ich bin seine Sekretärin.« Eilig stellte sie die kupferfarbene Gießkanne ab und gab dem jungen Mann freundlich die Hand.

Hollmann erwiderte den Handschlag und lächelte. Er taxierte das Vorzimmer. Es war ihm zur Gewohnheit geworden, sich möglichst viel in kurzer Zeit einzuprägen. Ein Blick genügte, um zu erkennen, dass die blonde Sekretärin viel Arbeit hatte, denn der riesige Aktenstapel auf dem Wagen neben ihrem Schreibtisch sprach für sich. Das große Waschbecken mit dem Wasserboiler darüber und die Kacheln vermittelten ihm den Eindruck, als wären sie Relikte aus den Sechzigerjahren. Ihm fiel auf, dass der Spiegel neben dem Boiler an den Rändern begann, blind zu werden. Auf dem Bord standen neben einer Kaffeemaschine fünf Becher aus Steingut, versehen mit dem Polizeilogo der Dienststelle. Schnell durchlief sein Blick die Anordnung der Akten, die an der Fensterseite in einem Sideboard untergebracht waren.

Mit einem »Kommen Sie bitte, Herr Hollmann«, beendete die blonde junge Frau seinen visuellen Rundgang. »Herr Hollmann ist jetzt da«, meldete sie den Neuankömmling an.

»Gut Marion, machen Sie uns einen Kaffee?«

»Gerne, Herr Grunder.«

Freudestrahlend ging der Oberkommissar auf seinen Schützling zu. Endlich war es soweit, er hatte Kurt wieder in seiner Nähe – vorbei die lange Zeit der Trennung. Sicher, sie hatten sich hin und wieder gesehen, doch die Treffen wurden mit der Zeit seltener, weil es der Dienst oft nicht zuließ. Mal verabredeten sie sich in Frankfurt, dann wieder in Offenbach. Am Ende gaben sie sich immer das Versprechen, nicht wieder so eine lange Zeit bis zum Wiedersehen verstreichen zu lassen, aber der Alltag forderte seinen Tribut und mehr und mehr entfernten sie sich voneinander.

»Ich freue mich wirklich, dass du jetzt hier in Frankfurt bist. Wir haben uns ja seit der Polizeischule nicht mehr gar so oft gesehen. Ich stelle dich gleich den Kollegen vor.« Grunder wandte sich an seine beiden Mitarbeiter. »Meine Sekretärin Marion hast du ja schon kennengelernt. Also, Kollegen, hier haben wir eine gute Verstärkung unseres Teams. Das ist Kurt Hollmann. Ich hab' ja schon erzählt, dass ich ihn von der Dienststelle Offenbach loseisen konnte.«

Hauptkommissar Grunder wies auf einen großen breitschultrigen Mann in einer Lederjacke. »Das ist Peter Stichel.«

»Freut mich! Ich bin Peter.« Die tiefe sonore Stimme passte recht genau zur mächtigen Statur dieses Mannes, ebenso wie der feste Händedruck, den er Kurt gab. Die von der Zeit gezeichneten Ellbogen der Jacke hingegen fügten sich nicht so recht in das sehr gepflegte Äußere des Mannes.

»Und das ist Frank Theuner.« Grunder setzte seine Vorstellungsrunde fort

»Angenehm«, sagte Hollmann.

»Kannst mich auch beim Vornamen nennen«, forderte ihn Theuner auf, »schließlich arbeiten wir zusammen und müssen einander vertrauen. Ich finde, dass das besser geht, wenn man ein persönlicheres Verhältnis zueinander hat.«

»Ja, danke – ich heiße Kurt«, erwiderte Hollmann. Die strahlend blauen Augen in den markanten Gesichtszügen seines Kollegen waren absolut beeindruckend.

»Nachdem wir uns jetzt kennengelernt haben, sollten wir uns den wichtigen Dingen widmen.« Grunder setzte sich seine Brille auf und platzierte sich an der Stirnseite des mitten im Raum aufgestellten großen Konferenztisches. »Ah, da kommt ja auch schon unser Kaffee! Danke Marion!«

»Gerne! Und hier sind die Akten der letzten zwei Jahre. Es sind nur die Einbruchs- und Raubakten. Wenn Sie die anderen auch haben wollen, lasse ich sie eben 'raufholen.« Marion Lange stellte vor jeden der Kollegen einen Becher Kaffee und verließ diskret den Raum.

»Also«, begann Grunder, »wir haben es hier mit einer Einbruchsserie zu tun, die in der letzten Zeit überhandzunehmen scheint. Hinzu kommt noch, dass der letzte Fall«, der Oberkommissar hielt eine Akte hoch, »das Fass offensichtlich zum Überlaufen bringt. Ich gebe euch die Einzelheiten nur grob zur Kenntnis.« Grunder blätterte weiter, ehe er fortfuhr: »Alles Weitere klären wir dann, wenn wir die Strategie entwickeln. Ich sage euch, hier darf nichts schiefgehen, denn der Alte hat sich schon mit der Presse 'rumgeärgert.« Er nahm die Akte und schlug sie auf. »Im Voraus sei gesagt, dass alle Fälle eines gemeinsam haben: Es sind so gut wie keine Einbruchspuren vorhanden. Die Spuren, die wir gefunden haben, scheinen fingiert zu sein.« Er pausierte einen Moment und fuhr dann fort: »Also jetzt geht es um die Sache im Großmarkt. Kurz die Einzelheiten: Das Frischezentrum in Ostend wird unter anderem betrieben von einem Dieter Willrich. Übertragen wurde uns der Fall von der Schutzpolizei, die einen Zusammenhang zu anderen ungeklärten Fällen vermutet hat. Bei 120 Händlern, die dort auf einer riesigen Fläche ihre Waren anbieten, trifft es ausgerechnet einen, der seine Waren stets bar bezahlen wollte. Übrigens auf diese Weise zahlen hier die wenigsten Händler.«

»Ich würde Herrn Willrich gerne noch einmal befragen«, meinte Peter Stichel.

»Ja, mach das. Kannst gleich Kurt mitnehmen, dann lernt ihr euch ein bisschen näher kennen«, entschied Oberkommissar Grunder. »Wir gehen noch einmal intensiv die Akten durch.« Er deutete auf sich und Frank Theuner. »Vielleicht gibt es Gemeinsamkeiten, die wir bisher übersehen haben.«

Als die beiden Kommissare Stichel und Hollmann das Präsidium verließen, regnete es – immer noch oder schon wieder. Stichel schlug sich den schmalen Sakkokragen hoch und ging zügig zu seinem Dienst-BMW. Während der Fahrt hatten die beiden Polizisten Gelegenheit, sich gegenseitig auszufragen.

»Woher kennst du eigentlich den Chef?«

»Nun, mein Vater war auch bei der Polizei, sie waren Kollegen. Heinz, ich meine Herr Grunder, war oft bei uns zu Hause. Beide waren sehr gesellige Menschen und man könnte meinen, sie hätten sich gesucht und gefunden. Eines Tages hat Heinz bei uns geklingelt, ich war gerade aus der Schule heimgekommen. Meine Mutter hat die Tür geöffnet und hat sofort gewusst, was geschehen war. Heinz hat kaum sprechen können, so sehr war er von den Ereignissen mitgenommen gewesen. Lange ist er mit uns schweigend in der Küche gesessen, bevor er reden konnte. Ich hab noch heute seine entsetzlich fremde Stimme im Ohr. Sie sollten einen Mann in Haft nehmenund standen in seiner Wohnung. Der ging zu einem Schrank und sagte noch, dass sie sich gedulden sollen, man würde sich gleich um sie kümmern, als plötzlich ein Schuss fiel. Mein Vater ist zusammengebrochen und kurze Zeit später im Krankenhaus gestorben – er hat das Bewusstsein nicht wiedererlangt. Der Täter ist geflüchtet, konnte aber kurz darauf gefasst werden. Als dann einige Monate später auch meine Mutter gestorben ist – Krebs, Darmkrebs – war ich allein. Heinz hat mich dann zu sich genommen und mir gezeigt, dass das Leben weitergeht. Ich hab' nach dem Abi Jura studiert, na ja, angefangen zu studieren – vier Semester waren es – dann ging es nicht mehr weiter mit mir. Heinz hat dann dafür gesorgt, dass ich nach Offenbach zur Polizei gehen konnte. Dort habe ich mich nach der Polizeischule mit ungeklärten Fällen amüsiert. Der Kontakt zu Heinz, wenn er auch später nur noch lose war, ist nie ganz abgerissen. Ich gebe viel auf sein Wort – auch heute noch. Jetzt hat er mich nach Frankfurt geholt. ›Damit ich dich besser im Blick habe‹, hat er gesagt. Aber ich glaube, er braucht die Nähe zu mir. Er hat ja selber keine Kinder und er sieht mich im Grunde genommen als eine Art Ersatzsohn.«

»Das tut mir alles leid, Kurt«, sagte Stichel und fuhr auf den riesigen Vorplatz der Verkaufshallen. »Hier ist am frühen Morgen der Bär los«, fügte er hinzu und riegelte mit der Fernbedienung das Auto ab. Suchend blickter er sich um und hielt einen Gabelstaplerfahrer auf, der gerade dabei war, Paletten nach draußen zu transportieren. »Sagen Sie, wo finden wir denn den Herrn Dieter Willrich?«

Der Fahrer überlegte kurz und wies mit der Hand in das Innere der Halle. »Ganz durch und dann hinten bei dem gläsernen Bereich ... Da müsste er jetzt gerade sein.«

Die beiden Kommissare durchquerten die riesige Halle und sprachen einen Mann an, der am genannten Ort Papiere sortierte: »Sind Sie Herr Willrich?«

»Wer will das wissen?« Der Mann blickte nicht einmal auf.

»Die Kriminalpolizei. Ich bin Peter Stichel und das ist mein Kollege Kurt Hollmann. Wir würden Sie gerne noch einmal zu dem Einbruch befragen.«

»Einbruch?« Der alte Marktverkäufer hielt jetzt doch in seiner Arbeit inne und wischte sich seine Hände an dem stahlblauen Kittel ab. »Sind Sie da nicht ein bisschen spät dran? Das ist schon so lange her. Haben Sie den Täter? Meinen Mitarbeiter haben Sie ja wieder freigelassen. Der war es ja wohl nicht und meinen Fahrer, der damals bei mir angestellt war, den haben Sie ja gar nicht erst in den engeren Kreis der Kandidaten aufgenommen.«

»Genau, der war es ja auch nicht, wir hatten sein Alibi überprüft. Könnten Sie noch einmal erzählen, was damals genau passiert ist?«

»Ich habe doch schon alles zu Protokoll gegeben.« Willrich war sichtlich ungehalten.

»Richtig, haben Sie«, sagte Peter, »aber manchmal fallen einem noch Dinge ein, wenn etwas Zeit verstrichen ist, an die man nicht gedacht hat – also, wie war es damals genau?«

»Nun, nachts zwischen 3 und 4 Uhr kommen immer die Lastwagen aus den Niederlanden. In jener Nacht allerdings sind sie zu spät gekommen, so gegen 5 Uhr muss das gewesen sein.« Willrich überlegte und fuhr fort: »Ja genau, gegen 5 Uhr war das«, bestätigte er. »Ich weiß das deswegen noch so genau, weil die ersten Händler schon da waren und auf die frische Ware gewartet haben.

Abgeladen haben an diesem Morgen Huber und der Jugoslawe. Janda hat mit dem Sprinter gewartet, damit er die Ware an die Kunden ausliefern konnte, die nicht hierherkommen können. Wissen Sie, wir haben immer zwei Mitarbeiter in der Halle, der Dritte hatte frei. Weil die Laster so spät dran waren, war hier absolute Hektik.«

»Was ist mit dem Geld?«, fragte Kurt.

»Ja, ja, das Geld. Nachdem abgeladen worden war, hab' ich das Fahrrad genommen und bin eben 'rüber zu mir ins Büro – ich hab ja das Büro hier ganz in der Nähe. Ich mach' also den Tresor auf und seh', dass das ganze Geld weg ist. So ungefähr 40.000 Mark müssen es gewesen sein. Ich hab dann auch gleich Ihre Kollegen angerufen. Den Rest kennen Sie ja schon, der steht schließlich auch in den Akten. Wir haben ein Cuttermesser mit den Initialen vom Huber drauf gefunden. Den haben Sie ja dann auch mitgenommen, nur dass er eben nicht der Gesuchte war und der wahre Täter längst über alle Berge verschwinden konnte. Ist immerhin schon einige Zeit her.« Seine braunen Augen blitzten wütend unter den buschigen Augenbrauen hervor.

»Deswegen sind wir ja hier, Herr Willrich«, beschwichtigte Peter Stichel den Marktthändler mit seiner ruhigen Art und betrieb so Deeskalation.

»Haben Sie jemandem die Sicherheitscodes gegeben?«, fragte Kurt. »Arbeitet der Fahrer von damals noch bei Ihnen?«

»Nein, den haben wir entlassen, nachdem er sich eine ganze Zeit krankgemeldet hatte und zur Genesung vier Wochen Urlaub wollte. Das mit den Sicherheitscodes haben mich Ihre Kollegen damals auch gefragt und die Antwort lautet wieder ›Nein‹. Ich habe die Passwörter niemandem gegeben – nicht einmal meine Frau kennt sie. Als wir den Tresor neu bekommen haben, so vor ungefähr zwei oder drei Jahren, ich müsste nachsehen, da haben wir das Sicherungssystem auch gleich erneuert. Haben uns vorher ausgiebig beraten lassen. Nun, was soll ich sagen, die Anlage hat reibungslos funktioniert. Ich hab' das System abgeschaltet und den Schrank geöffnet. Das ist wichtig, weil die Anlage mit dem Schloss des Tresors irgendwie in Verbindung steht. Die Alarmanlage war definitiv an.« Willrich blickte die beiden Beamten durchdringend an.»Wenn man das Sicherungssystem erst einmal begriffen hat, kann man gut damit arbeiten, umso weniger kann ich verstehen, dass der Raub überhaupt passieren konnte.«

»Gut, dann war's das erst einmal, Herr Willrich. Wenn sich was Neues ergibt, informieren wir Sie gerne«, verabschiedete sich Stichel.

Im Wagen erklärte er dann Hollmann, dass es bei dem Einbruch überhaupt keine Spuren gegeben habe.»Keine Fingerabdrücke oder sonstige verwertbare Spuren – nur eben dieses Teppichmesser von dem Mitarbeiter Huber. Unsere Fachleute haben auch keine Manipulation an der Alarmanlage feststellen können. Dass der Betrag tatsächlich im Tresor gelegen haben muss, wissen wir von der Bank. Die hat den Auszahlungsbeleg vom Vortag und die Frau des alten Willrich hat die Auszahlung bestätigt. Außerdem haben andere Händler ausgesagt, dass Willrich immer bar bezahlt hat, weil er dann die für ihn wichtigen Rabatte bekommen hat.«

Im Büro der Kriminalpolizei warteten bereits die beiden anderen Kollegen, als Stichel und Hollmann eintraten.»Hat sich etwas ergeben?«, fragte Grunder.

»Nun ja, wie man's nimmt.« Kurt erzählte kurz, was bei der nochmaligen Befragung herausgekommen war.

»Also nichts Neues. Danke Kurt. Wir waren bei der KTU und haben da noch einmal geforscht.« Grunder hielt inne, runzelte die Stirn und nahm sich bedächtig eine Akte nach der anderen vor, blätterte vor und zurück, dann wieder vor.»Seltsam«, sagte er.»Sehr seltsam. Bei den Verdächtigen, die im weiteren Umfeld zu finden waren, ist immer wieder ein Name aufgetaucht: Janda, Daniel.«

Stichel nahm die Akten auf die Grunder deutete zur Hand und bestätigte:»Ja, er war entweder Zeuge oder bei einer der Firmen beschäftigt, die in irgendeiner Form involviert waren. Häufig war er auch bei den Opfern direkt angestellt. Das ist mir bis jetzt gar nicht so aufgefallen. Vielleicht wäre es gut, wenn wir diesen Janda mal unter die Lupe nehmen.«

»Richtig, das kann Kurt machen«, verkündete Grunder und strich sich über sein schütteres Haar. »Wenn du etwas hast, sehen wir weiter. Ich will alles wissen. Wir werden uns die Firmen noch einmal vornehmen, bei denen Janda beschäftigt war. Vielleicht bringt uns ja das endlich weiter.«

Kurt setzte sich an den Schreibtisch der ihm zugewiesen worden war und begann seine Recherchen beim Einwohnermeldeamt.

Frank trat zu ihm und sagte: »Ich habe mal die Unterlagen durchgesehen und festgestellt, dass die Zielperson erst seit vier Jahren in den Akten auftaucht.«

»Das würde bedeuten, dass er vor vier Jahren noch nicht auffällig geworden, oder dass er im Gefängnis gesessen ist. Wir werden das überprüfen. Ach ja, und das Melderegister belegt, dass er, bevor er nach Frankfurt gekommen ist, in Nürnberg gelebt hat. Ich werde mich dort erkundigen. Wir sollten auch das näher untersuchen.«

»Was war das mit Nürnberg?«, schaltete sich Grunder ein. »Ich hatte mal einen Kollegen in Nürnberg – Schulz –, der immer noch Dezernatsleiter ist. Ich setze mich gleich mit ihm in Verbindung.«

Grunder griff zum Telefon und ließ sich mit Nürnberg verbinden. Kurze Zeit später teilte er seinen Kollegen mit: »Ich habe eben mit dem Kommissar aus Nürnberg gesprochen und es gibt Neuigkeiten. Es ist so, dass der Kollege Schulz in Sachen Janda tätig wird und wir uns mit ihm treffen werden.«

»Sollten wir da nicht lieber den Dienstweg einhalten?«, fragte Theuner.

Grunder sah ihn an und überlegte. Wenn man den Dienstweg einhielt, dann würde der Vorgang im Rahmen des Amtshilfeverfahrens mindestens vier Wochen brauchen. Die Behörden taten sich nach seinen Erfahrungen schwer, wenn es länderübergreifend wurde. Niemand wollte gerne Informationen in ein anderes Bundesland oder eine andere Dienststelle geben. In der verstreichenden Zeit würde der Verdächtige erneut zuschlagen können oder gar verschwinden und nicht mehr aufzufinden sein. Nach der momentanen Aktenlage war Janda nie zu belangen gewesen. Auf der anderen Seite ging es hier lediglich um Erkenntnisse, die es zu sammeln galt. Beweise waren nicht zu archivieren beziehungsweise würden im Nachhinein trotzdem als Grundlage für gerichtsverwertbare Indizien dienen und somit vor einem Gericht Bestand haben. Achselzuckend wandte sich Grunder wieder an seine Mitarbeiter.

»Ich denke, es wäre gut, wenn jemand nach Nürnberg fahren würde. Könnte Kurt dann übernehmen, sobald ich mit Schulz einen Termin vereinbart habe. Wir anderen nehmen uns noch einmal die Akten vor.«

Mit einem Aktenkoffer in der Hand stand Kurt Hollmann am Jakobsplatz in Nürnberg. Wenig später betrat er das Gebäude der Polizei Mittelfranken. »Ich suche Herrn Schulz«, meldete er sich beim Pförtner an. Der Beamte stand sogleich von seinem Schreibtisch auf und griff zum Telefon. Als er Hollmann mit den Worten »Ein Besucher für Herrn Schulz« anmeldete, wirkte er wie ein Unteroffizier, der eine wichtige Meldung machte.

»Sie gehen bitte in die erste Etage und dann das Büro am Ende des Ganges. Sie werden es gleich finden.«

Hollmann bedankte sich. Jeder Schritt, den er machte, hallte durch die Weiten der langen Korridore, deren Wände mit Landschaftsbildern aus der Umgebung bestückt worden waren. Ein Geruch von Reinigungsmitteln begleitete ihn. Er las viele Namen an den Türschildern, ehe er vor einer Tür am Ende des Ganges stehen blieb. Beherzt klopfte er an. Als er nach Aufforderung eintrat, wartete man offensichtlich schon auf ihn. Friedrich Schulz hatte bereits die relevanten Akten angefordert und bat seinen Gast, sich zu setzen.

»Sie interessieren sich für Daniel Janda?«
»Ja genau, deswegen bin ich hier. Außerdem soll ich Ihnen von meinem Kollegen, Heinz Grunder, Grüße ausrichten.«
»Ja, danke. Ach – Heinz! Wie geht es ihm? Wir waren zusammen auf der Polizeischule und haben auch danach so manches Ding erlebt ... Aber zu Janda. Vor fünf Jahren stand Daniel Janda im Verdacht, einen Markthändler in Nürnberg, Ortsteil Buch, ausgeraubt zu haben. Es ging da um etwa 40.000 Mark. Janda hatte als Fahrer für den Händler gearbeitet. Wenig später erhielten wir den Hinweis, dass ein anderer Großmarkthändler ebenfalls beraubt worden ist. Auch hier war der Fahrer Daniel Janda – scheint so eine Masche von ihm gewesen zu sein. Die erbeuteten Summen lagen immer zwischen 30.000 und 40.000 Mark. Das Seltsame war, dass es nirgends verwertbare Einbruchspuren gab. Wir hatten Janda vorgeladen und auch eine Zeit lang ihn und sein Umfeld observiert. Leider vergeblich. Für den letzten Coup hatte er ein Alibi – so wie übrigens auch für die anderen Delikte. Er war im Stadion zusammen mit einem ...« Schulz blätterte in der Akte. »Hier haben wir es ja. Mit einem Fritz Čhechá, auch ein Tscheche, wie Janda. Die beiden waren bei einem Auftaktspiel vom FC gegen Berlin. Ich sage Ihnen, unsere Jungens sind ja schon schwach, aber dass die gegen Hertha gewinnen, nun, das hätte ja wohl niemand für möglich gehalten. Interessieren Sie sich auch für Fußball?«
»Nein, ich kenne mich da überhaupt nicht aus.«
»Nun denn, also Janda und Čhechá waren zusammen im Stadion, das haben wir genauestens überprüft. Die beiden haben uns die Eintrittkarten vorgelegt und wir haben die Überwachungskameras im Stadion überprüft. Wir mussten Janda laufen lassen und dann war er eines Tages verschwunden. Im letzten Jahr ist die Akte dann erst einmal geschlossen worden. Leider haben wir nicht das Geringste gegen ihn ausgraben können. Dass Sie jetzt hier sind, zeigt mir, dass er in letzter Zeit anscheinend in Frankfurt sein Unwesen zu treiben scheint.«
»Wir stehen noch am Anfang und müssen erst die einzelnen

Mosaiksteinchen zusammenfügen.« Hollmann erzählte dem Kommissar von dem aktuellen Fall, ohne jedoch wichtige Einzelheiten zu nennen. »Wissen Sie, woher Janda genau stammt?« Schulz blätterte wieder in der Akte. »Hier steht's. Janda stammt ursprünglich aus Slaný. In der Tschechei liegt das, eine Kleinstadt, nordwestlich von Prag. Was er da gemacht hat wissen wir nicht genau. Er war beim Militär, aber auch da haben wir Erkenntnislücken. Wenn das interessant wird, dann sollten Sie da den Hebel ansetzen.« Umständlich sortierte er die Akten auf seinem Schreibtisch und beendete das Gespräch mit den Worten: »Ich hoffe doch, dass ich Ihnen einigermaßen behilflich sein konnte. Schön, mal wieder etwas von dem alten Grunder zu hören, vielen Dank und auch die besten Wünsche an ihn.«

»Ja, danke, ich werde die Informationen weitergeben und dann sehen wir, ob wir auf einen grünen Zweig kommen.«

Freundlich verabschiedeten sich die beiden Männer voneinander und Hollmann machte sich auf den Weg zurück nach Frankfurt.

Heinz Grunder und Peter Stichel waren dabei sich noch einmal die Akten vorzunehmen. Plötzlich hielt Stichel inne: »Chef, mir ist aufgefallen, dass alle Opfer einige Zeit vor den Überfällen ihr Sicherheitssystem erneuert beziehungsweise mit einer bestimmten Sicherheitsfirma Kontakt hatten. In allen Befragungen der Opfer ist das festzustellen. Willrich hat ja auch berichtet, dass er vor längerer Zeit seine Sicherungsanlagen erneuern hat lassen – so wie einige der anderen Bestohlenen auch.«

»Wie heißt die Firma?« Grunder wurde hellhörig. Sollte hier etwa ein Hinweis vorliegen, den sie bisher nicht beachtet hatten? Stichel suchte aus den Akten den Namen der Firma heraus. »Da haben wir es: ›CtP Security‹.«

»Wir sollten die Firma aufsuchen und uns die Einzelheiten anhören«, sagte Grunder und meldete sich bei seiner Sekretärin ab.

Wenig später standen die beiden Kommissare am großzügig

angelegten Portal der Sicherheitsfirma, einem Unternehmen, das, wie Stichel meinte, durch seine offene Bauart ein zukunftweisendes Ambiente aufwies: Hinter großen Fensterflächen und breiten gläsernen Türen sah man Mitarbeiter in den einzelnen Abteilungen ihre Arbeit zu verrichten. Die beiden Kommissare gingen eine mächtige Stahltreppe empor. Graue Auslegeware schluckte jeden Schritt und die Männer gelangten geräuschlos in das Vorzimmer des Geschäftsführers der »CtP Security«.

»Sie wünschen?«, fragte eine dunkelhaarige Angestellte mittleren Alters freundlich.

»Ich bin Hauptkommissar Grunder, das ist mein Kollege Stichel. Wir würden gerne in einer bestimmten Angelegenheit mit dem Geschäftsführer reden.«

»Ich melde Sie eben an – einen kleinen Moment bitte.« Die Sekretärin war schon auf dem Weg zur schalldichten Tür des Büros, als diese sich öffnete und ein Mann um die 60 heraustrat.

»Gibt es Probleme?«, fragte der Geschäftsführer kurz.

»Die Herren sind von der Polizei und hätten Sie gerne gesprochen.«

»Polizei?«, fragte er erstaunt. »Ja, dann treten Sie mal näher«, sagte er und nahm hinter seinem mächtigen mahagonifarbenen Schreibtisch Platz. Stichel ließ seinen Blick durch das Büro gleiten und blieb an einer Wand, die mit diversen Urkunden bestückt war, hängen. Neben den vielen Auszeichnungen, die sich offensichtlich auf Sicherungssysteme bezogen, befanden sich dort auch Fotografien, die eine Gruppe von Soldaten vor einem Flugzeug zeigten.

»Ja also, es geht um Ihre Sicherheitssysteme«, begann Grunder. »Wir hätten gerne gewusst, wem Sie die Anlagen in den vergangenen Jahren verkauft haben und wer von Ihren Mitarbeitern in diese Geschäftsabschlüsse mit involviert war.«

»Das ist aber eine Menge Holz, meine Herren, eine Menge. Haben Sie an einen bestimmten Zeitraum gedacht, in dem ich suchen soll?« Der Mann räusperte sich und fragte dann gelassen: »Natürlich haben Sie einen Gerichtsbeschluss?«

»Natürlich – etwa die letzten vier Jahre interessieren uns«, sagte Peter Stichel und überging damit schnell die Frage nach der rechtlichen Grundlage ihres Vorstoßes. Grunder nickte zustimmend und fingerte aus der Innentasche seines Jacketts ein amtliches Schreiben hervor, das er aber vorsichtshalber nicht aus der Hand gab. »Es wäre für eine Untersuchung, die wir derzeit durchführen, wichtig. Ist zwar Routine, aber Sie wissen ja, wie es ist.«

»Nein, eigentlich nicht. Die meisten Geschäftskunden habe ich selbst betreut. Außerdem geht das nicht so rasch. Es ist mit Sicherheit eine ziemliche Datenflut, die sich in dem betreffenden Zeitraum da angesammelt haben wird. Ich werde Ihnen aber die Unterlagen heraussuchen lassen und dann Bescheid geben. Mir geht es ja vor allem um Diskretion unseren Kunden gegenüber – wir bewegen uns in einem äußerst sensiblen Bereich, wenn Sie verstehen, was ich meine.«

»Selbstverständlich. Natürlich werden wir die Angaben, die Sie uns machen, streng vertraulich behandeln – soweit es eben möglich ist.«

Grunder stand auf, bedankte sich für die Unterstützung und strebte bereits zur Tür, als der Geschäftsführer seine Sekretärin rief und ihr das Anliegen der Beamten erklärte. »Wir schicken ihnen die Unterlagen am besten mit einem Kurier, ist doch recht so?«, wandte sich der Geschäftsführer an seine Mitarbeiterin. Sie nickte und verschwand in einem Nebenraum.

Als die Kommissare wieder ihr Büro betraten, wurden sie schon von Marion Lange erwartet. »Der Herr Oberstaatsanwalt wäre jetzt für Sie zu sprechen, er erwartet Sie gleich, Herr Grunder.«

»Na, dann will ich mal …«, sagte Grunder und ging in die obere Etage. Etwas später stand der Hauptkommissar im Vorzimmer seines obersten Dienstherrn, der ihm schon durch die geöffnete

Bürotür freundlich zurief: »Ah, da sind Sie ja, Herr Hauptkommissar, treten Sie doch näher!«

»Ja, Herr Dr. Reese, gerne.«

»Wie ich höre, haben Sie sich der ungelösten Fälle angenommen?«, begann Dr. Reese. »Wurde ja auch Zeit, dass wir die alten Angelegenheiten mal bereinigen. Der neue Kollege, Herr Hollmann, ist auch schon da? Was ist das eigentlich für eine Sache? Ich habe gelesen, Sie haben ihn aus Offenbach geholt? Haben wir hier kein Potenzial?«

»Selbstverständlich haben wir, Herr Dr. Reese. Das mit dem Kollegen Hollmann ist mehr oder weniger eine persönliche Sache. Ich kann Ihnen das gerne schildern.«

»Schildern Sie, Herr Hauptkommissar, schildern Sie – aber bitte kurz.«

»Kurt Hollmann ist der Sohn eines bei einem Einsatz ums Leben gekommenen ehemaligen Kollegen. Ich hatte mich des Jungen angenommen, als er noch hier in Frankfurt auf das Heinrich-von-Gagern-Gymnasium ging. Später hat er dann in Wiesbaden Jura studiert und ist in den Polizeidienst nach Offenbach gegangen. Da ich meine, er wäre eine hervorragende Verstärkung für unser Team, und hier gerade die Planstelle eines Kommissars frei geworden ist, habe ich ihn hierher geholt.«

»Gut, Herr Hauptkommissar, halten Sie mich auf dem Laufenden, was den neuen Mann angeht und wie die Arbeit an den alten Dingen voranschreitet!«

»Ja gerne, wir sondieren gerade das Umfeld der Opfer. Auffällig ist, dass es nirgends belastende Einbruchspuren gibt. Aber wir haben einen Namen ermittelt, den wir näher in diesem Zusammenhang untersuchen. Außerdem liegt in den nächsten Tagen die Liste der Kunden der Firma ›CtP Security‹ sowie deren Mitarbeiter vor, die zu der Zeit angestellt waren. Viele der Opfer waren Kunden dieses Unternehmens. Wenn wir diese Listen ausgewertet haben, kann ich mehr sagen.« Grunder vermied es, Einzelheiten zu nennen, bevor diese nicht mit Beweisen untermauert werden konnten.

»Tun Sie das, Herr Grunder, tun Sie das. Halten Sie mich unbedingt auf dem Laufenden. Jetzt entschuldigen Sie mich, es wartet noch eine Menge Arbeit auf mich.«

Grunder verabschiedete sich höflich und suchte wieder sein Büro auf.

»Marion, sagen Sie den anderen Bescheid, dass wir uns treffen und die Sachlage besprechen wollen. Ich würde sagen in einer halben Stunde.«

»Gerne Herr Grunder. Übrigens, Herr Hollmann ist auch eben zurück aus Nürnberg.«

»Also, was haben wir?« Grunder blickte fragend in die Runde seiner Mitarbeiter. »Ich schlage vor, Kurt fängt an.«

»Also – in Nürnberg war die Zielperson auch sehr intensiv tätig«, begann Hollmann. »Auch hier wurden Markthändler und andere Kaufleute ausgeraubt. Janda war bei einigen der Opfer als Fahrer oder im engeren Umfeld engagiert. Da es auch hier keine Einbruchspuren gegeben hat und der Verdächtige ein hieb- und stichfestes Alibi nachweisen konnte, hat man die Akte schließen müssen. Es war ihm nichts, aber auch schon gar nichts nachzuweisen.«

»Woher hatte er denn das Wissen?«, fragte Theuner gedehnt.

»Vielleicht hat er einen Tipp bekommen?«

»Keine Spekulationen meine Herren!« Grunder sah auf seine Armbanduhr. »Halten wir uns an die Fakten, morgen machen wir weiter – für heute ist Schluss.«

Sorgfältig kontrollierte Pilgrim vor dem überdimensionierten Spiegel im Foyer der Villa seine Garderobe, band sich die Krawatte und zog die Manschetten unter dem anthrazitfarbenen Maßanzug hervor, ehe er die goldenen Manschettenknöpfe, die einmal seinem Vater gehört hatten, ansteckte. Wohlwollend betrachtete er seine große, schlanke Erscheinung noch einmal von allen Seiten und meinte dann leise: »Gut Hendrik, so kannst du in die Spielbank.« Mit der Hand fuhr er über seine markante Kinnpartie, während er ins Bad ging, um noch etwas Aftershave aufzutragen. Das war wieder so einer dieser Momente, in dem er sich vollkommen frei fühlte. Frei von allen Zwängen, allen Fesseln, die das Leben so mit sich brachte.

Als Pilgrim vor dem großen Eingang der Spielbank in Wiesbaden stand und die angestrahlten Säulen der Fassade bewunderte, durchfuhr ihn wie immer an diesem Ort ein kleiner Schauer der Erregung. Beinahe ehrfürchtig stieg der Staatsanwalt die Stufen zwischen den mächtigen Pfeilern des ehemaligen Kurhauses empor und betrat den großen Saal, in dem Roulette – »sein« Roulette – gespielt wurde. Pilgrim ließ den Blick über das altehrwürdige Interieur gleiten. Die vielen Kristalllüster tauchten Decke und Wände mit ihren filigranen Intarsien in Kirschbaumholz in ein leidenschaftlich mitreißendes, goldgelb-warmes Licht. Obwohl er schon oft die Spielbank besucht hatte, musste Pilgrim immer wieder stehen bleiben, um sich das Treiben im alten Weinsaal anzuschauen. Dicht gedrängt saßen oder standen dort die Herrschaften um die Baccara- und Roulettetische und beobachteten angespannt das Rollen der Kugel. Eine Kugel, die über Schicksale entschied. An den mit Holz getäfelten Seiten waren Gäste scheinbar im Gespräch vertieft und schlürften ihren Schampus. *Sehen und gesehen werden*, dachte Pilgrim und spürte ein unbeschreiblich wohliges Gefühl in sich aufsteigen. Das war seine Welt – hier mochte er sein, hier fand Pilgrim die Aufmerksamkeit, die ihm in seinem Leben so wenig entgegengebracht wurde. Disziplinierte Angestellte, sehr um das Wohl der Gäste besorgt, erfüllten diskret deren Wünsche.

Pilgrim ließ die historischen Anfänge der Spielbank vor seinem geistigen Auge Revue passieren: *Fürsten und Könige, betuchte Bürger des achtzehnten Jahrhunderts waren hier zu Gast. Sogar Dostojewski hat hier gespielt – und ein Vermögen verloren. Einen Roman, der zur Weltliteratur zählt, hat er über dieses Spiel geschrieben. Kaiser Wilhelm II. war mit seiner ganzen Familie angereist. Dieser Nervenkitzel, wenn sich die Kugel klickend ihre Zahl sucht ...*

Pilgrim wurde aus seinen philosophischen Gedanken gerissen.

»Guten Abend, Herr Pilgrim, schön, dass wir Sie wieder einmal hier bei uns begrüßen dürfen«, wandte sich einer der Bediensteten mit einer dezent-würdevollen kleinen Verbeugung an ihn.

»Guten Abend! Das Vergnügen ist ganz auf meiner Seite! Können Sie mir einen Tisch besonders empfehlen?«

»Selbstverständlich, Herr Pilgrim. Da sind Sie bei mir genau richtig. Ich werde sehen, wo ein geeigneter Platz für Sie frei ist und avisiere Sie dann – wenn Sie es wünschen.«

»Gerne, ich werde mir inzwischen Chips holen.«

Pilgrim ging zum Wechselschalter und bat: »Guten Abend Henry, Jetons für 2000 bitte.«

»Selbstverständlich, Herr Pilgrim – 2000.« Pilgrim legte sein Geldbündel vor dem diskret mit Schmiedeeisen vergitterten Schalter in die Schale, die anschließend vom Kassierer auf seine Seite gezogen wurde.

Henry, ein Mann um die 60 mit grauem Haarkranz, nahm das Bündel Scheine diskret in Empfang, zählte es mit einer atemberaubenden Geschwindigkeit ab und verstaute das Geld in einer Schublade unter seinem Tresen, bevor er der Kassette einige der bunten Jetons entnahm. Schnell nahm Pilgrim den Gegenwert seines Geldes in die Hand und ging in den großen Saal, wo der Bedienstete ihn schon erwartete und zu einem freien Platz an einen der Roulettetische führte, bevor er sich höflich zurückzog. Mit einem Räuspern und einem freundlichen »Guten Abend, Madame« nahm Pilgrim neben einer Dame Platz, die von ihm jedoch keine Notiz zu nehmen schien. Zu angespannt beobachtete sie das Grün des Tableaus. Erst als die Kugel endgültig ihre Zahl fand und der Croupier »Seize rouge«, verkündete, löste sich ihre Anspannung. Freudig nahm sie den ihr zugeschobenen kleinen Stapel Jetons in Empfang. »Das war tatsächlich in letzter Sekunde …«, sagte sie und wandte sich an Pilgrim. »Entschuldigen Sie, ich habe Ihren Gruß gar nicht richtig erwidern können. Ich hoffe, Sie können es mir nachsehen.«

»Selbstverständlich Madame.« Pilgrim verfolgte eine Zeit lang das Spielgeschehen, ehe er sich für ein Carré entschied und gewann. Glücklich, mit einer lässigen Selbstverständlichkeit, strich er die Plastikchips ein und versuchte es gleich noch einmal mit einem anderen Viererblock. Nach einer geraumen Weile hatte er einige Stapel verschiedenfarbiger Jetons vor sich aufgetürmt. Bewundernd sahen die anderen Mitspieler zu ihm auf. »Da haben Sie ja heute ein gutes Händchen«, sagte seine Tischnachbarin anerkennend. Pilgrim genoss diese Aufmerksamkeit, die ihm zuteil wurde. Er beugte sich höflich zu seiner Nachbarin: »Mein Name ist übrigens Pilgrim, Hendrik Pilgrim.« Er hielt Ausschau nach einem Kellner, der ihn sofort bemerkte und zu seinem Platz eilte.

Pilgrim hatte seine Nachbarin näher beobachtet. Die mit Armreifen und Bändern behängten schmalen Handgelenke sowie die Diamantkette um den Hals sprachen für sich. Ihm stieg ihr teures Parfüm in die Nase. Die halblangen dunklen Haare, gehalten von einer glitzernden Spange, passten perfekt zu dem dunklen Abendkleid, das ihre Proportionen angenehm hervorhob und auf ihn äußerst anziehend wirkte. Er sah, wie ihre schlanken gepflegten Finger die Jetons griffen und zielsicher auf das Zahlenfeld warfen. Wenn es ihm gelänge, näher mit dieser Frau ins Gespräch zu kommen, würde er schon herausfinden, ob sie begütert, und wenn, wie »schwer« sie war. In seinen Gedanken malte er sich die Zukunft zusammen mit einer reichen Frau – dieser Frau – aus. Vorbei wären die ewigen Sorgen um das Geld, Bankenforderungen, Verluste in Spielklubs und was es sonst noch so in seinem Leben gab. Er sollte diese Dame in seine Villa einladen. Der Kellner beugte sich dezent zu ihm herunter, um seine Wünsche entgegen zu nehmen. »Darf ich Ihnen einen Cocktail bestellen?«, wandte sich Pilgrim an seine Nachbarin.

»Gerne, Herr Pilgrim, einen Cocktail könnte ich jetzt vertragen.

Mein Name ist Herrenstedt, Paola von Herrenstedt. Mein Mann ist irgendwo bei den Kartenspielen. Für mein Roulette interessiert er sich nicht so sehr. Ich kann Sie nachher ja mal bekannt machen.« Alle Gedanken an die Zukunft schmolzen wie Schnee in der Sonne ... Enttäuscht presste Pilgrim heraus: »Gern, ich würde mich freuen!« Die Getränke kamen, sie stießen auf ihr Glück bei diesem Roulette an und spielten schweigend weiter. Nach einer Weile trat ein älterer, vorzüglich gekleideter Mann an den Tisch und legte seine, mit einem großen Siegelring bestückte Hand auf die nackte Schulter der jugendlich wirkenden Frau. »Kommst du mein Liebes? Ich mag für heute nicht mehr, hab' genug.«

»Ja, ich komme, Schatz.« Paola schob ihren Gewinn hastig zusammen, verstaute ihn in ihrer goldbesetzten Handtasche und verabschiedete sich freundlich von Pilgrim mit den Worten: »Vielleicht sehen wir uns ja einmal wieder.«

Enttäuscht über dieses kurze Intermezzo widmete sich Pilgrim wieder ausschließlich dem Roulette.

Doch plötzlich hatte Pilgrim eine Pechsträhne. Jeton für Jeton ging verloren. Und so wie er die Chips verlor, verlor er auch die Achtung der anderen am Tisch, nach der er doch so sehr dürstete.

»Faites vos jeux«, hörte er den Croupier ansagen. Die wenigen Chips, die Pilgrim noch zur Verfügung hatte, setzte er auf die schwarze 17. Mit höchster Konzentration beobachtete er das Tableau und überlegte, ob er noch schnell das Feld ändern sollte. Er wusste, solange die Kugel rollte, war das noch möglich. »Rien ne vas plus!«, rief der Croupier und für Pilgrim dehnten sich die Sekunden, die die Kugel in dem Kessel von Ziffer zu Ziffer hüpfte, schier endlos lang. Gebannt fixierte er die sich drehende Roulettescheibe als könnte er sie mit seinen Gedanken beeinflussen. Klick, klick, klick. Das Geräusch dröhnte wie kleine Hammerschläge in seinem Kopf. Das Gemurmel der anderen Spieler schien zu verstummen, nur noch die Kugel existierte für ihn, ehe der Croupier »Quatorze Rouge« ansagte und den Rest seiner Jetons einzog. Das Tableau vor Pilgrim war leer. *Ich hätte aufhören sollen, als ich am gewinnen war.* Betreten sah er sich um. Niemand der anderen Spieler schien von ihm Notiz zu nehmen, zu sehr waren sie alle mit ihrem eigenen Spiel beschäftigt. Unauffällig verließ Pilgrim seinen Platz und ging zum Wechselschalter, um sich noch einige Chips zu holen. »Geben Sie mir noch einmal 2000, Henry?« Der Angestellte blickte in seinen Monitor und räusperte sich, ehe er einen in der Nähe wartenden Angestellten heranwinkte und ihm diskret etwas ins Ohr flüsterte. Wieder an den Gast gewandt sagte er leise: »Einen Moment, Herr Pilgrim, ich sehe hier in meinem Monitor eine Nachricht.« Der Angestellte trat diskret an die Seite Pilgrims und sagte leise: »Entschuldigen Sie vielmals, Herr Pilgrim. Die Leitung der Spielbank würde Sie gerne zu einem Gespräch einladen. Wenn Sie mir bitte folgen würden?«

»Gerne«, sagte Pilgrim gedehnt und folgte dem Angestellten in der Vorahnung, dass es nichts Gutes bedeuten könne, wenn die Spielbankleitung einen Gast um diese Zeit ins Büro bittet.

Der Angestellte klopfte an eine schwere Eichentür und wartete, bis ein »Ja bitte« zum Eintreten aufforderte. Mit einem Nicken verabschiedete sich der Angestellte von Pilgrim.

»Es tut mir außerordentlich leid, Herr Pilgrim«, begann der Geschäftsführer devot das Gespräch, »Sie hierher bemüht zu haben. Ich bin sicher, dass wir diese missliche Angelegenheit schnell klären werden.« Er schaute suchend über seinen Schreibtisch und durchwühlte einen Stapel Abrechnungen. »Bedienen Sie sich doch an der Bar inzwischen!«

Pilgrim goß sich ein Glas Whiskey ein und nahm vor dem Schreibtisch des Spielbank-Geschäftsführers Platz.

»Ah, hier haben wir es!« Er schaute Pilgrim an, der das malzigfeurige Aroma des Whiskeys tief inhalierte.

»Also«, sagte Pilgrim, »wenn es um die Spielschulden geht, das ist kein Problem.« Er war sicher, dass er den Stier bei den Hörnern packen musste, um die Oberhand zu behalten. Dieser Moment hatte ja irgendwann kommen müssen. Zu lange hatte er die Rückzahlung hinausgezögert. Immer wieder war er sich sicher gewesen, dass er einen Gewinn einstreichen würde, der das Minus mit Leichtigkeit ausgleichen würde. Jetzt war eingetreten, was er immer wieder verdrängt hatte.

»Ja, genau darum geht es, lieber Herr Pilgrim, um die Spielschulden. Sie sind ein gern gesehener Gast in unserem Kasino und aus diesem Grunde suchen wir auch das persönliche Gespräch mit Ihnen. Sie wissen sicher, dass wir keine Kredite vergeben können, aber bei Ihren Voraussetzungen war das ja anders. Wenn Ihnen allerdings eine andere Tageszeit für dieses Gespräch lieber sein sollte, dann können wir das auch zu einem späteren Zeitpunkt besprechen.« Der Geschäftsführer zog einen Kalender hervor.

Pilgrims Vater hatte sich des Öfteren, wenn er in Deutschland war, hier in der Spielbank mit seinen hoch dotierten Gästen aufgehalten und das Glück herausgefordert. Zu der Zeit wurden auch die Richtlinien der Spielbank zu seinen Gunsten geändert und so konnte er grenzenlos Jetons auf Kredit bekommen. Sobald es dem Diplomaten möglich war, wies er sein Büro an, die erforderliche Summe zu erstatten – was auch immer reibungslos funktioniert hatte. Man hatte dann, als der Vater verstorben war, aus Anerkennung zu ihm, seinem Sohn, dieselben Bedingungen in begrenztem Maße eingeräumt.

»Nein, das ist schon in Ordnung.« Pilgrim spürte, wie seine Stimme zu kippen drohte. Während er schnell einen Schluck aus seinem Glas trank, überlegte er angestrengt, wie viele Schulden sich im Laufe der Zeit angesammelt hatten, konnte jedoch zu keinem genauen Ergebnis kommen.

»Gut, verstehe. Es hat sich seit dem letzten Ausgleich ein Betrag angesammelt, den Sie möglichst zeitnah kompensieren sollten.« Er schob Pilgrim einen Auszug herüber und wartete ab, was er zu sagen hatte.

Die notierten Zahlen ließen ihn erschreckt zusammenfahren. Angespannt überlegte er, wie diese horrende Summe denn zustandegekommen sein konnte. Fraglos war er einige Male vom Glück verlassen worden und hatte dann schnell und gegen

Unterschrift neue Jetons erhalten. Die Gewinne jedoch hatte er nicht gegengerechnet.

»Ich werde die Zahlung gleich am kommenden Montag in die Wege leiten, dann haben Sie das Geld schnell auf Ihren Konten.«

»Gut, Herr Pilgrim, ich habe nichts anderes erwartet. Natürlich geben wir Ihnen ausreichend Zeit zur Realisierung, ich dachte in den kommenden vier Wochen.« Der Geschäftsführer nahm den Auszug wieder zu sich, verstaute ihn in der Mappe, die er sorgsam zuklappte und auf einen kleinen Aktenschrank legte. Mit einem geschäftsmäßigen Lächeln gab er dem Staatsanwalt die Hand.

Kurze Zeit später verließ Pilgrim das Kasino und startete seinen Jaguar. Während er nach Hause fuhr, überlegte er, wie er den Zwischenfall bewerten sollte. *Ich habe doch viele Male gezahlt. Man kann sich auch anstellen. Im Moment weiß ich aber nicht, wo ich noch Geld herbekommen soll. Wenn ich noch einmal ein bisschen Glück hätte – nur einmal, dann wäre ja alles in Butter. Aber so ...* Er hielt inne, denn plötzlich hatte er einen Einfall, der ihm, je länger er darüber nachdachte, genial vorkam. *Ich frage einfach Onkel Hermann – er wird mir bestimmt wieder aus dem Engpass heraushelfen. Gleich morgen früh fahr' ich zu ihm.*

Zufrieden mit sich und der Welt bog Pilgrim auf den Kiesweg zu seiner Villa ein.

Als Pilgrim am Vormittag des nächsten Tages erwachte, musste er sich erst einmal sammeln. Nach dem Frühstück griff er zum Telefon und rief in seinem Büro an. »Büro Staatsanwalt Pilgrim, Mertens, was kann ich für Sie tun?«, hörte er die routinierte Frage seiner Sekretärin.

»Guten Morgen, Frau Mertens. Hier Pilgrim. Sehen Sie doch bitte mal nach, was so an Terminen auf dem Tisch liegt.«

Nach einem kurzen Moment war die Stimme wieder zu hören. »Heute steht nur das Treffen wegen der Aktensache Eichoff beim Oberstaatsanwalt an. Morgen ...«

»Morgen bin ich wieder da«, unterbrach Pilgrim barsch die Ausführungen seiner Sekretärin.

»In Ordnung, Herr Pilgrim, ich habe es vermerkt. Soll ich Sie informieren, wenn etwas Dringendes reinkommt?«

»Nein, nicht nötig. Ich komme heute Nachmittag kurz ins Büro. Habe noch etwas zu erledigen.« Pilgrim legte auf und zog sich sein Jackett über, ehe er zu seinem Wagen ging und in die Frankfurter Innenstadt fuhr. Vor einem großen Haus in Westend hielt er an, stieg aus und ging durch einen parkähnlichen Garten zum Eingang der Villa. Er drückte den messingfarbenen Klingelknopf unter dem Namensschild, in das in geschwungener Handschrift »Veit« eingraviert war. Pilgrim wurde mit einer Melodie, die dem Big Ben in London nachempfunden war, angekündigt.

Er hörte hastige Schritte und rückte schnell noch einmal seine Krawatte zurecht, bevor sich die massive Haustür öffnete.

»Ja Hendrik! Das ist aber eine freudige Überraschung«, empfing Gerlinde Veit den Gast mit einem herzlichen Lächeln.

»Hallo Tante Gerlinde, ich wollte mit Onkel Hermann sprechen. Ist er zu Hause?«

»Ja, komm rein, mein Junge!«

Pilgrim betrat die große Diele. Gleich fielen ihm die neuen Gemälde an den Wänden über der Holzvertäfelung auf. Harmonisch fügten sie sich in das Grau des Marmorbodens und das Weiß der breiten, geschwungenen Treppe. Gerlinde folgte seinem Blick. »Hermann hat seine Liebe für die Kunst entdeckt, oder besser gesagt, wiederentdeckt. Früher haben ihn eher die alten Meister interessiert und auf jede Auktion gezogen, heute sind es meist junge Nachwuchskünstler, die er, wie er meint, unterstützen muss. Ich finde ja, es sind vielversprechende Talente darunter – aber das kann dir Hermann besser erklären. Ich werde ihn holen, einen Moment Geduld bitte.«

Wenig später betrat Hermann Veit die Diele und begrüßte mit einer herzlichen Umarmung seinen Schützling.

»Guten Tag, Junge, du warst lange nicht hier. Wir freuen uns, dich mal wieder zu sehen. Du willst mit mir sprechen? Ich schlage vor, dann gehen wir am besten ins Arbeitszimmer. Gerlinde wird uns einen Kaffee machen – du magst doch einen Kaffee?«
Beide Männer gingen in das geschmackvoll eingerichtete Büro des Juweliers. Pilgrim wurde bewusst, wie lange er nicht in diesem Zimmer gewesen war. Weit wanderten seine Gedanken zurück. Zurück in die Zeit, als er von Onkel Hermann im Einverständnis mit seinem Vater nach Frankfurt an die Privatschule geholt wurde. Während seiner Studentenzeit war er auch mehr als einmal in diesem Zimmer gewesen und hatte sich beraten lassen, wie sein Weg abzustecken sei. Er betrachtete intensiv die beiden Skulpturen, die schon damals in der Ecke unter dem Bildnis der Kalahari vor der halbhohen Teakvertäfelung ihren Platz gefunden hatten. »Sag, Onkel Hermann, schwärmst du immer noch für südafrikanische Kunst?« Als er die Frage gestellt hatte, kam sie ihm schon wieder überflüssig vor, denn der Raum war offensichtlich ein Tribut an dieses Land. Ein Land, in dem Hermann Veit seit Langem gute Geschäfte machte – nicht zuletzt auch mithilfe seines alten Freundes Wilhelm Pilgrim.

»Ach Hendrik«, Hermann Veit strich gedankenverloren mit den Fingerspitzen über eine aus poliertem Teakholz geschnitzte Skulptur, die auf einem kleinen Podest stand, »Gerlinde und ich wir lieben dieses Land. Und wenn wir einmal alt sein werden, verkaufen wir hier alles und gehen einfach nach Durban und kaufen uns da ein Anwesen direkt am Meer. Aber bis dahin haben wir ja noch viel Zeit.«

»Wo ist denn dein Modigliani hin?« Pilgrim deutet auf eine Stelle in der Wand, von der er wusste, dass hier der Tresor eingelassen war. Jetzt hing hier ein Gemälde, das eine Landschaft in der Kalahari zeigte.

»Den habe ich verkauft und mir dieses Werk dafür angeschafft. Ich finde, dieses Gemälde ist in seiner Farbgebung und Form bezeichnend für dieses Land. Mein Modigliani ist jetzt in Belgien.

Du erinnerst dich an Vandenbergh? Ihr habt euch vor einiger Zeit im Club kennengelernt.«
»Ja, ich erinnere mich, dein Geschäftsfreund aus Belgien.« Hermann nickte. »Genau der.«
Gerlinde kam mit dem Kaffee und stellte die beiden Tassen mit der Bemerkung »Dann lasse ich euch mal wieder allein, wir können ja nachher noch etwas plaudern« auf den Tisch vor der Sitzecke, ehe sie sich zurückzog. Hermann bot seinem Zögling einen Platz an.
»Also, was kann ich für dich tun, mein Junge?«
»Weißt du, die Sache ist ein wenig heikel. Ich war im Kasino und hatte eine Pechsträhne. Ich würde das ja auch selber begleichen, wenn ich nicht gerade diesen finanziellen Engpass hätte, verstehst du?«
Hermann lehnte sich zurück und betrachtete ihn lange, ehe er ruhig fragte: »Über welche Summe haben wir hier zu reden?«
»Für dich, Onkel Hermann, ist das nicht viel. Ich zahle es dir ja auch zurück – 55.000 Mark«, fügte er schnell hinzu.
»Das ist nicht gerade wenig, Hendrik. Ich würde dir ja helfen, aber im Moment brauche ich jeden Pfennig für eine Sicherheit, die ich leisten muss. Wir fliegen übermorgen für sechs Tage nach Südafrika – geschäftlich, verstehst du?«
»Ja sicher, Onkel Hermann.«
»Ich mache mir Sorgen um dich, mein Junge.« Er versuchte vorsichtig, dieses Problem von einer anderen Seite zu beleuchten. »Wir haben dir schon öfter geholfen, nicht, dass wir das nicht gerne gemacht hätten, das meine ich auch nicht. Wir haben dir immer gerne geholfen, so gut wir es eben konnten. Aber ich denke, du solltest dir in diesem besonderen Fall fachliche Hilfe holen. Vielleicht, ich meine, es kann doch sein, dass du spielsüchtig bist und da ist fachliche Hilfe angebracht, und wie ich finde, unerlässlich.«
»Ich? Spielsüchtig? Onkel Herrmann, was redest du da? Sicher, ich gehe gerne mal in die Spielbank, aber nur der Zerstreuung

wegen – sonst nichts. Außerdem habe ich schon oft gewonnen, öfter als ich verloren habe. Es geht doch nur darum, diesen Engpass, den ich momentan habe, zu überbrücken. Wirst du mir also helfen?« Seine Gesichtszüge versteinerten.

»Selbstverständlich, wenn wir aus Südafrika zurück sind, das wird Ende der kommenden Woche sein.« Hermann Veit blätterte in seinem Kalender und ergänzte: »Ich sehe gerade, wir sind dieses Wochenende in Frankreich bei einer Vernissage eingeladen. Wir bleiben nur ein paar Tage. Danach sollten wir gemeinsam überlegen, wie dir zu helfen ist. Mehr kann ich im Moment nicht sagen. Wenn du das Geld schnell brauchst … Können deine Freunde dieses Mal nicht einspringen?« Hermann überlegte und sah zur Decke, ehe er fortfuhr: »Ist auch ein ungünstiger Zeitpunkt, jetzt, wo ich diese Kapitalbindung habe.«

»Ich habe keine Freunde, die mir in dieser Sache helfen könnten, Onkel Hermann. Ich werde mit dir, wenn du wieder da bist, noch einmal Kontakt aufnehmen.«

»Richtig, so sollten wir es machen, Hendrik.« Unüberhörbar schwang Mitleid in Hermann Veits Stimme.

Pilgrim fuhr zutiefst enttäuscht, dass er noch bis zur Rückkehr des Juweliers warten musste, um sein Problem lösen zu können, in seine Villa zurück. Außerdem war er wütend. *Ich lasse mich doch nicht in die Ecke eines spielsüchtigen Proleten stellen! Ich nicht! Hab' nur in letzter Zeit ein wenig Pech im Spiel gehabt – nicht mehr und nicht weniger.* Am Eingangstor seines Anwesens entnahm er dem auf antik getrimmten Briefkasten die Post. Nachdem er die Briefe rasch durchgesehen hatte, stutzte er bei einem Absender. *Hm, was kann die Bank von mir wollen?* Pilgrim ging in sein Arbeitszimmer, griff zum Brieföffner und schlitzte das Kuvert auf. Nachdem er das kurze förmliche Schreiben überflogen hatte, ließ er es enttäuscht sinken. Da stand es schwarz auf weiß: Eine weitere Erhöhung des Dispositionskredites könne nicht verantwortet werden und man bitte ihn, das Konto binnen vier Wochen auszugleichen.

»Was für ein Tag!«, rief Pilgrim entnervt. *Alle wollen sie Geld von mir. Wo bleibt denn jetzt die Geduld? Der Banker hat doch noch getönt:* ›*Wenn es Schwierigkeiten gibt, lässt Sie das Team der Deutschen Konzernbank mit Sicherheit nicht im Stich. Ein bisschen Minus auf dem Konto ist doch kein Problem, Herr Staatsanwalt.*‹ *Und jetzt? Jetzt setzen sie mir die Klinge an den Hals.* Wütend warf er seine Jacke über und fuhr zum Oberlandesgericht.

Als Pilgrim die von der Sekretärin bereitgelegten Akten für das Treffen mit seinem Dienstherrn fertig sortiert hatte, drückte er die Sprechtaste seiner Gegensprechanlage. »Frau Mertens? Ich wollte nur Bescheid geben, dass ich jetzt nach oben zum Chef gehe. Suchen Sie mir bitte noch den Fall für das Gericht heraus. Sie wissen, ich bin morgen den ganzen Tag bei Gericht beschäftigt. Haben wir heute noch etwas Wichtiges?«

»Nein, nichts.«

»Gut, dann sehen wir uns morgen.« Pilgrim bündelte die Akte und verließ sein Büro. Wenig später stand er vor seinem Chef, Oberstaatsanwalt Dr. Reese.

»Ah, Herr Pilgrim. Ich habe Sie kommen lassen, um mit Ihnen den Fall »Sansibar«, der in der kommenden Woche zu verhandeln ist, kurz durchzugehen. Nehmen Sie doch eben Platz.«

»Selbstverständlich, Herr Oberstaatsanwalt. Gerne.«

Dr. Reese zog die Akte hervor und suchte darin eine bestimmte Stelle. Während er blätterte, sagte er beiläufig: »Wissen Sie, ich habe es hier auch nicht ganz einfach. Deshalb bin ich froh, von so fähigen Mitarbeitern unterstützt zu werden. Ob es die Ermittlungsbeamten sind oder meine anwaltlichen Mitarbeiter, ich möchte keinen missen. Hauptkommissar Grunder, Sie kennen ihn sicher, nimmt sich gerade der Fälle an, die uns noch ein bisschen Kopfzerbrechen bereiten. So alte Kamellen, wissen Sie, die nie aufgeklärt werden konnten oder bei denen unsere Aspiranten immer wieder durch das Netz gerutscht sind. Na, Herr Grunder und sein Team werden schon Licht in das Dunkel bringen und solange nichts Aktuelles drückt ...«

»Ja, Hauptkommissar Grunder und seine Mitarbeiter kenne ich. Eine gute Wahl von Ihnen, Herr Oberstaatsanwalt.« Pilgrim gelang es gerade noch die Contenance zu wahren und den Satz beiläufig hinzuwerfen. Er war wie erstarrt. *Alte Fälle, die nicht aufgeklärt werden konnten! Was hatte das zu bedeuten? Janda! Würden sie auf Janda kommen?*
»Herr Pilgrim, ist etwas mit Ihnen?«
»Was? Nein, natürlich nicht Herr Oberstaatsanwalt. Also um welche Angelegenheit handelt es sich?«
»Sie werden ja den Fall ›Sansibar‹ verhandeln. Ich wollte Ihnen mitteilen, dass die Gegenseite den Anwalt Kooper verpflichtet hat. Seien Sie auf der Hut, der Anwalt vertritt häufig diese halbseidenen Typen und bekommt die meistens frei.«
»Ich denke, da brauchen wir uns keine Sorgen zu machen, Herr Dr. Reese. Wir haben eine lückenlose Indizienkette zusammengetragen und die Hauptzeugin, die Domina aus diesem Etablissement, beobachten wir rund um die Uhr. Sie kann nicht unbemerkt untertauchen. Die Aussage kann sie auch nicht verweigern, da sie anschließend von uns mit einer neuen Vita versehen wird. Wir haben alles vorbereitet. Zwar hat Kooper, Sie haben sicher von der Sache gehört, zusammen mit dem Besitzer des Nachtclubs versucht auf die Domina einzuwirken, was jedoch gründlich misslungen ist, weil unsere Beamten schnell vor Ort waren.«
»Na wunderbar, Herr Pilgrim. Ich sehe, Sie haben alles in trockenen Tüchern, wie man so sagt.«
»Ja, Herr Oberstaatsanwalt, das habe ich. Es wird alles seinen rechtmäßigen Weg gehen. Mit einer Verurteilung der Angeklagten ist mit Sicherheit zu rechnen.«
»Richter des Verfahrens ist übrigens Dr. Sauer. Die haben den Vorsitz gewechselt. Ein Mann, der sehr genau abwägt. Ich meine, das sollten Sie unbedingt bedenken.«
»Gerne, Herr Oberstaatsanwalt.«
»Gut, dass wir das besprochen haben. Sehen wir uns denn bei der Vernissage in der Galerie Hübner? Ich hätte zwei Einladungs-

karten übrig, darf ich sie Ihnen anbieten? Es geht da wohl um eine Benefizveranstaltung.«

Pilgrim nahm die Einladungen dankend an und verstaute sie in der Innentasche seines Jacketts. Dann verabschiedete er sich höflich und ging zum Fahrstuhl. Wenn er sich beeilen würde, konnte er in der Kantine noch einen Kaffee trinken, bevor geschlossen wurde. Als er den Lift betreten wollte, stand Frank Theuner vor ihm. *Was für eine Gelegenheit*, dachte Pilgrim.

»Sie müssen Herr Theuner sein?«, fragte er direkt, denn er musste schnell das Gespräch in Gang bringen.

»Ja, richtig. Und Sie sind Staatsanwalt Pilgrim. Wir haben schon zusammengearbeitet.«

»Pilgrim reicht. Was macht so die Arbeit? Ich höre, Sie haben im Moment die alten Fälle auf dem Tisch?«

»Wo haben Sie das denn gehört?«

»Vom Oberstaatsanwalt. Ich komme gerade von ihm. Ich meine, wenn Sie noch Informationen brauchen, dann lassen Sie es mich wissen, vielleicht kann ich hier und da ein wenig zuarbeiten. Wir stehen ja auf derselben Seite.« Pilgrim beobachtete sein Gegenüber genau.

»Na ja, vielleicht gibt es ja das eine oder andere, wo wir gezielte Hinweise nicht zuordnen können oder neue Indizien gebrauchen können. Da wäre dann ein Hinweis bezüglich der Vorgehensweise tatsächlich nicht schlecht.«

»Haben Sie einen bestimmten Fall, bei dem ich helfen kann?«

»Nein, im Moment glaube ich, kommen wir gut allein zurecht.« Theuner wunderte sich über dieses Ausmaß an Anteilnahme. Selten war die Staatsanwaltschaft so bemüht, direkt bei den Ermittlungsaufgaben zu helfen, in der Regel ließ sie sich die fertigen Resultate auf den Tisch legen. »Wir werden sicher darauf zurückkommen, Herr Pilgrim.« Theuner stieg aus dem Lift, wo schon sein Kollege Peter Stichel auf ihn wartete, und gerade noch das Ende des Gespräches mitanhören konnte. Auf dem Weg zur Kantine fragte Stichel seinen Kollegen: »Was wollte denn Staatsanwalt Pilgrim von dir? Der hat doch sonst auch kein Wort für uns kleine Beamte übrig!«

»Ja, sehr merkwürdig war das. Er hat mich nach den Fällen gefragt, die wir gerade bearbeiten.«

»Und was hast du ihm gesagt?«

»Na nichts, ich konnte ihm ja nichts sagen, wir wissen ja selber zu wenig. Ich nehme übrigens einen Kaffee.«

»Ich auch, also zwei Kaffee bitte«, sagte Stichel zu der Bediensteten hinter dem Tresen der Essensausgabe. Die beiden Männer nahmen ihren Kaffee und gingen zu einem Tisch am Fenster.

»Mir will das mit dem Pilgrim nicht aus dem Kopf«, sagte Stichel und leerte seine Tasse. »Aber vielleicht ist das ja auch nicht wichtig für uns.«

Theuner nickte bestätigend und fragte: »Wollen wir wieder …?«

Die beiden Kommissare stellten ihre Tassen auf einen Ablagewagen und gingen zurück in ihr Dienstzimmer, das, wie alle anderen Räume dieses Kommissariats, einen leicht angestaubten, nostalgischen Eindruck vermittelte. Lediglich die Telefonanlage schien aus der Gegenwart zu stammen.

Hinter seinem Schreibtisch saß Grunder und wälzte einen Stapel Papier von links nach rechts, dann wieder von rechts nach links. »Ist ja seltsam …«, murmelte Grunder und vertiefte sich in einer Akte. »Hier ist er auch wieder zu finden.« Er nahm eines der Papiere und fand seine Vermutung bestätigt.

»Ich wusste es ja.«

Theuner und Stichel schauten sich das Treiben ihres Vorgesetzten eine Weile an, ehe Stichel sich räusperte und meinte: »Wir sind wieder da, Chef.«

Grunder sah abrupt auf. »Ich habe euch gar nicht kommen hören. Steht ihr schon lange da?«

»Nein«, sagte Frank, »wir sind eben erst rein und wollten mal schauen …«

»Gut, dann zeig ich euch was.« Grunder schob einen Stapel Papiere hinüber zu den beiden Kollegen.

»Was ist das?«, fragte Stichel.

»Vorhin hat ein Bote die Unterlagen von der Sicherheitsfirma gebracht. Ihr erinnert euch, wir hatten da nachgefragt.«

»Stimmt, das ging aber relativ schnell«, wunderte sich Stichel.

»Also, passt auf.« Grunder zeigte auf die vor ihm liegende Akte. »Hier sind die Informationen zu den Überfällen in den Markthallen. Ihr habt ja bei Herrn Willrich ermittelt. Und jetzt habe ich auch die Daten von der Sicherheitsfirma.« Grunder deutete auf einen Papierstapel, der vor Theuner lag. »Na ja – lange Rede, kurzer Sinn: Alle Opfer finde ich auch in den Unterlagen dieser Firma. Und dann habe ich mir unsere Akten vorgenommen und finde tatsächlich überall den Namen Janda. Das kann kein Zufall sein.« Grunder setzte sich aufrecht in seinen Stuhl und blickte seine beiden Kollegen erwartungsvoll an.

»Dann heißt das ja …«, begann Theuner und Stichel beendete den Satz mit den Worten: »… dass wir mit dem Insider recht gehabt haben.«

»Genau, das heißt es. Wir werden diesen Sachverhalt noch nicht an die große Glocke hängen, denn wir brauchen erst mehr Indizien. Bisher haben wir nichts weiter als den Anfangsverdacht.«

»Gut Chef«, sagte Stichel, »wie geht's weiter?«

»Gute Frage, Peter. Ich denke, wir gehen wie folgt vor.« Grunder wandte sich an Theuner. »Frank, du gehst zur Nachbarschaft von Janda, die aktuelle Adresse wird Marion dir 'raussuchen. Dann schaust du genau nach, was mit Janda los ist. Aber bitte äußerst diskret, denn ich möchte nicht, dass unsere Bemühungen wegen eines Formfehlers gefährdet werden. Wir müssen das Leben des Mannes genau kennen, um seine Vorgehensweise abschätzen zu können.«

»Geht klar, Chef.« Theuner zog den Reißverschluss seiner Jacke hoch und ging in das Vorzimmer zu Marion Lange, die ihm den Beleg vom Meldeamt heraussuchte.

»Und was machen wir?«, fragte Stichel, während er die Papiere chronologisch sortierte und wieder auf einen Heftdeckel legte. »Wir studieren die Unterlagen noch einmal, vielleicht erkennen wir weitere Zusammenhänge. Bei der Flut von Daten muss es der Firma gut gehen. Wir sollten auch den Hintergrund, Bank und das Übliche, durchleuchten. Ich werde Marion gleich darauf ansetzen. Du kannst dir den Stapel mit 'rübernehmen, ich schau' mir noch mal die spärliche Beweiskette an, die bisher aufgelaufen ist.«

Stichel nahm den Stapel Papiere in Empfang, ging zu seinem Schreibtisch und begann, endlos scheinende Namenslisten zu studieren. Immer weiter gingen die Daten in die Vergangenheit zurück. Er war überrascht, wie viele Mitarbeiter bei der ›CtP Security‹ gekommen und gegangen waren. Plötzlich stockte er. »Merkwürdig«, sagte er und blätterte eine Seite zurück, dann wieder vor. Als er sich sicher war, dass er sich nicht getäuscht hatte, ging er in das Büro seines Chefs und zeigte ihm, was er entdeckt hatte. Mit dem Finger wies er auf die besondere Stelle in der Namensliste. »Hier, das meine ich.«

»Was? Ich sehe nicht, was da Besonderes ist«, sagte Grunder.

»Ich meine den Begriff ›Kriminalprävention‹ mit dem Verweis ›Herr Pilgrim‹. Nicht, dass es damit etwas auf sich hätte, aber ich dachte, der Name ist doch sehr selten, in unserer Gegend. Dann taucht er plötzlich in einer Unterlage auf. Ich meine ja nur, weil unser Herr Staatsanwalt ja auch Pilgrim heißt.«

»Ach, und du meinst, es handelt sich um ein und dieselbe Person?«

»Kann doch sein.«

»Von wann sind denn die Daten?« Grunder schaute auf die Terminliste. »Hm, das war vor vier Jahren. Das ist genau der Zeitraum, der uns interessieren könnte. Peter, ich denke, du solltest noch einmal zu der Firma fahren. Wir sollten uns darüber informieren, was die Kriminalprävention mit ›CtP Security‹ zu tun hatte, aber, was mir viel wichtiger erscheint, ob das tatsächlich

unser Staatsanwalt Pilgrim ist. Das steht hier nämlich nicht, steht übrigens bei keinem Namen.«
»Gut, ich mache mich gleich auf den Weg. Seltsam …«, sagte Stichel langsam und holte sich seine Jacke.
»Was ist seltsam?« Grunder kannte seine Mitarbeiter und besonders gut Peter Stichel, ein Mann, der, wie er meinte, ein ausgezeichneter Ermittler war, und Zusammenhänge erkennen konnte. Unvermittelt fiel Grunder die Sache mit der Frau von Peter ein. Da konnte er die Zusammenhänge nicht erkennen. Er war der Einzige, der nicht bemerkt hatte, dass seine Frau ihn jahrelang betrogen hatte, bis sie schließlich die Scheidung einreichte.
»Also, was ist ›seltsam‹?«, unterbrach Grunder seinen Gedankengang
»Erst höre ich den Namen so gut wie nie und plötzlich an einem Tag mehrmals. Aber vielleicht hat das auch gar nichts zu sagen.«
»Wieso mehrmals am Tag?«
»Na heute, als ich mich mit Frank in der Kantine getroffen habe, war er gerade in ein Gespräch mit Herrn Pilgrim vertieft. Und als ich ihn danach gefragt habe – den Frank meine ich – sagte er, dass sich Pilgrim anscheinend für unsere Arbeit interessiert. Ich meine, das ist doch komisch. Nun taucht schon wieder der Name Pilgrim in den Unterlagen auf. Aber wahrscheinlich ist das in anderer Pilgrim …«
»Ja, so kann das manchmal gehen, Peter.« Grunder hatte plötzlich eine Vermutung, die er jedoch lieber für sich behielt. Warum sollte sich Pilgrim mit einem Kollegen aus dem Dezernat abgeben? Es konnte natürlich auch nur ein Zufall sein, dass dieses Zusammentreffen heute stattgefunden hatte. Aber wenn nicht? Peter hatte eigentlich oft den Instinkt für solche Dinge, aber wie so oft hatte er keine gesicherten Grundlagen für seine Vermutungen. Grunder entschied sich, der Sache nachzugehen, ohne seinen Kollegen einzuweihen. Seine Menschenkenntnis hatte ihn bisher nur selten im Stich gelassen. Außerdem, so dachte Grunder, musste das Vorleben dieses Daniel Janda gründlich unter die Lupe ge-

nommen werden. »Das kann Kurt machen«, sagte er leise und begann, sich eine Strategie zurecht zu legen. Wenn der Dienstweg in Sachen Amtshilfe mit der Tschechei eingehalten würde, konnte es Monate dauern, bis eine Antwort kam. Aber Grunder hatte schon eine Idee. Er rief seinen Kollegen Kurt und erklärte ihm, was zu machen war. Dann griff er zum Telefon, rief seinen Schwager an und fragte, ob er sich seinen Passat ausleihen könne. »Klar, kannst du! Musst ihn dir nur holen«, bekam er zur Antwort. Grunder hatte die Adresse auf einen Zettel geschrieben und reichte ihn Kurt weiter. »Wir müssen das Vorleben von Janda studieren. Ich würde sagen, du fährst mit dem Wagen meines Schwagers in die Tschechei nach Slány, die Adresse steht auf dem Zettel. Dort findest du alles heraus, was für unsere Ermittlungen entscheidend sein kann. Aber denke dran, du bist als Privatmann dort. Es sind keine Ermittlungen im Amtshilfeverfahren.«

»Wenn du meinst ... Wann fahre ich?«

»Ich dachte, wir geben dir eine Woche, in der du ›private Angelegenheiten‹ regeln kannst – offiziell. In dieser Zeit musst du nicht hier sein und somit fällt die Reise auch nicht auf. Den Zeitpunkt könnten wir in den nächsten Tagen festlegen, wenn es dir recht ist. Wir nutzen die Hinweise, die du sammelst, aber vorerst nur, um unsere Erkenntnisse zu erweitern. Wenn wir dann hieb- und stichfeste Ermittlungsergebnisse brauchen, dann können wir immer noch ein Amtshilfeverfahren in die Wege leiten. Ich werde hier die verschiedenen Wege der Ermittlungen koordinieren und zusammenfassen.«

»Einverstanden.« Kurt Hollmann war froh, dass sein Freund Heinz Grunder ihm so viel Vertrauen entgegenbrachte.

Pilgrim fuhr in seine Villa und überlegte sich noch einmal sein Vorhaben. Er war sich sicher, dass es kein Zurück mehr geben konnte. Die Sache musste angegangen werden, denn das Wasser stand ihm bis zum Hals. Schnell hatte er sich umgezogen und ging in die obere Etage, nahm eine Stange mit einem Haken und zog damit vorsichtig die aufklappbare Treppe zum Speicher herunter. Vorsichtig kletterte er nach oben und suchte einen großen Karton mit der Aufschrift »Karneval«. Nach einer Weile wurde er fündig und durchwühlte ihn nach alten Kleidungsstücken. Als er schließlich alles hatte, was er brauchte, verstaute er wieder sorgfältig die anderen Faschingskostüme und schob den Karton zurück an seinen Platz. *Jetzt nur noch die Brille und dann los.* Er ging auf die andere Seite des Speichers, kramte aus einem weiteren Karton eine alte Hornbrille hervor und verließ den Dachboden. Im Bad setzte er sich die Perücke auf, zupfte sie an den Rändern zurecht und kämmte sich einen Scheitel auf der linken Seite. Dann schob er sich die Brille auf die Nase und blickte prüfend in den Spiegel. Wohlwollend nickte er sich zu und fand, dass er ziemlich verändert aussah. Pilgrim ging hinunter ins Foyer, wo er sich in einem großen Spiegel in voller Größe von allen Seiten betrachten konnte. Die Jeanshose und die an den Ärmeln abgestoßene Lederjacke zeigten, zusammen mit den halblangen Haaren und der Brille, einen völlig veränderten Staatsanwalt.

Pilgrim ging zu seinem Wagen und fuhr nach Eschborn. In der Nähe der S-Bahn-Station parkte er und ging zu Fuß zu seinem Ziel, der Stadtbücherei. Er schob sich zwischen den Regalen hindurch und während er so tat, als ob er die Beschriftungen der Buchrücken lesen würde, beobachtete er sorgfältig über den Rand seiner Brille das direkte Umfeld. Langsam bewegte er sich weiter zu einem abgeteilten Bereich, in dem eine Mitarbeiterin Bücher in die Regale einsortierte.

»Guten Tag, Frau … Nun habe ich Ihren Namen vergessen.« Pilgrim wählte bewusst die Anrede, damit der Eindruck entstünde, er wäre des Öfteren in der Stadtbücherei.

»Guten Tag, kann ich etwas für Sie tun?«, fragte die junge Frau erstaunt und versuchte sich zu erinnern, woher sie den großen, schlanken Mann kannte.

»Ich würde gerne den PC benutzen, wenn das geht.«
»Den PC? Moment, ich schaue mal, ob der gerade frei ist. Wir

haben ja nur den einen und da gehen die Besucher hin und wieder ran, um etwas zu recherchieren.« Sie legte den Stapel Bücher zur Seite und verschwand in einer Nische, die von Pilgrims Standpunkt aus nicht einzusehen war. Als sie nach kurzer Zeit zurückkam, wies sie auf die Nische. »Sie können dann, Herr ...«
»Meyer – Meyer ist mein Name.« Pilgrim war sich sicher, dass in der Kartei bestimmt der Name Meyer auftauchen würde, wenn es zu Nachforschungen kommen würde. Bevor er das Textverarbeitungsprogramm aufrief, vergewisserte er sich, dass er allein war. *Dann mal los*, forderte er sich auf und begann zu tippen.

EINSTIEG JUWELIER VEIT VON NORDEN DURCH DAS EINZIGE KELLERFENSTER DES ALTEN KOHLENKELLERS. ALARMANLAGE NEBEN DER HAUSTÜR MIT DER KOMBINATION 1-3-5-7 AUSSCHALTEN (ZEIT 15 SEKUNDEN) PASSWORT GLASHAUS IN DIE UNTERE TASTATUR EINGEBEN (ZEIT 30 SEKUNDEN) TRESOR HINTER WÜSTENBILD MIT KOMBINATION 357452 ÖFFNEN UND SCHACHTELN ENTNEHMEN. AUSSTIEG WIE EINSTIEG! ANRUF ABWARTEN! KEINE TRICKS!

Um sicher zu gehen, dass er nichts vergessen hatte, studierte er das Geschriebene noch einmal genau. Dann drückte er die Taste PRINT und schon setzte sich der Nadeldrucker lautstark in Gang. Pilgrim entnahm das Blatt Papier mit einem Taschentuch und faltete es, sorgsam darauf bedacht, dass er es nicht mit seinen Fingern berührte. Nachdem er es in einen Umschlag gesteckt hatte, ließ er es in der Innentasche seiner Jacke verschwinden.

Pilgrim schloss das Textverarbeitungsprogramm und löschte den letzten Eintrag im temporären Verzeichnis, um seinen Spuren gänzlich zu verwischen. Dann schaltete er den PC wieder in den Stand-by-Modus und verließ die Nische. »Na, Herr Meyer, alles gefunden?«, fragte die Bedienstete freundlich, die noch immer dabei war, Bücher einzuordnen. »Ja, danke, ich habe alles, was ich brauche.« Pilgrim verabschiedete sich höflich und verließ die Stadtbücherei, um zur S-Bahn zu gehen. Zu dieser Tageszeit herrschte viel Betrieb auf den Bahnsteigen. Zielstrebig ging Pilgrim zum Gleis der Linie 9 nach Niederrad und wartete geduldig. In Niederrad angekommen ging er die paar Meter zum »Alten Bahnhof« zurück. Ende der 70er-Jahre war er stillgelegt worden, als ihn die S-Bahn-Station Niederrad ersetzte. Jetzt beherbergte das Gebäude ein Restaurant. Als Pilgrim eintrat, empfand er das Ambiente mit den alten Torbögen einladend gastlich. Er setzte sich in eine Ecke mit dem Rücken zur Wand und bestellte einen Kaffee. Bevor er die Herrentoilette aufsuchte, sondierte er sorgfältig das Umfeld und die anwesenden Gäste. Da ihm niemand verdächtig erschien, ging er durch das Gebäude in den hinteren Teil zu den Toiletten. Auch dort überprüfte er die Räumlichkeiten auf etwaige Anwesende. *Gut, ich bin allein*, dachte Pilgrim und nahm das Taschentuch aus der Jacke, um damit den Brief anzufassen. Den Umschlag schob er hinter den Spiegel über die untere Halterung. Gerade als er sein Taschentuch wieder einstecken wollte, hörte er die Tür hinter sich hallend aufschlagen. Schnell drehte Pilgrim den Wasserhahn auf und versuchte, im Spiegel den Gast zu erkennen, der ihn fast ertappt hätte. Der Mann mit den dunklen Haaren und dem gepflegten Oberlippenbart stockte, ging weiter zu einer der Kabinen und schloss sich ein. Nach einer Weile verließ Pilgrim den Waschraum und trank seinen Kaffee. Kurze Zeit später kam auch der andere Gast zurück in den Schankraum und setzte sich ans Fenster. Als Pilgrim bezahlt hatte, ging er zurück zur S-Bahn-Station und nahm die Linie 9 nach Eschborn, wo er völlig entspannt in seinen Wagen einstieg. Ein Blick nach allen Seiten überzeugte ihn, dass er unbehelligt blieb. Schnell nahm er die Brille und die Perücke ab, verstaute beides wieder in der Tasche und fuhr erleichtert nach Hause.

An jenem Morgen wachte Daniel Janda wie gerädert auf. Er hatte schlecht geschlafen und sich immer wieder hin- und hergewälzt. Lange saß er auf der Bettkante und versuchte die Fragmente, die ihm im Traum erschienen waren, vergeblich zu ordnen. Verschlafen schlurfte er in die kleine Küche, schaltete die Kaffeemaschine ein und verschwand wie mechanisch im Bad. Nachdem er sich mit kaltem Wasser das Gesicht abgespült hatte, erwachten allmählich seine Lebensgeister. Mit geschlossenen Augen tastete er nach einem Handtuch, trocknete sich das Gesicht ab und begann, sich sorgfältig zu rasieren. Ihm war ein gepflegtes Äußeres sehr wichtig. Als er wieder in die Küche kam, schaltete er das Radio ein und machte sich sein Frühstück.

Plötzlich klingelte das Telefon. Wie erstarrt blickte er auf die Ladestation und ahnte, wer der Anrufer sein könnte. Nur wenige wussten seine Nummer und er hegte sofort den Verdacht, dass es sein unbekannter Auftraggeber sein könnte. Er holte das drahtlose Telefon unter der Zeitung von gestern hervor, zog die Antenne heraus und drückte die Sprechtaste.

»Janda«, sagte er kurz.

»Sind Sie allein?«, hörte er die Stimme am anderen Ende, die er nun schon bestens kannte.

»Ja, klar, so früh am Morgen habe ich selten Besuch.«

»Na dann. Ich habe einen Auftrag für Sie – Ende der kommenden Woche. Da werden Sie tätig werden – verstanden?«

»Ich will nicht kleine Dreckarbeiten für Sie erledigen müssen.«

»Es ist Ihnen nach den letzten Aufträgen doch nicht schlecht gegangen, oder? Ich meine, Sie haben immerhin ein Drittel für sich behalten, das kann sich auch ändern. Ich hoffe, wir haben uns verstanden. Außerdem habe ich alles für Sie vorbereitet.«

»Ja, sicher, aber Sie müssen auch mich verstehen ...«

»Ich sage Ihnen, dieser Deal wird unser letztes Arrangement sein, danach ist Schluss, weil wir uns beide dann zur Ruhe setzen können. Jeder wird seiner Wege gehen und wir hören nie wieder etwas voneinander.«

»Wie kann ich mich zur Ruhe setzen! Die bisherigen Aufträge

hatten wohl kaum den Ertrag, dass man sich zur Ruhe setzen könnte.«

»Jetzt geht es um mehr als 800.000 Mark, je nachdem. Für Sie sind 25 Prozent drin, wenn Sie entsprechend mitarbeiten. Ich kann natürlich auch der Polizei einen Tipp geben, Sie wissen ja, was dann passiert.«

Janda überlegte kurz, wie groß sein Anteil sein würde, und pfiff unhörbar durch die Zähne, ehe er lautstark antwortete: »Ist ja gut, ich weiß Bescheid! Und das ist dann auch wirklich das letzte Mal?«

»Ich weiß nicht, ob ich mich so undeutlich ausdrücke. Ich sagte es bereits. Also, können wir weitermachen? Die genauen Instruktionen finden Sie übermorgen Abend ab 20 Uhr im Waschraum des Restaurants »Alter Bahnhof«, das ist drüben in Niederrad. Dort gehen Sie in den Waschraum und hinter dem rechten Spiegel über dem Waschbecken werden Sie die Instruktionen auf der linken Seite finden. Haben Sie das verstanden?«

»Und wie komme ich dahin?«, fragte Janda etwas schnippisch.

»Dieses Mal nehmen Sie die Stresemannallee über den Fluss und dann rechts immer den Theodor-Stern-Kai am Ufer entlang bis Niederrad. Dann die Schwanheimer Straße bis zum ›Alten Bahnhof‹. Das werden Sie schon hinkriegen – Sie müssen es …, seien Sie pünktlich, ansonsten …«

»Ja, weiß ich. Ich mache das schon.«

»Gut.«

Janda wollte noch etwas sagen, aber das charakteristische Knacken in der Leitung verriet ihm, dass der mysteriöse Auftraggeber schon aufgelegt hatte. Er sah auf den Kalender und überlegte, ob er früher zum Treffpunkt fahren sollte. Vielleicht gelänge es ihm, seinen Erpresser zu sehen und eventuell könnte er daraus Kapital schlagen. Wenn er schon am Nachmittag dort warten würde, hätte er eine Chance, überlegte Janda. Ihm gefiel die Idee gut – so gut, dass er verhalten lachen musste. Mit etwas Glück könnte er den Spieß umdrehen und die gegen ihn vorgebrachte Erpressung für sich verwenden.

Jetzt oder nie, dachte Janda, stieg aus seinem Wagen und ging in das Restaurant. Er taxierte die wenigen Gäste, die in der Gaststube versammelt waren und versuchte, die Stimme vom Telefon, die er inzwischen kannte, einem der Anwesenden zuzuordnen. Es gelang ihm nicht. Janda suchte sich einen Platz am Fenster, von dem aus er den Gang zu den Toiletten beobachten konnte. Verstohlen sah er auf die Uhr und stellte fest, dass es bald Zeit würde, die Instruktion abzuholen. Er achtete auf jeden der Gäste, der sich erhob, aber niemand ging in den bestimmten Bereich. Janda entschied sich, die Initiative zu ergreifen. Er stand auf und ging in die Herrentoilette. Dort war aber nur ein Mann, der sich die Hände wusch. Nichts an ihm verriet, dass er der Anrufer war. Janda ging in eine der Kabinen und wartete, bis wieder Ruhe einkehrte, dann ging er zurück an seinen Platz im Gastraum. Ein Blick auf die Uhr sagte ihm, dass die Nachricht geholt werden konnte. Wieder ging er in die Toilette und fingerte an der linken Seite des Spiegels entlang, wo er tatsächlich einen Umschlag fand. Eilig ließ er ihn in seiner Tasche verschwinden. Nachdem Janda sein Getränk bezahlt hatte, verließ er den »Alten Bahnhof« und fuhr in seine Wohnung zurück.

Er wusste, dass er allmählich handeln musste. Sorgfältig legte er sich einen Plan zurecht. Er befürchtete, dass sich das ohnehin knapp bemessene Zeitfenster, das der geheimnisvolle Auftraggeber genannt hatte, sich allmählich zu schließen begann. *Eile ist geboten*, dachte Janda an jenem Abend in seiner Wohnung. »Morgen wird die Aktion starten«, sagte er leise und goss sich zufrieden ein Glas Bier ein.

Der Tag, der alles verändern sollte, begann mit frühlingshaften Temperaturen. Die Luft war klar und kühl. Janda verließ seine Wohnung und schaute sich nach allen Seiten um. Die Straße war menschenleer. Er ging an der Reihe parkender Autos entlang und stapfte vor seinem Omega über den schmutzigen Schneesaum, der sich am Rande des Bürgersteiges entlangzog. *Nicht viel los um diese Tageszeit.* Er stieg ein und fuhr langsam los. Für Janda war es der perfekte Stadtteil zum Wohnen. Die Anonymität war hier allgegenwärtig. Er kannte nicht einmal seine direkten Nachbarn und er war sich sicher, dass auch sie ihn nicht kannten, geschweige denn wussten, was er machte. Aus diesem Grund fühlte er sich in seinem Mehrfamilienhaus, das aus den frühen 60er-Jahren stammte und die Bausünden der damaligen Zeit bestens wiederspiegelte, absolut wohl. Als Janda eine Telefonzelle am Straßenrand sah, steuerte er behutsam seinen Omega in eine Parklücke, ging in die Zelle, nahm den Hörer ab und warf ein paar Münzen in den Apparat. Dann wählte er eine Frankfurter Nummer.

»Juwelen und Schmuck Veit, guten Morgen. Sie sprechen mit Rita Lehmann«, meldete sich eine angenehme, tiefe Frauenstimme.

»Van Straten ist mein Name. Ich würde gerne Herrn Veit sprechen.« Janda log natürlich und täuschte einen starken niederländischen Akzent vor.

»Das tut mir leid, Herr Veit ist erst Anfang der kommenden Woche wieder im Geschäft. Kann ich etwas ausrichten?«

»Nee, vielen Dank, ich werde mich Anfang der Woche noch einmal melden oder ich komme persönlich, wenn ich in Deutschland bin, zu Ihnen ins Geschäft.«

»Gerne, Sie wissen, wo Sie uns finden?«

»Ja, selbstverständlich.« Janda legte auf und war zufrieden mit dem Ergebnis des Gespräches. Jetzt wusste er, dass er freie Bahn hatte. *Dann mal zum nächsten Akt*, entschied er und fuhr in den Frankfurter Nordwesten.

Langsam glitt sein Wagen an dem großen Haus vorbei, das auf der linken Straßenseite lag und einen noblen Eindruck machte. An einer nahe gelegenen Grünanlage hielt er an. Nachdem er sich vergewissert hatte, dass niemand in der Nähe war, stieg er aus und ging an der Grundstücksgrenze entlang. Sorgfältig nahm Janda jede Einzelheit wahr. So fiel ihm sofort die große Eingangstür auf, die eher an eine hölzerne Mauer erinnerte, als an eine Tür.

An der Seite befanden sich unter dem Vordach Scheinwerfer, die er ebenfalls registrierte. *Der Bau ist ja mehr eine Festung als eine Villa.* Langsam ging er an dem großen Grundstück vorbei und fand einen kleinen Trampelpfad, der an dem Anwesen vorbei in eine Gartenanlage führte. Nach etwa 50 Metern konnte er durch die Büsche spähen, die hier offensichtlich einmal nachgepflanzt worden waren. Vor den Sträuchern befand sich ein halbhoher Maschendrahtzaun, der leicht zu überwinden sein würde. Während er diese Seite des großen Hauses mit seinem Blick absuchte, war sein Augenmerk auf Scheinwerfer, Bewegungsmelder oder ähnliches gerichtet. Komischerweise war hier aber offenbar weder das eine noch das andere installiert. Plötzlich entdeckte er ein Geländer, das einen Kellereingang umsäumte. *Dort muss das besagte Fenster sein,* kombinierte Janda. *Das sieht ja einfach aus. Sehr merkwürdig, keine Lampen, keine Alarmanlagen. Wirklich sehr merkwürdig. Na, wie auch immer: In zwei Tagen wird das Projekt gestartet!* Zufrieden ging er zurück zu seinem Wagen.

Als Janda die Werkstatt Becker erreicht hatte, öffnete ihm wie immer der alte Mann. »Du schon wieder!«, grummelte er. »Hab's eilig, muss weg. Zieh die Tür hinter dir zu, wenn du wieder gehst!« Er drehte sich am Absatz um und stapfte davon.

Janda durchquerte die jetzt menschenleeren Räume, holte aus seiner Tasche einen Schlüssel, stieg hinab in die Montagegrube und öffnete den Minisafe, in dem er seine »Utensilien«, wie er sie immer nannte, deponiert hatte.

Gewissenhaft legte Janda an jenem Abend seine Sachen bereit, die er für den Auftrag benötigen würde. Als er alles zusammen auf der Kante der Grube deponiert hatte, ging er noch einmal gedanklich alles Punkt für Punkt durch. Dann öffnete er wieder den Safe. Mit einem leichten Druck gegen das Bodenblech klappte ein Fach auf, das im unteren Teil integriert war. Bevor er die darin liegende Pistole, eine neuwertige Česká, aus der Zeit seines Militärdienstes, herauszog, schlüpfte er noch in ein Paar Wegwerfhandschuhe. Dann erst holte er sich auch die Munitionsschachtel aus der Nische und füllte die Pistole mit der totbringenden Fracht. *Nur zur Sicherheit.* Janda schob entschlossen das Magazin in den Griff, das mit einem charakteristischen Klicken einrastete und die erste Patrone in den Lauf beförderte. Nachdem er die Waffe in seinem Schulterhalfter verstaut hatte, nahm er noch einmal die schriftlichen Anweisungen seines Auftraggebers zur Hand und prüfte, ob alles bedacht war. »Dann mal los!«, forderte er sich laut und entschieden auf.

Janda verließ die Werkstatt und lenkte seinen Omega in die Nähe des kleinen Pfades, den er vor zwei Tagen schon einmal ausgekundschaftet hatte. Er wartete bis es dunkel genug für seine Unternehmung war.

Der Himmel war in jener Nacht mit schweren Wolken verhangen, sodass die Rabenschwärze zum Glück für Janda jeden Schatten verschluckte. Er kletterte routiniert und katzenhaft über den Drahtzaun und spähte vorsichtig über die Rasenfläche. Alles war still. Das Haus lag dunkel in einiger Entfernung. Er war sich sicher, wenn er am Haus war, hatte er die gefährlichste Strecke hinter sich. Janda rannte los, erreichte wenig später die schützende Hauswand, presste sich gegen die Mauer und spähte in die Dunkelheit. Nichts war zu erkennen – kein Laut zu hören. Nur der Wind hatte etwas zugelegt. Janda schlich an der Wand entlang bis zu einem Geländer und schaute in den Kellerschacht, an dessen Ende ein Fenster zu erkennen war. *Jetzt wird sich zeigen, wie wertvoll deine Informationen sind*, dachte Janda. Seine Finger, die in Hygienehandschuhen steckten, glitten prüfend am Fensterrahmen entlang und er stellte fest, dass sich dieses Fenster nicht öffnen ließ. Aus seinem Rucksack holte er daraufhin einen Saugheber und platzierte ihn auf der Mitte der Scheibe. Dann schnitt er mit dem Glasschneider die Scheibe heraus und stellte sie vorsichtig neben sich gegen die Mauer. Angespannt lauschend wartete er ab, aber nichts geschah. Alles blieb ruhig. Geschickt rutschte er durch die Fensteröffnung in das Innere des Hauses.

Aus seiner Jackentasche holte er eine Taschenlampe hervor und sah sich in dem Kellerraum um. An der Wand unter dem Fenster befanden sich die typischen Halterungen für eine Kohlenschütte. Janda leuchtete die Wand bis zu einigen Regalen entlang, auf denen akribisch aufgeschichtet alte Weinflaschen davon zeugten, dass der Besitzer ein ausgesprochener Weinkenner sein musste. Hinter den Regalen war eine Tür, die Janda mit einem leisen Knacken entriegelte. Er hielt inne und lauschte wieder. Nichts. Er war allein. Mit einem leisen Quietschen öffnete er die Tür und blickte in einen weiteren Kellerraum. Eine schmale Betontreppe an deren Ende Janda wieder vor einer verschlossenen Tür stand. Mit einem Dietrich konnte er jedoch schnell das Schloss öffnen und betrat die große Diele des Hauses, die von einer breiten geschwungenen Marmortreppe dominiert wurde. Rasch und lautlos ging er zunächst zur Eingangstür, zog seinen Zettel aus der Tasche und gab den entsprechenden Code über die Tastatur der Alarmanlage ein. Die Kontrollleuchten wechselten bereitwillig die Farbe und zeigten ein Grün an. Aufatmend ging Janda an der breiten Treppe vorbei ins Büro. Immer wieder lauschte er, ob etwas zu hören war. Er wusste zwar, dass niemand im Hause sein konnte, aber seine kriminelle Erfahrung ließ ihn stets zur Vorsicht tendieren. Im Büro fand er eine Ausstattung vor, die ihn eher an ein Museum oder eine Kunstausstellung erinnerte. Der Lichtkegel seiner Taschenlampe gab eine Vielzahl von Bildern und Skulpturen frei, die aber Jandas Aufmerksamkeit nur in soweit fesselten, als er auf der Suche nach dem Gemälde war. *Es soll die Kalahari sein.* Janda vergewisserte sich noch einmal anhand seiner Instruktionen. Plötzlich erfasste der Lichtkegel eines der großen Bilder. *Da haben wir es ja!* Behutsam ging er um den Schreibtisch herum, vorbei an einer ledernen Sitzecke, und legte seine Lampe auf der Lehne eines breiten Sessels ab. Mit den Fingern fuhr er langsam und gefühlvoll am Bilderrahmen entlang und versuchte, weitere Sicherungsmaßnahmen zu ertasten. Nachdem er nichts finden konnte, nahm er die Taschenlampe wieder zur Hand und leuchtete von der Seite hinter das Bild. *Hm. Keine Kontakte. Dann los!* Er legte die Lampe wieder ab, nahm das Bild von den Haken und stellte es in Reichweite gegen die Sessellehne. Fast ehrfürchtig blickte Janda auf die mächtige in die Wand eingelassene Tresortür. Er zog seine Handschuhe fester, fingerte wieder seine Instruktionen aus der Tasche und begann an dem Stellrad zu drehen.»Vier-rechts-sieben-links-acht-rechts-zwei-rechts«, wiederholte er leise die Kombination, ehe seine Finger den Zahlencode am Stellrad einstellten. Mit einem Piepsen quittierte das System den Vorgang und entriegelte leise klickend die Tür. Janda blickte in das Innere des Safes. Neben einem sorgfältig geschichteten Stapel mit Papieren lagen die Schachteln, von denen in den Instruktionen die Rede war. Janda schichtete alles auf das Ledersofa und durchsuchte die Stahlkammer nach weiteren lohnenden Beutestücken. Enttäuschenderweise wurde er aber nicht weiter fündig, schloss daher die schwere Tresortür und verdrehte die Nummernkombination am Stellrad. Gerade, als er das schwere Bild wieder an seinen Platz hängen wollte, war ihm so, als hätte er etwas gehört – nur so eine Ahnung, wie er meinte. Schnell knipste er seine Taschenlampe aus und lauschte angestrengt in die Dunkelheit des Raumes. Nichts war zu hören außer sein angestrengtes Atmen. *Wie sollte es auch anders sein*, dachte Janda und hängte das Gemälde zurück an die Wand. Danach kontrollierte er, ob er nichts liegengelassen hatte, verstaute die Beute samt Papieren in seinem Rucksack und streifte ihn sich über die Schultern. *Nur noch die Anlage wieder scharf schalten und dann nichts wie weg.* Janda war zufrieden mit sich und seiner Arbeit. Aber wieder überkam ihn das instinktive Gefühl, nicht alleine zu sein. Irgendetwas stimmte nicht. Leise schloss er die Bürotür und ging an der breiten Treppe vorbei zum Eingangsbereich. Gerade als er dabei war, den Code in das Sicherungssystem einzugeben, passierte, was nie hätte geschehen dürfen. Plötzlich ging das Licht an und der Flur der Villa war grell erleuchtet.

Hermann Veit fand in dieser Nacht keinen richtigen Schlaf. Zu sehr war er noch mit den Gedanken in seiner Wahlheimat Südafrika. Schweißgebadet wälzte er sich in seinem Bett hin und her. Plötzlich meinte er ein Geräusch zu hören und war auf einmal hellwach. Konzentriert lauschte er in die Dunkelheit, dann schaltete er die Lampe auf seinem Nachttisch an und horchte wieder angestrengt. »Da ist nichts«, beruhigte er sich selbst laut, befand aber, dass er selbst nachsehen musste, um sicher zu gehen. Er warf sich den Bademantel über und öffnete leise die Tür. Er lauschte wieder. Plötzlich war ihm so, als hätte er ein Schaben gehört. *Als wenn Jackenstoffe gegeneinander reiben*, dachte Hermann. Schnell ging er zurück ins Zimmer und holte aus der obersten Schublade seines Nachtkästchens einen Revolver. Er zog ihn aus dem Futteral, spannte den Hahn und beobachtete, wie sich die Trommel weiterdrehte und ihre tödliche Ladung zum Abschuss bereit machte. Die Waffe nach unten gerichtet, schlich Hermann wieder zur Tür. Vorsichtig schob er sich auf den oberen Korridor bis zur Balustrade und lauschte mit höchster Anspannung in die Dunkelheit. Er war sich mittlerweile sicher, dass ein Eindringling im Haus war. Lautlos gelangte er zum Treppenansatz und blickte nach unten. Als er den Lichtkegel einer Taschenlampe an der Alarmanlage sah, legte sich seine Hand fester um den Griff des Revolvers. Mit der anderen Hand schaltete er das Licht in der Halle an und rief scharf: »Hallo, was machen Sie denn da?«

Ohne auch nur eine Sekunde zu zögern riss Janda seine Pistole aus dem Halfter, drehte sich um und krachend löste sich ein Schuss.

Hermann Veit traf ein dumpfer Schlag in der Brust, der ihn augenblicklich in die Knie zwang. Hilflos tastete er mit der linken Hand haltsuchend nach dem Geländer. Sein Revolver entglitt seiner Rechten und landete zwischen den schmiedeeisernen Treppenstreben hindurch auf dem Marmorboden der Diele, woraufhin sich laut krachend ein weiterer Schuss löste und mit einem ohrenbetäubenden Knall durch das ganze Haus hallte. Veits Körper glitt seitlich die Treppe herunter und rutschte Stufe für Stufe dem Foyer entgegen. Auf den unteren Stufen landete sein Kopf dann unsanft auf dem Dielenboden. Schnell sammelte sich eine Blutlache an, die von einem Rinnsal, das aus seinem Mund floss, genährt wurde. »Oh, mein Gott!« Gerlinde Veit stand mit schreckensgeweiteten Augen am oberen Treppenansatz und zitterte wie Espenlaub.

Janda blickte fassungslos auf die Česká in seiner Hand. »Du verdammter Idiot!«, brüllte er, während Gerlinde nicht aufhören konnte hysterisch »Hermann!« zu kreischen. Hektisch steckte Janda die Pistole zurück und riss die Haustür auf. Im Laufen streifte er sich die Handschuhe von den Händen. Nach wenigen Metern erreichte er die Gartenpforte, die er erst umständlich nach innen öffnen musste. Ohne sich noch einmal umzusehen suchte Janda das Weite. Sein Puls raste, als er endlich sein Auto erreichte, um dann mit durchdrehenden Reifen den Ort des Verbrechens zu verlassen. Als er sich etwas beruhigt hatte, ließ er das Ganze noch einmal Revue passieren. Hatte die Frau ihn gesehen? Oder war sie nur mit dem Anblick des Toten beschäftigt gewesen? Janda kam zu dem Schluss, dass er unerkannt entkommen war. Plötzlich schlug er sich mit der flachen Hand an die Stirn: »Mist! Verdammter, elender Mist! Ich muss die Beute loswerden!« Er nahm die nächste Abzweigung und machte sich auf den Weg zur kleinen Werkstatt in der Innenstadt. Hastig klopfte Janda an das alte Tor. Nach einer Weile hörte er ein mürrisches »Ja, verflucht, was ist denn? Kann man denn nicht einmal in der Nacht etwas Ruhe bekommen?« Schleppende Schritte näherten sich.

»Was willst du denn schon wieder hier?«, herrschte ihn der alte Mann in seinem zerschlissenen Bademantel mürrisch an. Die Arme hatte er abwehrend vor seinem Körper verschränkt.

»Ich brauche dich. Du musst was für mich aufbewahren!«

»Hast du schon wieder Mist gebaut?«

»Nein, natürlich nicht«, log Janda. »Ich bitte dich nur, den Rucksack für mich einige Tage aufzubewahren. Machst du das?«
»Na, dann gib das Ding schon her. Ich mach' das für dich. Ich mach's ja.«
»Danke.« Janda atmete tief durch und war schon auf dem Weg zu seinem Wagen, als er hinter sich hörte: »Das geht noch mal schief! Ich sage dir, deine verfluchten Eskapaden bringen dich irgendwann in den Knast.« Janda wollte noch etwas erwidern, hörte jedoch, wie die große Tür krachend ins Schloss fiel. Mit einer abfälligen Handbewegung setzte er sich in seinen Omega und fuhr zurück zu seiner Wohnung. Um seine Nerven zu beruhigen holte er sich eine Dose Bier aus dem Kühlschrank und nahm einen kräftigen Schluck, ehe er überlegte, was zu tun sei. *Heute passiert nichts mehr und morgen sieht alles vielleicht doch nicht so schlimm aus. Wieso kommt der Kerl auch herunter – vielleicht hat der Alte ja überlebt.* Janda zog sich aus, legte sich in sein Bett und versuchte ein wenig Schlaf zu bekommen.

In der Villa Veit stand Gerlinde immer noch vollkommen schockiert am oberen Treppenabsatz. Die Hände hatte sie verkrampft an den Mund gepresst. *Mein Gott, was ist passiert? Das kann doch nicht sein. Das kann doch nicht sein.* Nach langem Zögern ging sie langsam die Treppe herunter – Stufe für Stufe, den Blick starr auf den leblosen Körper ihres Mannes gerichtet. Unter Tränen beugte sie sich über ihn und versuchte, sein Gesicht zu sehen, das dem Boden zugewandt war. Liebevoll strich sie ihm über das volle weiße Haar. Es war nur noch ein Flüstern, das über ihre Lippen kam: »Hermann, mein Hermann! Was mache ich bloß?«
Sie richtete sich auf, und wankte schließlich zum Telefon. Als sie den Notruf der Sicherheitsfirma gewählt hatte wartete sie erst gar nicht ab, sondern kreischte in den Hörer: »Die haben meinen Mann erschossen!«
»Sagen Sie mir doch bitte Ihren Namen und wo Sie sind.« Die ruhige, sonore Stimme am anderen Ende der Leitung wirkte au-

genblicklich beruhigend auf Gerlinde. »Veit, Gerlinde Veit – Villa Veit, Altkönigstraße 1.«
»Gut gemacht, Frau Veit. Ich sehe hier auch jetzt Ihre Nummer. Sagen Sie mir jetzt noch einmal, was passiert ist!«
»Mein Mann … sie haben ihn erschossen … einfach erschossen.« Der letzte Teil des Satzes ertrank in lautem Schluchzen.
»Gut, das habe ich verstanden, Frau Veit. Sind die Täter noch im Haus?«
»Nein, ich bin ganz allein mit ihm.«
»In Ordnung, Frau Veit. Ich möchte jetzt, dass Sie draußen das Licht einschalten. Die Polizei und der Rettungswagen sind schon auf dem Wege zu Ihnen. Sie müssten gleich da sein. Schalten Sie also jetzt das Licht ein, damit die Beamten Sie gleich finden.«
»Ja, gut, mache ich.«
»Frau Veit, wenn das Licht an ist, möchte ich, dass Sie sich setzen und warten, bis die Notärzte da sind. Die werden sich gleich um Sie kümmern. Lange kann es nicht mehr dauern, Frau Veit.«

Wie in Trance, ohne noch etwas zu erwidern, legte Gerlinde den Hörer auf die Gabel und tat, was ihr gesagt worden war. Kurze Zeit später waren die gesamte Auffahrt sowie der Eingangsbereich der Villa hell erleuchtet. Gerlinde setzte sich mit dem Rücken zur Diele, wo immer noch ihr toter Mann lag.

Ihre Gedanken drifteten ab und wanderten weit zurück – zurück in eine Zeit, als sie Lehrmädchen in einer Goldschmiede gewesen war. Und dann tauchte Hermann in ihren Erinnerungen auf. Hermann, der damals scheu den Blickkontakt zu ihr gesucht und nur ein belegtes »Hallo« über die Lippen gebracht hatte. »Ich soll den Schmuck für meinen Vater holen.« Gerlinde hatte von ihrem Arbeitsplatz aufgesehen, und war sofort gefangengenommen gewesen vom Glanz, den die Augen des Jungen ausstrahlten. Ihre Freundin und Kollegin folgte dem Blick der beiden und gab dem jungen Mann ein Päckchen, das ihr Chef für den Juwelier Veit zurückgelegt hatte. Mit einem hastigen »Danke« verließ der

Junge Mann das Geschäft. »Kennst du ihn näher?«, hatte Gerlinde ihre Freundin gefragt. »Ja, das ist Hermann, von dem Juwelier Veit, ein paar Straßen weiter haben sie ihr Geschäft – ich glaube in dritter Generation. Er wäre sicher eine gute Partie …« Beide Frauen hatten gelacht und sich dann wieder ihrer Arbeit gewidmet. Gerlinde hatte der Gedanke an den jungen Mann aber nicht mehr losgelassen und einige Tage später war er wieder im Geschäft gestanden und hatte sie schüchtern gefragt, ob er sie einladen dürfe, zu einem Tanztee, wie es ihn in den Anfangsjahren der Bundesrepublik oft gab. So haben sie sich dann verabredet am Sonntag, den 12. Oktober 1952, in einem der amerikanischen Clubs, die zu der Zeit richtig angesagt waren und bei der Jugend im Nachkriegsdeutschland einen Geheimtipp darstellten. *Manches Datum vergisst man nie*, dachte Gerlinde und hörte wieder die Musik von Heinz Schönberger mit dem charakteristischen Saxofonklang. Die Straßen um den alten Dom waren gerade von den letzten Überresten des Krieges freigeräumt worden und langsam hatte die Normalität wieder Einzug gehalten in Deutschland. Eines Tages hatte Hermann dann ganz formell bei ihrem Vater um die Hand seiner Tochter angehalten und ihr einen Brillantring – selbst angefertigt – an den Finger gesteckt. Ein rauschendes Fest hatte es gegeben. Gerlinde dachte an ihr prunkvolles Brautkleid, das nach den Jahren der Entbehrungen einen tollen Blickfang bot. Dann die Flitterwochen in Venedig … »Ach Hermann, es war eine gute Zeit, die wir hatten, nach Afrika wollten wir – und jetzt …?«, hauchte sie und begann wieder zu weinen. Ihr Kopf sank nach hinten auf die mächtige Stuhllehne. Sie konnte nicht mehr denken und wollte es auch nicht mehr.

Plötzlich zuckte blaues Licht durch den Raum. In der Diele waren Schritte und Stimmen zu hören. Rettungssanitäter eilten sofort zu dem am Boden liegenden Mann und untersuchten ihn. Gerlinde nahm das alles nur schemenhaft wahr, zu sehr hatten die

Ereignisse sie mitgenommen. »Hallo, ich bin vom Rettungsdienst. Wie geht es Ihnen?«, fragte der junge Mann, der sich zu Gerlinde herunterbeugte.

»Was? Was ist? Die haben meinen Mann erschossen.« Gerlinde verstummte abrupt.

»Ich gebe Ihnen jetzt ein Beruhigungsmittel, das wird Ihnen helfen, Frau Veit.«

Der junge Sanitäter machte ihren Arm frei. »Das war's schon, Frau Veit. Eine Kollegin bringt Sie jetzt in Ihr Schlafzimmer – da finden Sie etwas Ruhe.«

Er winkte seine Kollegin heran und bat sie, Gerlinde in den oberen Bereich des Anwesens, wo die Schlafzimmer lagen, zu führen. Behutsam sorgte die Sanitäterin dafür, dass Gerlinde ihren am Boden liegenden Mann nicht zu Gesicht bekam.

Als das Telefon klingelte, war Hauptkommissar Heinz Grunder im Tiefschlaf. Mechanisch tastete seine Hand zum Telefon, das auf dem Nachttisch lag. »Hallo Heinz, klang die Stimme im Hörer. Wir haben einen Tötungsdelikt in der Altkönigstraße 1. Veit, Hermann.«

»Na toll! Das so etwas immer zu nachtschlafender Zeit passieren muss … Ich bin gleich da. Theuner hat Bereitschaft. Informiert ihn bitte.«

Grunder legte auf, wankte ins Bad und spülte sich das Gesicht mit kaltem Wasser ab. Vor seinem geistigen Auge tauchten die Bilder vergangener Fälle auf, bei denen die Opfer so manches Mal grauenvoll zugerichtet waren. Er meinte, inzwischen abgestumpft zu sein, musste sich aber eingestehen, dass es immer wieder aufs Neue schwer zu ertragen war.

Als er die Villa Veit betrat, waren Gerichtsmediziner und die Spurensicherung bereits am Tatort.

»Guten Morgen, Chef«, begrüßte ihn Frank Theuner.

»Ich erkenne nicht, was an dem Morgen gut ist – auf jeden Fall ist es wieder einmal zu früh. Also Frank, was haben wir?«

»Nun, der Tote ist der bekannte Juwelier Hermann Veit. Er hat offensichtlich einen Einbrecher überrascht und wurde von ihm erschossen. Wir haben einen Revolver gefunden.« Theuner wies mit der einen Hand auf den Gang neben der Treppe. »Und ein Projektil steckt dort in der Wand neben dem Aufgang.«
»Wurde etwas gestohlen?«, fragte Grunder und beugte sich über den Leichnam. Mit offenem Mund und starrem Blick lag das Opfer auf dem kalten Marmorboden. Die eine Hand hatte sich um die Strebe des Geländers gekrampft, als wollte sie das Leben festhalten.

»Soweit wir jetzt wissen«, berichtete Theuner seinem Vorgesetzten, »ist das Büro unversehrt geblieben. Seltsam ist nur, dass die Alarmanlage nicht vollständig scharf geschaltet war. Wir werden den Inhalt des Tresores kontrollieren und dann wissen wir genau, ob etwas fehlt. Das Opfer soll gerade aus Südafrika zurückgekommen sein, wie man hört.«

»Woher wissen wir das?« Grunders Stimme klang gepresst. Immer wenn er zu einem Mord gerufen wurde, erkannte er die Sinnlosigkeit des Tötens. Für ihn war es immer das Gleiche, sinnloses Morden, das die Menschen glauben ließ, einen Vorteil durch Gewalt zu erzielen. Er war sich absolut sicher: Gewalt war keine Option.

»Nun, das mit dem Tresor hat die Wachfirma gesagt. Es ist ein stiller Alarm eingegangen«, unterbrach Theuner seinen Gedankengang. »Der Mann sagt, dass es auch dann der Fall ist, wenn die Anlage mit falschen oder lückenhaften Eingaben bedient wird. Das passiert übrigens auch, wenn der Vorgang abgebrochen wird. Aufgelaufen ist der Alarm, weil die Eingaben nicht beendet wurden. Das war vor knapp zwei Stunden. Wir sollten uns die Unterlagen der Firma besorgen. Die von der Wachfirma haben auch gesagt, dass die Veits vor kurzem eine Reise unternommen hätten.«

Grunder sah zur Uhr und murmelte: »Hm, kurz vor 5. Was ist mit der Frau des Opfers? Können wir sie befragen?«

»Im Augenblick nicht, der Notarzt hat ihr ein Beruhigungsmittel verabreicht. Wir können morgen sicher mit ihr sprechen.«
»Gut, was sagt der Gerichtsmediziner?«
»Der hat den Toten untersucht und wartet darauf, dass wir fertig sind und er das Opfer mitnehmen kann.«
In dem Moment kam der Leiter der Tatortsicherung auf Grunder zu und gab ihm die Hand. »Guten Morgen, Heinz. Wir haben uns eine Weile nicht gesehen. Wäre schön, wenn die Umstände ein bisschen angenehmer sein könnten. Wir haben alles soweit gesichert – den Außenbereich übernehmen die Kollegen. Ich warte noch darauf, dass auch sie fertig werden. Ich denke, dann haben wir alles. Die genaue Auswertung bekommst du dann in den nächsten Tagen von mir – so wie immer.«
»Hast recht, wir sollten mal wieder was zusammen machen! Kannst du schon etwas Genaueres zum Tathergang sagen?«
»Also, ein Schuss in die Brust aus etwa zehn Metern Entfernung, Schusskanal, so wie ich das sehe, circa 30 bis 50 Grad. Es war ein Durchschuss, der die Lunge durchschlagen haben muss, die Herzkammer verletzt hat, und knapp unter dem Schulterblatt wieder ausgetreten ist. Du siehst den Blutschaum, ein Zeichen dafür. Das ausgetretene Projektil wird von den Kollegen der KTU sicher bald gefunden werden. Der Schütze hat definitiv da unten gestanden.«
Er zeigte auf das Eingangsportal mit dem direkt daneben angebrachten Alarmsystem. »Das Opfer ist dann die Treppe heruntergefallen und hier aufgekommen. So wie der Mann dort liegt, ist er nicht mehr bewegt worden. Die Hämatome sowie die Blutansammlungen sprechen jedenfalls eine deutliche Sprache.«
»Was ist mit dem Tresor? So ein Juwelier hat sicher einiges an Wertsachen im Hause.«
»Das Büro sieht aus, als wäre unser Täter nicht bis dorthin gekommen, aber das prüfen wir noch. Wenn die Frau des Opfers wieder ansprechbar ist, werden wir den Tresor öffnen – dann wissen wir mehr. Fingerabdrücke gibt es genug, aber ich vermute,

die sind alle vom Opfer oder seiner Frau. Genaue Ergebnisse bekommst du, wenn wir ganz fertig sind.«

»Wann ist die Tat passiert?«

»Also, der Todeszeitpunkt war etwa vor zwei bis maximal drei Stunden«, erläuterte der Gerichtsmediziner.«»Für mich war es das erst einmal, wir sehen uns später noch.« Er drehte sich zur Tür um und nickte den wartenden Männern zu. Die Kollegen legten daraufhin den Leichnam mit der nötigen Pietät in einen Zinksarg und verließen diskret den weiträumig abgesperrten Tatort.

Grunder ging zusammen mit Theuner, der vom oberen Teil des Hauses heruntergekommen war, ins Büro von Hermann, wo die Beamten der Spurensicherung alles genau skizzierten und Fotos anfertigten. Nichts konnte ihnen entgehen. »Hm«, sagte Theuner, »der Tresor ist verschlossen. Warten wir ab, was Frau Veit zu sagen hat. Vielleicht hat der Täter auch nichts mitgenommen.«

»Was hätte er denn dann hier sollen? Ein ziemlich hoher Preis für ›Nichts‹«, sagte Grunder sarkastisch. Einer der Kollegen kam und meldete, dass ein Kellerfenster beschädigt worden sei und die Scheibe unversehrt an der Außenmauer stehen würde.

»Wie ich das sehe«, sagte er zu Theuner, »ist der Täter durch das Fenster eingestiegen. Dann ist er zur Alarmanlage gegangen, wollte sie ausschalten und ist dabei vom Hausherrn überrascht worden. Daraufhin hat er den Juwelier erschossen.«

»Für den Moment können wir nichts weiter machen«, entschied Grunder. »Treffen wir uns nachher in der Dienststelle.« Er zog den Reißverschluss seiner Jacke hoch und fuhr zurück in seine Wohnung.

Kurt Hollmann hatte bereits ein gutes Stück des Weges zurückgelegt, als er beschloss, den nächsten Rastplatz anzusteuern. In der Raststätte bestellte er sich das Tagesmenü sowie einen Kaffee und setzte sich ans Fenster. Noch einmal ging er gedanklich die Anordnungen Grunders durch. »Nur nicht auffallen«, hatte der gesagt, und: »So viele Informationen wie möglich sammeln.« Als

Kurt mit seinem Imbiss fertig, war schob er das Gedeck in einen Servicewagen, ehe er zu seinem Auto ging und weiter in Richtung Tschechien fuhr. *Gleich hab ich es geschafft, ich sehe schon die Grenze.* Das absehbare Ende der Fahrt verlieh ihm neue Kräfte. Endlich kam er an die Abzweigung, südlich von Wernberg. Er wechselte die Autobahn und fuhr weiter Richtung Prag. Am späten Nachmittag erreichte er die Kleinstadt Slaný und fand vor dem »Union-Hotel« an der Husova einen Parkplatz. Zufrieden stieg er aus, nahm seinen Koffer und betrat die einfach gehaltene Hotellobby. An der Rezeption wurde er von einer jungen Dame begrüßt, die ihn sofort als Deutschen erkannte und ihn in seiner Muttersprache herzlich willkommen hieß. Nachdem alle Formalitäten erledigt waren, begleitete ihn einer der Angestellten auf sein Zimmer, das schlicht, aber nett und freundlich eingerichtet war. Mit einem »Děkuji« nahm der junge Mann das Trinkgeld in Empfang, bevor er diskret die Zimmertür hinter sich schloss. Hollmann trat ans Fenster und blickte versonnen auf die breite Straße hinunter, die zu dieser Tageszeit das gesamte städtische Leben zu offenbaren schien. Hollmann beschloss, noch etwas durch die Altstadt zu gehen und »Entdeckungen« zu machen. An der Rezeption gab er seinen Schlüssel ab und trat hinaus auf die Husova, eine kleine Straße, die am Hotel vorbei direkt in die Altstadt führte. Als er an eine Straßenkreuzung kam, fand er ein Restaurant. *Hier werde ich mal etwas essen. Vielleicht kann ich ja etwas über diese Gegend erfahren.* Er betrat das gemütlich eingerichtete Lokal. Nur wenige Gäste saßen zu dieser Tageszeit an den Tischen. In der Ecke, gleich bei der Tür, unterhielten sich einige Männer an einem Tisch, auf dem ein schweres Messingschild mit der Aufschrift »Rezervováno« stand. Folgerichtig vermutete Hollmann, dass es der Stammtisch sein müsse – ein in beinahe jedem Lokal unverzichtbares Requisit. Freundlich erwiderten die dort sitzenden Männer sein Nicken und widmeten sich dann wieder ihrem Gespräch. Hollmann setzte sich an einen freien Tisch und wartete auf den

Wirt, der mit hochgekrempelten Hemdsärmeln und einem Handtuch über dem angewinkelten Unterarm zu ihm an den Tisch trat.
»Ich möchte die Speisekarte«, bat Hollmann.
»Sie wollen essen?«, fragte der Wirt und holte schnell die Karte von einem Tisch am Tresen. »Sie sind aus Deutschland?«, fragte er und lächelte breit.

»Ja, ich bin heute angekommen und möchte mich hier etwas umschauen, Museen, Burgen und solche Dinge – Land und Leute kennenlernen, wie man so sagt.«

»Ah, verstehe. Gute Wahl, zu uns zu kommen.« Der Mann um die 50 strich über seinen dunklen Schnauzer. Freundlich lächelnd nahm er die Bestellung auf. Einige Zeit später brachte er dem Gast ein frisch gezapftes Pils, ehe er in der Küche verschwand.

Während Kurt das würzige Bier trank, ließ er seinen Blick durch die Gaststube schweifen. An der Wand hinter dem Tresen mit der Zapfanlage befanden sich Gemälde und historische Fotos, die offensichtlich die alten Gebäude der Stadt zeigten. Über dem Stammtisch war eine Lampe befestigt, die Hollmanns Aufmerksamkeit erregte. Ein großes Geweih hatte man hier zu einer strahlenden Rarität umfunktioniert. An der Wand hinter dem Stammtisch hingen Kupferstiche und zwei Säbel, die der Ecke etwas Museales verliehen. Neben den Säbeln befand sich ein Wappen, das offensichtlich Slaný zuzuordnen war.

Als der Wirt mit der bestellten Speise kam, fragte Hollmann, wo er sich hinwenden könne, um etwas mehr über diesen Ort zu erfahren.

»Kein Problem, Sie haben Glück! Da drüben sitzt Jiří Sládeck, er war früher einmal Professor für Geschichte an der Universität in Prag. Der kann Ihnen sicher viel erzählen.« Ohne eine Reaktion des Gastes abzuwarten, ging der Wirt an den Tisch in der Ecke, kam wenig später zurück und sagte zu Hollmann: »Ich habe ihn gefragt. Die Herren bitten Sie nachher, wenn Sie fertig mit Ihrem Essen sind, an ihren Tisch.«

Nach dem reichhaltigen Menü ging Kurt zu der Runde am Stammtisch und machte eine höfliche Verbeugung.
»Ah, Sie sind der Deutsche, der etwas über unsere Stadt wissen möchte? Kommen Sie – setzen sie sich neben Tomás.« Hollmann nahm neben den großen, breitschultrigen Mann Platz, der ihn interessiert ansah, ehe er sagte: »Sie kommen also aus Deutschland?«
»Ja, aus Frankfurt. Ich mache hier ein paar Tage Urlaub und möchte mich informieren.«
»Mein Onkel ist damals nach dem Krieg mit seiner Familie nach Deutschland gegangen, wissen Sie, das war eine böse Zeit, als die deutschen Soldaten hier waren.«
»Tomás«, unterbrach der alte Mann seinen Freund, »das waren andere Zeiten. Die Deutschen von damals waren Soldaten der Wehrmacht, aber heute sind viele Deutsche unsere Freunde. Vertreibung und Gräueltaten hat es auf beiden Seiten gegeben – vergiss das nicht. Und die Zeit im Kommunismus war auch nicht so toll. Du weißt es genau.«
»Ja, du hast Recht, Jiří. Ich habe das ja auch nicht so gemeint.«
»Warum sprechen sie eigentlich alle so gut Deutsch?«, wunderte sich Hollmann.
»Wir hatten Deutsch als Unterrichtsfach am Gymnasium«, erklärte der alte Mann.
Tomás sah sich um und hob die Hand. Als der Wirt ihn sah, beschrieb Tomás mit der erhobenen Hand einen Kreis. Der Wirt nickte und machte sich am Zapfhahn zu schaffen.
Der alte, zierliche Mann nahm das Gespräch wieder auf. Er strich sich über das schüttere Haar und schien zu überlegen, wo er beginnen sollte.
»Also«, begann der Professor, »Slaný war eine ehemalige Königsstadt. Wir befinden uns hier im sogenannten Prager Plateau. Sie wissen ja sicher, dass Prag nicht weit weg liegt. Übrigens, da sollten Sie unbedingt auch einmal hinfahren – ach, ›die goldene Stadt‹.« Sládeck geriet ins Schwärmen, ehe er sich einen Ruck gab.

»Ja, also zurück zu der alten Königsstadt: Eine Salzquelle ist gefunden worden – das war um das Jahr 800 nach Christi. So hat die Stadt es zu einem ansehnlichen Wohlstand gebracht. Wenzel II. hat Slaný um 1350 zur Königsstadt gemacht und dadurch bekam Slaný zahlreiche Privilegien. Später hat Karl IV. das Verteilen von Sonderrechten fortgesetzt. Während der Hussitenkriege war diese Stadt das religiöse Zentrum der Hussiten – begründet auf Jan Hus – in Böhmen. In den Jahrhunderten danach blieb der Wohlstand wegen des Salzes. Nach der Schlacht während des 30-jährigen Krieges am ›Weißen Berg‹ – die katholische Liga hatte über die Standesherren aus Böhmen gesiegt – wurden die Vermögen und der Grundbesitz von der Verwaltung des österreichischen Kaisers konfisziert. Im Jahre 1620 hatten sie dann die Stadt an Graf Jaroslav Borsita verkauft. Erst 1820 erhielt Slaný eine eigene Stadtverwaltung und entwickelte sich in der zweiten Hälfte des 19. Jahrhunderts zu einer Industriestadt. Im Jahre 1938 wurde der größte deutschsprachige Teil Böhmens – übrigens gegen den Willen der Tschechoslowakei – dem Deutschen Reich zugeschlagen. Das Ganze nannten sie ›Reichsgau Sudetenland‹. Mit dem Ende des Zweiten Weltkrieges war dann auch dieser Spuk vorbei. Ein unrühmliches Kapitel der Geschichte bleibt die Vertreibung der Sudetendeutschen – 1946 war das. Die Grenze zwischen den Machtblöcken verlief übrigens bei Pilsen und Karlsbad. Es begann die kommunistische Ära.

Wir Tschechen kehrten nach der Befreiung durch die Russen hierher in unsere Gegend zurück zu unserer alten böhmischen Kultur. Schon immer trafen religiöse und ethnische Gegensätze aufeinander, was durch die unverkennbaren tschechischen, deutschen und jüdischen Einflüsse deutlich wird.« Der Professor machte eine bedeutungsvolle Pause. »Wir haben viele bedeutende Leute hervorgebracht, Kafka und Rilke und Smetana, Künstler, die weit über unsere Landesgrenzen hinaus bekannt sind – um nur einige zu nennen. Aber ich will sie nicht langweilen. Lassen Sie mich abschließend nur noch sagen, dass heute hier in unserer Stadt etwa 15.000 Menschen leben.« Sládeck nahm einen großen Schluck Bier. Man sah ihm an, dass er gerne über seine Heimatstadt und die tschechische Geschichte sprach.

»Sehr gut, Professor, sehr gut«, sagte Tomás anerkennend, der noch eine Runde Bier bestellte, die der Wirt kurze Zeit später an den Tisch brachte.

»Ich bedanke mich für die äußerst interessanten Ausführungen«, sagte Kurt erstaunt über so viel angesammeltes Wissen. »Wo kann ich denn morgen mit meinen Exkursionen beginnen?«

»Rathaus! Fangen Sie beim Rathaus an – stimmt doch, oder Jiří?« Tomás blickte zu seinem Freund Sládeck, der wohlwollend nickte und dann sagte:»Wissen Sie, ich könnte Ihnen einiges zeigen – wenn Sie wollen, begleite ich Sie morgen.«

»Ich kann Ihre Zeit doch nicht so in Anspruch nehmen, Herr Sládeck.«

»Ach, wissen Sie, ich bin Rentner und habe viel Zeit zur Verfügung. Es wäre mir eine Freude, Ihnen unsere Stadt zu zeigen sowie Begebenheiten zu vermitteln, die nicht im Reiseführer stehen. Ich würde sagen, wenn Sie wollen, treffen wir uns morgen um 10 Uhr wieder hier.«

Etwas zögernd stimmte Hollmann zu, weil er wusste, dass seine Nachforschungen an anderer Stelle ansetzen sollten. Immerhin musste er in dieser Woche so viel wie möglich über Daniel Janda in Erfahrung bringen.

»Tja«, sagte Tomás und sah auf seine Uhr,»es ist spät geworden. Ich muss nach Hause.« Schnell löste sich die Gruppe der Stammtischler auf.

Auch Kurt verließ das Restaurant und ging in sein Hotel zurück. *Morgen rufe ich Heinz an und berichte, dass ich erste Kontakte knüpfen konnte.* Über diesem Vorsatz fiel er in einen tiefen und erholsamen Schlaf.

Kurt Hollmann wachte früh am Morgen auf, aufgeweckt durch den Lärm der Müllabfuhr. In den engen Straßen hallte das metallene Geräusch des Anhebens der Mülltonnen und drang bis zu ihm hinauf. Er trat ans Fenster und beobachtete die Männer, die eilig ihrer Arbeit nachkamen. Die Sonne ging gerade über den Dächern von Slaný auf und tauchte die Straßenszene in ein goldenes Licht. Hollmann ging ins Bad, machte sich frisch und kam wenig später in den Frühstücksraum, wo er ein landestypisches, deftig-reichhaltiges Frühstück einnahm.

Als Kurt gesättigt auf die von der Sonne durchflutete Straße trat, schlug ihm eine für diese Jahreszeit recht milde Luft entgegen. Tief atmete er durch. Dann machte er sich auf den Weg zum vereinbarten Treffpunkt, wo Jiří Sládeck schon wartete und ihn mit einem festen Händedruck begrüßte. Als sie das Rathaus erreichten, sagte Jiří: »Dieses Gebäude ist aus dem Jahr 1378 und war ein Geschenk von Kaiser Karl IV. an die Stadt. Wenn wir uns das Rathaus angesehen haben, gehen wir zur Kirche der Dreifaltigkeit, heute dem Benediktinerorden zugehörig. Es ist heute so, dass nur die Hälfte der Tschechen einer Konfession angehören. Etwa ein Drittel davon wiederum ist katholisch und nur etwa zwei Prozent sind Protestanten oder Hussiten.« Gemeinsam gingen sie an dem Kirchenbau entlang.

Er überlegte, dass er sich langsam dem wahren Grund seines Besuches in Slaný zuwenden musste.

Einfach nach Janda fragen konnte er nicht, weil das mehr als merkwürdig erscheinen musste. Andererseits konnte er es auch nicht auf sich beruhen lassen, denn er hatte nur maximal sieben Tage Zeit, etwas herauszufinden. Plötzlich kam ihm eine Idee, die er unbedingt umsetzen wollte. So fragte er seinen Stadtführer, ob er ihn zum Mittagessen in das Lokal, in dem sie sich kennengelernt hatten, einladen dürfe. Mit einem freundlichen »Oh gerne, junger Mann. Es wäre mir auch eine Ehre, Ihnen meinen Vornamen anbieten zu dürfen«, quittierte Sládeck die Frage.

»Gerne, also ich bin Kurt.«

»Sie können mich Jiří nennen – Kurt.« So gingen die beiden Männer im Anschluss an ihre Erkundung der Altstadt in das Restaurant an der Straßenecke und wurden gleich von dem freundlichen Wirt begrüßt, der ihnen ohne weitere Worte die Karte gab.

Während des Essens fragte Hollmann vorsichtig: »Sagen Sie, Jiří, in Frankfurt habe ich einen Bekannten, der mich nach einem Daniel Janda gefragt hat. Er soll hier aus Slaný kommen. Ist Ihnen der Mann vielleicht zufällig bekannt?«

Der alte Mann legte die Karte zur Seite und blickte sein Gegenüber mit nachdenklicher Miene forschend an. Oft wurde er verhört und auch nach Personen gefragt. Namen von Konterrevolutionären, die auf parteiinternen Listen standen. »Janda, Daniel Janda? Nein, der Name ist mir nicht geläufig – nein, ich kenne ihn nicht.« Sládecks Gesichtszüge wurden hart und ruckartig wandte er sich an den Wirt, um ihn etwas auf Tschechisch zu fragen. Dessen Miene versteinert ebenso wie die von Sládeck zuvor. Der Professor übersetzte, was ihm der Wirt gesagt hatte. »Gehen Sie zu Balcziak, der wird mehr wissen. Der Wirt sagt, dass vor vielen Jahren hier in der Gegend eine Clique, die Čechá-Clique, ihr Unwesen getrieben hat. Da war ein Janda dabei, wenn es darum ging, etwas Unrechtes zu tun. Balcziak wird Ihnen mehr sagen können. Ich glaube, der war ein Nachbar von denen.«

»Wo finde ich diesen Balcziak?«, fragte Hollmann den Wirt.

»Nun, der wohnt drüben in Blahotice – soweit ich weiß. Am besten kommen Sie mit einem Taxi dorthin.«

»Ja danke, ich werde sehen.« Hollmann blickte seinen Begleiter fragend an. »Na gut, wenn Sie wollen, begleite ich Sie, um zu übersetzen. Der Balcziak spricht bestimmt kein Deutsch.« Hollmann fiel ein Stein vom Herzen, denn er konnte die Landessprache nicht und mit Englisch kam er nur sehr bedingt weiter. Jiří Sládeck ging zum Tresen, nahm sich das Telefon und ließ sich von der Auskunft eine Nummer geben.

»Kurt?« Sládeck drehte sich nach seinem Begleiter um. »Sie sind doch mit einem Auto da?« Hollmann nickte kurz. Jiří telefonierte und als er wieder an den Tisch zurückkam verkündete er gereizt:

85

»Herr Balcziak aus Blahotice ist heute am Nachmittag im Hause, und er erklärt sich bereit, mit dem Fremden zu sprechen.«

Beide Männer gingen zum »Union-Hotel« zurück, stiegen in Hollmanns Auto ein und fuhren die wenigen Kilometer in das nahe gelegene Blahotice, ein kleiner Ort in einer weiten Ebene. Kurt fühlte sich in den Norden Deutschlands versetzt. Die letzten Spuren des Winters ließen die Landschaft bizarr wie auf einem Schwarz-Weiß-Bild erscheinen. In der Ferne stand eine Reihe Bäume, die ihn an einen filigranen Scherenschnitt erinnerte. »Wie friedlich alles ist«, sagte er.

»Das war nicht immer so. Wir sind ja erst seit ein paar Jahren eine demokratische Republik. Wir müssen lernen, dass wir selber entscheiden können. Freiheit und Demokratie muss eben auch erarbeitet werden. Da vorne links, wir sind gleich da«, unterbrach Jiří seine Ausführungen. Vor dem Haus, einem Resthof, wie es Hollmann aus Deutschland kannte, machte der Wagen halt. Der Gebäudeteil, der früher einmal die Stallungen beherbergte, schien vom Zahn der Zeit befallen zu sein. Das einst schöne Reetdach wies große Löcher auf. Die breite Holztür stand einen Spalt offen und Hollmann konnte den vorderen Teil der Deichsel eines Handwagens erkennen. Neben dem Tor stand ein Hackklotz, in dem eine Axt steckte. Am Boden lagen einige Holzscheite herum. In einem Obstbaum hatten ein paar Raben gesessen, die sich bei der Ankunft des Autos rauschend erhoben. Sládeck schien die Gedanken seines Begleiters zu erraten: »Die einfachen Menschen hier auf dem Lande haben nicht das Geld für große Instandhaltungen. Sie leben sehr oft nur von dem, was sie sich erwirtschaften und das Land – ihr Land – hergibt.«

Die beiden wurden schon erwartet. Jiří Sládeck stellte Hollmann vor. Balcziak, ein Mann um die 70, mit vollem, gewellten, grauen Haar, das im Nacken auf den Kragen des Hemdes fiel, öffnete zuvorkommend die Beifahrertür. Unter den buschigen grauen Augenbrauen strahlten dunkle, fast schwarze Augen hervor. Mit einer einladenden Handbewegung bat er die Herren in das Innere des alten Hauses. Hollmann nahm vom Rücksitz einen Strauß Blumen, den er vorher auf Rat von Sládeck noch schnell besorgt hatte. Sie gingen durch einen dunklen Flur, von dem aus sich die weiteren Räume aufteilten. Balcziak bat die Männer in den Wohnraum, der Hollmann stark an die späten 60er-Jahre erinnerte. Ein alter Kachelofen, in dem hin und wieder Holz durch die Hitze des Feuers knackte, sorgte für eine wohlige und angenehme Atmosphäre.

Die Frau des Hauses hatte bereits Kaffee aufgebrüht und stellte sich zu ihrem Mann. Mit einem herzlichen »děkuji« nahm sie das Gastgeschenk entgegen, suchte eine passende Vase, wie es Frauen immer machen, und stellte die Blumen auf einen kleinen Tisch nahe des Fensters. Ihre trotz des Alters wachen, hell leuchtendblauen Augen standen im schönen Kontrast zu ihren graublonden Haaren, die sie zu einem Pferdeschwanz zusammengebunden trug und bis weit unter das Schulterblatt reichten. Der alte Mann strich über seinen Vollbart, der das faltige, vom Leben gezeichnete Gesicht einrahmte. An den Wänden hing eine Vielzahl von Fotografien, die wahrscheinlich Kinder und Enkelkinder des Paares zeigten. Auf einem kleinen Tisch stand ein Jesuskreuz, das mit einem Strahlenkranz von einer starken Religiosität zeugte. Um die Reliquie herum waren Bilder aufgestellt, die offensichtlich eine große Bedeutung für die beiden alten Menschen hatten. Hollmann fühlte sich in diesem Raum stark in seine Kindheit zurückversetzt.

Balcziak setzte sich auf ein kleines Sofa, das mit einer Decke versehen war, und bot den Gästen die Sessel an. Jiří Sládeck begann das Gespräch mit dem Hausherrn, der immer wieder verwundert zu Hollmann blickte, um dann etwas zu Jiří auf Tschechisch zu sagen. Der übersetzte: »Er wundere sich, dass Daniel Janda für Sie von Interesse ist. An die Familien Chechá und Janda kann er sich gut erinnern.« Der alte Mann stand auf und ging ans Fenster, wo er auf Tschechisch weitersprach, immer wieder von Jiřís Übersetzungen für Kurt unterbrochen: »Da drüben an der Straßenecke haben sie alle gehaust. Zwei Brüder waren es. Der eine hatte so eine Art Werkstatt, in der nach dem Krieg für die Russen allerlei gerichtet wurde, auch später hat er alte Militärwagen wieder flott gemacht – viele hatten eigentlich nur noch Schrottwert – aber selbst die hat er dann noch gewinnbringend verkauft. Herr Balcziak erinnert sich, dass viel Trubel da drüben war, als die Herkunft einiger Autos amtlicherseits festgestellt worden ist. Bei den Čechás gab es alles, was man damals so brauchte oder meinte besitzen zu müssen – noch bis in die späten 60er-Jahre hinein. In der schlechten Zeit, nach dem Krieg, konnte man auch in Naturalien bezahlen. Čechá besorgte einfach alles. Das ist so geblieben.« Der alte Mann hatte sich wieder auf das Sofa gesetzt und schwieg jetzt.

»Hat es sich dabei um Diebesgut gehandelt?«, fragte Hollmann. Sládeck übersetzte und der alte Mann antwortete langsam. Nachdem er fertig war, lehnte er sich zurück und rührte in seiner Kaffeetasse während Sládeck auf Deutsch berichtete: »Das ist nie genau geklärt worden. Balcziak war zu der Zeit – so ungefähr vor 30 Jahren – so etwas wie ein Sprecher der Gemeinde gewesen. Mit diesem Amt war er im Dorf die Schaltstelle zwischen den Menschen, die nach der Vertreibung der Deutschen hierherkamen, und den Behörden auf der einen und den Leuten, die hier lebten, auf der anderen Seite. Heute gibt es so etwas nicht mehr. Es war wohl nicht so einfach damals, mit ›denen da oben‹ klarzukommen. Er weiß, dass Fritz Čechá drei Söhne hatte. Der andere Bruder hatte zwei Söhne und eine Tochter, Eliska. Die hat später den Mika Janda geheiratet. Die Jandas sind irgendwann in den 50ern aus der Slowakei ins Dorf gekommen und haben etwas weiter von hier die Straße hoch gewohnt. Irgendwann hat es zwischen den beiden Familien Streit gegeben wie es oft in Familien vorkommt. Aber hier wurde es ›ein Kampf bis aufs Messer‹, wie man so sagt. Fritz Čechá und Mika Janda, das waren die schlimmsten Kontrahenten, die man sich denken kann. Oft ist die Polizei aus Slaný gekommen und hat die prügelnden Gegenspieler auseinandergebracht – oder das, was noch von ihnen übrig war. Oft sind sie auch zu spät gekommen. Eines Tages ist Fritz Čhechá einfach verschwunden – etwa zwei Wochen lang – Herr Balcziak meint, dass es zwei Wochen waren – danach ist auch Mika Janda untergetaucht. Von ihm hat er nie wieder etwas gehört. Aber Fritz Čhechá war plötzlich wieder da. Wo er gewesen ist, hat man nie erfahren.«

Balcziak übernahm wieder das Wort und Jiří Sládeck gab anschließend an Kurt weiter: »Daniel wurde einige Monate nach dem Verschwinden von Čhechá geboren. Eliska, die Frau von Mika, soll angeblich ein Verhältnis mit Fritz gehabt haben, was Mika Janda herausgefunden haben soll. Ob das stimmt oder Dorftratsch ist, weiß er aber nicht. Jedenfalls hat dieser Umstand sicher auch zu den Streitereien geführt.«

»Sind das denn alles gesicherte Erkenntnisse?«, fragte Hollmann und Jiří übersetzte.

»Es wird bei Ihnen in Deutschland auf den Dörfern ähnlich sein, die Leute reden viel, wenn der Tag lang ist. Auf jeden Fall schien es so, dass das Verhältnis zwischen Eliska und Mika die Ursache der Handgreiflichkeiten gewesen ist. Sogar nach der Hochzeit, die ein halbes Dorffest war. Eliska und Fritz haben sich in einer Scheune getroffen oder sind 'rüber nach Slaný gefahren und haben es da in einer Bude getrieben. Mika hat das nicht mehr mit ansehen können und hat einfach das Weite gesucht. Fritz hat sich daraufhin sehr um Daniel gekümmert. Er war regelrecht vernarrt in den Buben. Eines Tages ist Fritz Čhechá dann endgültig verschwunden und er ist nie wieder hier gesehen worden. Der Daniel kommt hin und wieder nach Blahotice, um seine alte Mutter Eliska zu besuchen. Das Band zu ihr ist nie abgerissen. Er überhäuft sie mit Geschenken, mit einer Liebe, die man heute bei den jungen Leuten nur noch selten findet.«

Plötzlich meldete sich Frau Balcziak zu Wort und Sládeck gab an Kurt weiter: »Daniel hat beim Militär eine ziemlich gute Figur gemacht. Er war bei irgendeiner Spezialeinheit oben an der

Grenze. Viele Jahre lang, bis er aus welchen Gründen auch immer den Dienst geschmissen hat. Wahrscheinlich hat man ihn aber 'rausgeworfen.«

Freundlich und mit besonderem Dank an die beiden alten Leute, die so bereitwillige Auskunft gegeben hatten, verabschiedeten sich Jiří und Kurt, stiegen in den Wagen und fuhren vom Hof. Kurt sah im Rückspiegel seines Wagens, wie der alte Mann den Arm um die Schultern seiner Frau gelegt hatte und dann beide allmählich mit dem Hintergrund verschmolzen.

Hollmann blickte auf die Uhr: »Darf ich Sie noch zum Dank für Ihre Bemühungen zu einem Essen einladen? Ich muss ja morgen schon wieder nach Frankfurt.«

»Nun, junger Mann, da sage ich nicht Nein.«

Während der Rückfahrt ging Kurt in Gedanken das Gespräch mit den Balcziaks noch einmal durch und stutzte. *Der Name Čhechá. Ich habe den Namen doch schon irgendwo gehört. Wenn ich nur wüsste in welchem Zusammenhang*, überlegte er krampfhaft, ohne sich erinnern zu können.

Am kommenden Morgen, als Hollmann seine Hotelrechnung beglichen hatte und zu seinem Wagen gehen wollte, fiel es ihm wie Schuppen von den Augen. *Natürlich! Čhechá! So hieß doch der Zeuge aus Nürnberg. Das Stadion!* Höchst erfreut ging Hollmann noch einmal zurück in das Hotel zur Telefonzelle und rief seinen Chef an.

»Kommissariat, Apparat Grunder«, sagte die vertraute Stimme Marions.

»Hier Hollmann. Ist der Chef da?«

»Nein, der ist mit Stichel unterwegs.«

»Legen Sie ihm bitte einen Zettel hin, dass ich morgen wieder im Büro bin.«

»Natürlich, gerne, Herr Hollmann.«

Hollmann legte zufrieden auf und fuhr die sechs Stunden ohne Unterbrechung zurück nach Frankfurt.

Pilgrim saß in seinem Dienstzimmer und bereitete sich auf die Verhandlung vor, die er in seiner Funktion als Ankläger zu vertreten hatte, als das Telefon klingelte und die Sekretärin einen Anruf mit den Worten ankündigte:»Herr Pilgrim, ich habe Frau Veit in der Leitung. Soll ich durchstellen?«
»Ja, natürlich! Worauf warten Sie?«, war die barsche und kurze Antwort, ehe die Leitung sofort freigeschaltet wurde.
»Pilgrim – Hallo Tante Gerlinde. Was ist denn?«
»Hermann ist tot«, flüsterte sie.»Erschossen – letzte Nacht – einfach so.«
»Ich verstehe nicht«, sagte Pilgrim laut in seinem üblichen Kommandoton.»Wie, erschossen? Das ist nicht möglich! Onkel Hermann?« Pilgrim war fassungslos.»Ich komme zu dir, Tante Gerlinde, heute Nachmittag, sofort nach meiner Verhandlung, in Ordnung?«
»Ja, in Ordnung.« Pilgrim hörte nur noch das charakteristische Geräusch, wenn der Hörer auf die Gabel gelegt wird.
Ungläubig schüttelte Pilgrim den Kopf. *Dann hat das Unternehmen in der vergangenen Nacht stattgefunden. Verflucht! Was war passiert? Onkel Hermann ... tot!* Es klopfte an der Bürotür und Oberstaatsanwalt Dr. Reese trat mit den Worten ein:»Ich weiß nicht, ob Sie es schon gehört haben ...«
Pilgrim stand auf, ging um seinen Schreibtisch herum und hielt seinem Vorgesetzten die ausgestreckte Hand entgegen. Reese nahm die Hand seines Gegenübers in beide Hände und sagte mit einer ehrlichen Portion Mitgefühl:»Ich habe es eben gehört. Juwelier Hermann Veit ist in der vergangenen Nacht ums Leben gekommen. Ein Einbrecher, so viel wir wissen. Ich dachte nur, weil Sie ja mit den Veits einen besonders engen Kontakt haben ...«
»Ja«, sagte Pilgrim und setzte eine trauernde Miene auf,»Frau Veit hat mich eben benachrichtigt. Tragisch. Eine wirklich schlimme Sache. Wir werden den Verantwortlichen hoffentlich stellen können und seiner Strafe zuführen.«
»Oh, sicher, ich werde persönlich und vorrangig die Ermitt-

lungen in diesem brisanten Fall begleiten, aber Sie wissen ja, was alles auf meinem Tisch liegt. Außerdem war Herr Veit einer der führenden Persönlichkeiten und Gönner der Kulturszene und Förderer des öffentlichen Lebens – gerade hier in Frankfurt und weit darüber hinaus, Sie verstehen?«

»Ja, selbstverständlich, Herr Oberstaatsanwalt. Ich würde ja auch …«

»Ja, ich weiß. Sie sind der gleichen Ansicht wie ich, dass sie zu dicht an dem Opfer dran sind und somit gewisse Leute Sie für befangen halten könnten. Aber ich werde die Ermittlungen führen und Sie auf dem Laufenden halten.« Reese betrachtete seinen Staatsanwalt mitfühlend, ehe er fortfuhr: »Ich spiele mit dem Oberbürgermeister Golf und der wird mich sicher gleich fragen, wie weit wir in dieser Sache sind. Es ist ja immer so, wenn eine Persönlichkeit aus dem gehobenen Milieu in so einen tragischen Fall verstrickt ist, dass die Herren aus dem Rathaus schnell Ergebnisse sehen wollen.«

»Ich werde Sie selbstverständlich dahingehend unterstützen, Herr Dr. Reese.«

»Ja, gut. Aber ich sage Ihnen, Hauptkommissar Grunder und seine Leute werden den Täter unter meiner Führung schon zur Strecke bringen – da bin ich ganz sicher. Der Mörder wird nicht davonkommen.«

»Gewiss, Herr Oberstaatsanwalt, gewiss.«

»Tja, ich muss dann auch wieder.« Reese sah auf seine Armbanduhr und dann zu Pilgrim. »Ich war eigentlich auf dem Weg zum Gericht und wollte Ihnen nur kurz meine Anteilnahme persönlich ausdrücken.«

»Selbstverständlich, Herr Oberstaatsanwalt, ich danke Ihnen.« Pilgrim verabschiedete seinen Vorgesetzten mit der gebotenen Höflichkeit und begab sich wieder an seinen Schreibtisch.

»Ich muss jetzt den Überblick behalten«, sagte er leise und konzentrierte sich wieder auf die Verhandlung, die er zu führen hatte.

Gerlinde Veit saß in der Küche und trank einen Tee zur Beruhigung, als es an der Tür läutete. Mechanisch sah sie auf die Uhr, stand auf und öffnete. »Hallo Hendrik«, sagte sie mit gebrochener Stimme, die zu versagen drohte.

»Tante Gerlinde. Es tut mir ja so entsetzlich leid!« Pilgrim setzte eine trauernde Miene auf, umarmte die Witwe möglichst gefühlvoll und schaute sich, über ihre Schulter hinweg, in der Diele um.

»Komm, ich habe gerade einen Tee aufgesetzt!« Sie löste sich aus seiner etwas umständlichen Umarmung und ging voraus in die Küche. An der Treppe blieb sie kurz stehen und blickte zu Boden.

»Ist es hier passiert?«, fragte Pilgrim.

»Ja, Junge, hier habe ich meinen Hermann liegen sehen. Es war schrecklich.« Schnell ging sie weiter in die Küche, stellte ihrem Gast einen Becher zurecht, goss etwas Tee ein und setzte sich wieder auf ihren Platz, Pilgrim gegenüber.

»Kannst du mir sagen, was genau passiert ist, Tante Gerlinde?«

»Nun, ich habe ja geschlafen, als es plötzlich fürchterlich krachte, wie ein Schuss, und dann kurze Zeit später noch ein zweiter Knall. Aber das habe ich ja alles auch schon der Polizei erzählt. Die waren heute am Vormittag noch einmal da – sehr rücksichtsvolle Beamte, besonders der Ältere. Die anderen Leute waren bis zum Mittag im ganzen Haus und haben Zeichnungen angefertigt und alles aus sämtlichen Blickrichtungen fotografiert.«

»Weißt du seinen Namen? Ich meine den des älteren Polizisten?«

Seine Frage verhallte ungehört.

»Ich habe den Knall gehört und bin zur Treppe gerannt und …« Ein Weinkrampf ließ sie den Satz abrupt abbrechen. Als sie sich wieder beruhigt und einen Schluck Tee genommen hatte, fuhr sie etwas gefasster fort: »Ja, und da hab ich dann Hermann gesehen. Er ist auf der unteren Stufe gelegen – mit dem Kopf direkt auf dem kalten Boden der Diele. Ich konnte es nicht glauben. Ich bin dann zu ihm hin, überall Blut – Hendrik, überall Blut. Es war

so schrecklich. Der Mörder hat sich an der Haustür zu schaffen gemacht. Er hat sie geöffnet und ist weg.«
»Hast du den Täter erkennen können?«
»Den Täter? Das hat mich die Polizei auch gefragt.«
»Und was hast du gesagt?«, fragte Pilgrim nur äußerlich ruhig, als er seinen Becher nahm und zum Mund führte. Über den Becherrand hinweg schaute er Gerlinde verstohlen an. Innerlich bebte er vor Anspannung. Ihm war bewusst, dass viel von dem abhängen würde, was Gerlinde jetzt sagen würde. »Nun?«, wiederholte er. »Hast du den Einbrecher sehen können, Tante Gerlinde?«
»Ja, aber nur von hinten. Ein Mann in einem dunklen Overall. Ich würde sagen ein sportlicher Typ. Mehr kann ich im Moment nicht sagen. Vielleicht kann ich mich in den nächsten Tagen wieder an mehr erinnern. Das gibt es doch, oder? Das hat die Polizei auch gemeint. Der Schock, es ist der Schock. Die Polizei versucht, ein Phantombild zu erstellen. Vielleicht kann ich dann einige Angaben machen, die den Kerl dingfest machen.«
»Ja bestimmt«, sagte Pilgrim und war sich sicher, dass Gerlinde irgendwann ein Sicherheitsrisiko darstellen könnte. Geschickt wechselte er das Thema. »Hast du dir überlegt, was jetzt werden soll? Wie deine Zukunft aussehen wird? Ihr wolltet doch immer nach Südafrika. Vielleicht wäre das jetzt der richtige Zeitpunkt. Du würdest auf andere Gedanken kommen; Frankfurt und alles das weit hinter dir lassen können.«
»Ich hab' darüber nachgedacht. Du bist so vorausschauend, Junge. Den Kripoleuten habe ich bloß gesagt, dass ich das Geschäft in Hermanns Sinne weiterführen will. Weißt du, Hendrik, ich glaube, dass ich irgendwie nach vorne schauen muss – Hermann hätte das auch so gewollt. Was soll ich denn sonst machen? Ich kann ja nichts anderes. Hermann und ich, wir haben alle Entscheidungen, die unser Geschäft betroffen haben, immer gemeinsam gefällt. Für das Personal war ich ohnehin immer die Ansprechpartnerin und jetzt werde ich auch den Part übernehmen, den Hermann ausgefüllt hat. Ich meine, ich werde lernen

müssen, mit den Geschäftsfreunden in den Niederlanden, Afrika und in Belgien zusammenzuarbeiten. Sachen, die mir schwerfallen – nun, die werde ich mir aneignen müssen. Wenn ich nach Südafrika gehe, was soll ich da den ganzen Tag unternehmen? Nein, Hendrik, ich bleibe hier und führe das Geschäft weiter. Hermann hätte das auch getan – da bin ich sicher.« Gerlinde sprach jetzt mit fester Stimme voller Selbstvertrauen. »Ich muss später die Leute im Geschäft anrufen und ihnen sagen, was genau passiert ist.«

Pilgrim war erstaunt, dass Gerlinde so plötzlich einen Elan an den Tag legte, wie er ihn bei ihr nie vermutet hätte. »Onkel Hermann wäre sicher stolz auf dich.« Gerlinde glaubte einen merkwürdigen Unterton beim ihm herauszuhören. Im Stillen hoffte Pilgrim, dass Gerlinde alles hinter sich lassen würde. Sachlich, um keinen falschen Eindruck zu hinterlassen, fragte er dann: »Wurde etwas gestohlen?«

Gerlinde schaute ihn lange prüfend an, ehe sie antwortete: »Ja, Hendrik. Das war allerdings sehr merkwürdig. Anfangs dachte die Polizei, dass der Täter bereits vor dem Raub von Hermann überrascht worden war – aber jetzt sind die ganz offensichtlich anderer Meinung.«

»Dann ist also doch etwas gestohlen worden?«

»Ja, ich war mit der Polizei im Büro. Ach, Hendrik, das war schlimm. Du kommst in das Zimmer, in dem dein Liebster immer gearbeitet hat – und nun bist du allein, völlig allein – einfach verlassen ...«

»Was wurde denn gestohlen?«

»Du weißt ja, dass Hermann und ich einige Tage in Johannesburg und Durban waren. Wir kamen mit vier Schachteln Rohdiamanten wieder nach Hause. Einige von den Steinen wollte Hermann selbst schleifen lassen und daraus ein Halsband für eine Kundin fertigen. Ich weiß, dass es vier Schachteln waren, die wir mitgebracht haben. Hermann hat sie am Abend unseres Eintreffens in den Tresor gelegt.«

»Und die Steine sind weg?«

»Ja, ein Wert weit über einer Million. Aber was sehr seltsam ist: Alles wurde wieder so hergerichtet, wie es vorher war. Die Leute von der Spurensicherung haben keinerlei Anhaltspunkte von dem Täter gefunden. Hätte Hermann den Einbrecher nicht überrascht, hätten wir es erst viel später bemerkt, dass bei uns eingebrochen worden ist. Genau genommen wären wir ja auch gar nicht im Haus gewesen. Wir sind von Johannesburg zum Wochenende zurückgekommen, weil wir am Samstag 'rüber nach Frankreich wollten, zu einer Vernissage in Metz. Wir haben nur die Diamanten in den Tresor gelegt und wollten noch am selben Abend starten. In letzter Minute wurde die Ausstellung jedoch abgesagt und so sind wir eben zu Hause geblieben.«

Pilgrim fühlte sich schlecht. War er schuld am Tod seines Ziehvaters? Wie hatte es überhaupt zu dem Vorfall kommen können?

»Wurde noch mehr gestohlen?« Er bemühte sich keine Emotionen zu zeigen.

»Weiß ich nicht mehr. Ich müsste genau nachsehen. Sollen wir zum Tresor gehen? Hermann hatte ja immer etwas Geld in seinem Safe liegen.« Gerlinde wollte aufstehen, aber Pilgrim meinte, dass das sicher nicht nötig wäre, denn die Polizei hätte bestimmt eine Aufstellung mit den gestohlenen Gegenständen angefertigt.

»Ja, Hendrik, die haben alles genau aufgeführt.«

Pilgrim sah auf seine Armbanduhr und sagte hastig, dass er noch einen Termin habe.

»Du willst schon gehen, mein Junge?« Gerlinde stellte ihren Becher auf den Tisch.

»Ja, Tante Gerlinde. Ich erwarte noch einen wichtigen Anruf. Ich werde dich aber in den kommenden Tagen nicht allein lassen.«

»Das ist lieb von dir, Hendrik! Aber ich glaube, ich komme erst einmal zurecht. Die Arbeit wird mir die Zerstreuung geben, die ich jetzt in diesen Stunden brauche. Dann müssen, wenn Hermann von der Gerichtsmedizin freigegeben worden ist, die Bestattungsformalitäten geregelt werden. Ich werde mich aber melden, wenn ich deine Hilfe benötige.«

Hendrik Pilgrim ging zur Auffahrt, setzte sich in seinen Wagen und fuhr eilig davon. Er versuchte den Hergang zu rekonstruieren. *Da hat dieser Idiot doch tatsächlich eine Waffe mitgenommen.*

Gerlinde schaute ihrem Ziehsohn nach, bis der Wagen auf die Straße einbog und aus ihrem Blickfeld verschwand.

Als Hauptkommissar Grunder an jenem Morgen in sein Büro kam, lagen die Akten der Gerichtsmedizin bereits auf seinem Tisch. Gerade wollte er die Unterlagen durchsehen, als Theuner zusammen mit dem Leiter der KTU eintrat.»Guten Morgen, Heinz«, sagte der Mann von der kriminaltechnischen Abteilung.»Ich wollte dir unsere Unterlagen persönlich geben.«

»Hallo, ja sehr schön.« Grunder freute sich, endlich einmal wieder mit seinem Kollegen ein paar Worte wechseln zu können, die keinen dienstlichen Charakter aufwiesen. Nachdem sich die beiden Männer ausgetauscht hatten, nahm Grunder die Akte der KTU zur Hand und fragte:»Also, wie sieht's aus?«

»Nun, im Grunde genommen haben wir nicht viel. Es hat zwei Schüsse gegeben. Ein Projektil haben wir in der Wand im oberen Bereich sichern können. Die Blutspuren belegen, dass damit Veit getötet wurde. Das andere Projektil hat in der Wand neben dem Treppenaufgang gesteckt. Der Schuss muss sich gelöst haben, als der Revolver des Opfers – mit bereits gespanntem Hahn – zwischen den Streben der Treppe unten auf den Boden gefallen ist. Wir haben es mit einem Kaliber 38 – also 9 x 29 mm – zu tun. Die Fotos findest du entsprechend der Skizze.« Grunder schaute auf die Bilder, während sein Kollege ihn weiter unterrichtete.»Bei dem Projektil, das den Juwelier getötet hat, handelt sich um ein Kaliber 9 x 19 mm Parabellum, eine sehr weit verbreitete Munition. Ich würde sagen, ihr müsst nach einer Walther oder einer ähnlichen Pistole suchen. Die Hülse, die wir unten in der Diele fanden, weist auf eine Auswurfsituation hin, wie wir es bei halb-

automatischen Handfeuerwaffen finden. Wenn wir die Pistole haben, können wir die Daten abgleichen.«
»Fingerabdrücke?«, fragte Theuner vom Nebentisch dazwischen.
»Nun, die Daktyloskopie hat leider nichts ergeben. Nicht einmal einen Teilabdruck auf der Hülse – das ist ungewöhnlich.« Der Leiter der KTU wendete sich wieder an Grunder, der nüchtern fragte: »Also haben wir keine Fingerabdrücke?«
»Nein, die Abdrücke, die wir gefunden haben, konnten eindeutig den Bewohnern der Villa zugeordnet werden.«
»Dann haben wir also nichts?«
»Nicht ganz, Heinz. Wir haben vor dem Gartentor, auf dem Grundstück, einen Handschuh gefunden. Du kennst diese so genannten Einmalhandschuhe, die mit einer Talkumschicht im Innern versehen sind. Außerdem fanden wir den Teilabdruck eines Schuhes oder Stiefels, ich würde sagen, das Profil ist vergleichbar mit dem von Militärsohlen.«
»Haben wir die Auswertung schon?«
»Nein, wir sind noch nicht soweit. Du musst verstehen, einer der Kollegen ist im Urlaub – seine Frau bekommt ein Baby und er ist zu Hause wegen der anderen Kinder. Zwei andere sind im Urlaub oder krank – ich würde sagen, die Ergebnisse, den Handschuh betreffend, bekommst du spätestens Ende der Woche.«
»Also, mal abgesehen von diesem Handschuh, der ja wohl unsere einzige Spur zu sein scheint, haben wir nichts?«
»Ja, es sieht so aus – leider.«
»Dann hat dieser Fall ja eine gewisse Analogie zu den anderen ungelösten Fällen, die wir haben. Vermutlich sollte hier genauso gehandelt werden. Aber irgendetwas ist schiefgelaufen.«
»Heinz, wir sollten uns mal wieder nach dem Dienst treffen. Meine Frau würde sich auch freuen, wenn du uns mal wieder besuchen kämest.«
»Ja, ich werde sehen, wann es passt«, sagte Grunder und verabschiedete sich von seinem Kollegen und wendete sich Frank

Theuner zu. »Wir haben ein Problem. Ich denke mir, dass wir es hier mit demselben Täter zu tun haben könnten. Die Art des Einbruches spricht jedenfalls dafür.«

»Die Witwe des Opfers hat ausgesagt, dass sie eigentlich nicht im Hause gewesen wären. Sie erinnern sich, Chef, eigentlich wären die Eheleute Veit an diesem Abend in Frankreich gewesen.«

»Stimmt, der Täter hätte in Ruhe alles ausräumen können.«

»Was er ja auch getan hat.« Theuner nahm die Liste mit den Gegenständen, die aus der Villa entwendet wurden, und fuhr fort: »Es handelt sich um vier Schachteln mit Rohdiamanten im Wert von ca. 900.000 Mark. Ein Stein von zwei Karat wird mit etwa 500 Mark bei dieser bestimmten Reinheit gehandelt. Allerdings im späteren korrekt geschliffenen Zustand, sagte Frau Veit, sind die Diamanten der höchsten Klasse zuzuordnen. Durch das Schleifen verliert man etwa ein bis zwei Drittel des Gewichtes, was sich dann auch wieder auf den Preis positiv auswirken sollte.«

»Ich sehe schon«, sagte Grunder, »damit müssen wir uns noch ausführlich beschäftigen.«

»Ich nicht Chef. Ich bin ab der kommenden Woche im Urlaub und dann mache ich noch einen Lehrgang in Bonn.«

»Richtig, das habe ich vergessen. Wenn du dann wieder da bist, Frank, dann sind wir hoffentlich ein gutes Stück weiter.«

»Ja, das wäre schön. Ich wollte mich auf den Weg machen, die Kamera, die wir zur Observation der Wohnung von Janda aufbauen wollen, zu holen und klarzumachen.«

»Gut, mach das, Frank.«

Grunder war wieder allein in seinem Büro. Er trat ans Fenster und schaute auf den Parkplatz des Polizeihofes. In Gedanken ging er noch einmal durch, was er bisher vorliegen hatte. *Nun, mein lieber Grunder, das ist nicht sehr viel. Keine Spuren, keine Abdrücke – nichts. Nicht einmal die Alarmanlage ...* Grunder hielt inne und ging zu den Ordnern. »Wo sind denn die Akten wieder hin?«, rief er in Richtung Nebenzimmer, in dem Marion etwas zu schreiben hatte. Grunder ging zu ihr und tippte ihr auf die Schulter. Erschrocken nahm die Sekretärin den Kopfhörer ab und schaute ihren Chef fragend an.

»Wo sind die Akten hin, die ungelösten Fälle?«

»Suchen Sie etwas Bestimmtes, Chef?«

»Ja, die Adresse von dieser Firma ... Sie wissen doch, die die einen Kontakt hatten, der Pilgrim hieß.«

»So, wie unser Staatsanwalt? Ja, ich erinnere mich. Ich kann Ihnen die Daten heraussuchen und ...« Grunder war schon wieder in seinem Büro verschwunden. Achselzuckend stand Marion auf, suchte die entsprechende Akte heraus und brachte sie ihrem Chef. Ehe sie sich wieder ihren Schreiben widmen konnte, öffnete sich die Tür zum Vorzimmer und freundlich lächelnd trat Kurt Hollmann ein.

»Hallo Frau Lange, ist der Chef da?«

»Ja, drüben.« Hollmann trat ein und traf Grunder den Kopf auf die Hände gestützt über einer Akte brütend an.

»Ah, Kurt, schön dich zu sehen!« Nachdem Marion Lange Kaffee für die beiden Kommissare aufgebrüht hatte, erzählte Kurt, was er in Tschechien erfahren hatte.

»Das klingt ja alles recht interessant. Wir sollten dann ein Amtshilfeverfahren anstreben, damit wir mehr über die Militärzeit von Janda und den Verbleib von Fritz Čhechá erfahren. Irgendwo muss er ja sein Unwesen treiben. Aber vorher fahren wir noch einmal in diese Sicherheitsfirma und versuchen herauszufinden, was aus dem Kontakt Pilgrim geworden ist. Während du in Tschechien warst, hat es hier einen Mord gegeben, der sicher nicht geplant war, die Sache lief wohl aus dem Ruder. Der Einbruch weist das gleiche Muster auf, wie die Fälle, die wir als ungelöst einstufen.« Während Grunder weitere Einzelheiten berichtete, verfolgte Kurt die Angaben in der noch schmalen Untersuchungsakte. Nachdem er seinen Bericht beendet hatte, stand Grunder auf und zog sich seinen Mantel an.

Die beiden fuhren noch einmal zur Sicherheitsfirma »CtP Security« und erhielten dort Einblick in die vor langer Zeit im Archiv abgelegten Akten. »Tja, Kurt«, murmelte Grunder, »hier ist kein Mitarbeiter, der auf Pilgrim hinweist. Wir müssen noch einmal mit dem Personalchef reden.« Wenig später saßen die Kommissare ihm gegenüber.

»Womit kann ich noch dienen, Herr Hauptkommissar?«

»Nun«, sagte Grunder, »im Zuge unserer Untersuchung taucht der Name Pilgrim mehrfach auf. In den Akten hingegen finden wir ihn nicht. Können Sie uns das etwas näher erläutern?«

»Pilgrim? Nein, den Mann haben wir hier nicht eingestellt. Ich müsste das wissen, weil es ein Name ist, der selten vorkommt. Zum anderen bin ich schon so lange hier, dass ich mich daran erinnern ... obwohl ...« Der Personalchef hielt plötzlich inne und rief seine Vorzimmerdame herein, um sie nach dem Namen zu fragen.

»Ich erinnere mich an den Namen im Zusammenhang mit der Prävention, da gab es einen Mann, der so hieß. Aber das ist schon über zwei Jahre her.«

»Richtig, jetzt weiß ich es wieder – danke, das wäre dann erst einmal alles.« Die Vorzimmerdame lächelte Hollmann zu und verließ das Büro ihres Vorgesetzten.

»Also«, wandte sich der Personalchef an die beiden Kommissare, »das muss ungefähr zwei oder drei Jahre her sein. Wir hatten damals einen guten Kontakt zur Kriminalprävention hier in Frankfurt, die beraten Geschäftsleute und Privatpersonen in Sachen Einbruchschutz und Sicherungseinrichtungen. Eines Tages hatte sich einer der Mitarbeiter – Pilgrim – bei uns gemeldet und gefragt, ob wir seine Beratungen mit dem Einbau und Modifizierung der bestehenden Anlagen unterstützen würden. Mir fiel gleich auf, wie fachlich versiert dieser Mann war. Nun, kurzum: Durch die Beratungen, die dieser Mann mit den Anrufern tätigte, ergaben sich zahlreiche Aufträge im gehobenen Preissegment. Es waren häufig Anlagen, die als ziemlich komfortabel anzusehen sind, die wir installiert hatten. Er, Pilgrim, kam direkt vom Jurastudium, aus Heidelberg glaube ich, und hat sich schnell bei der Prävention als wertvoller Ansprechpartner erwiesen. Wir haben Herrn Pilgrim auch als freien Kunden- und Sicherheitsberater eingesetzt – auf Provisionsbasis. Warum ist das von Interesse für Sie?«

»Das ist reine Routine, der größte Teil unserer Arbeit ist Routine, müssen Sie wissen. Wir ermitteln in einem Fall, in dem Ihr ehemaliger Kontakt als Zeuge aufgetaucht ist.« Hollmanns Stimme klang ruhig und bedächtig. Grunder nickte nur und fragte: »Können Sie uns eine Liste erstellen, eine Liste der Kunden, die speziell durch die Vermittlung des Herrn Pilgrim zustande kam?«

»Meines Wissen haben Sie ja schon die Liste bekommen. Gehen Sie einfach davon aus, dass Herr Pilgrim alle diese Kunden im gehobenen Segment in seiner Zeit, die er bei der Prävention war, gut beraten hat. Die Verbindungen zwischen den Kunden und der Prävention kann ich hier nicht ausführen, es waren aber in dem Zeitraum, der für Sie interessant ist, alles Geschäftsleute, mit denen wir ins Geschäft gekommen sind.

»Nun, dann danken wir Ihnen für Ihr Entgegenkommen und dürfen uns verabschieden.« Grunder war aufgestanden und bereits auf dem Weg zur Tür, als er sich noch einmal umdrehte und fragte, ob es während dieser Zeit zu Unstimmigkeiten gekommen wäre. Der Mitarbeiter verneinte und war sich sicher: »Ich glaube, wenn Herr Pilgrim nicht zum Gericht als Staatsanwalt gegangen wäre, könnte er immer noch unsere Kunden beraten. Wir hätten ihn gerne eingestellt, denn er war, wie ich schon ausführte, sehr kompetent und eloquent. Warten Sie, ich frage noch einmal mein Vorzimmer. Vielleicht haben wir noch die Unterlagen, denn soweit ich mich erinnere, hatten wir die Bewerbungsunterlagen angefordert.« Nach einiger Zeit kam er aus dem Vorzimmer zurück und überreichte Hollmann eine dünne Akte, die sich als sehr nützlich herausstellte. »Ich sagte ja schon, dass wir diesen Mann gerne eingestellt hätten, aber er ist dann zum Gericht gegangen und die Unterlagen wurden vergessen. Ich lasse Ihnen auch noch eine Kopie der Aufträge machen, dann können Sie vertraulich über die Daten verfügen. Sie behandeln diese Daten doch streng vertraulich?«

»Ja, selbstverständlich – danke«, wiederholte Hollmann und die beiden Männer gingen, als sie die Kopien in Empfang genommen hatten, zu ihrem Wagen.

Während der Fahrt überflog Grunder noch einmal die Unterlagen.

»Wenn wir Pilgrim unter die Lupe nehmen, denke ich, reicht es, wenn wir kurz vor dem Abitur anfangen. Du kannst dir die entsprechenden Jahrbücher der Schule vornehmen. Vielleicht gibt es da Erkenntnisse, die wir nutzen können.«

»Gute Idee, Heinz.« Hollmann suchte nach dem Namen des Gymnasiums in der Akte. »Wir können gleich hinfahren, es liegt fast auf unserer Strecke.«

Wenig später fuhr der Wagen Grunders auf das Schulgelände des »Heinrich-von-Kleist-Gymnasiums«. Die beiden betraten das altehrwürdige Gebäude und fragten sich zum Büro der Schulleitung durch, wo sie von einer Schreibkraft empfangen und zum Rektor geführt wurden. Erstaunt begrüßte dieser die Kommissare: »Was ist denn geschehen? Die Polizei kommt sehr selten zu uns, wissen Sie? Aus welchem Grund möchten Sie Einblicke in unsere Jahrbücher erhalten?«

»Das ist eine einfache Routineuntersuchung im Zusammenhang mit einer polizeilichen Zeugenaussage, die wir derzeit durchführen. Uns interessieren die Abiturienten aus den Abschlussklassen vor etwa sechs bis acht Jahren, wenn Sie uns da weiterhelfen könnten ...«

»Gerne, die finden Sie in unserer hauseigenen Bibliothek – ich werde Sie hinführen.« Der Rektor bat die Beamten, ihm zu folgen. Hollmann bestaunte das ehrwürdige Gebäude mit den hölzernen Wandverkleidungen. Der Rektor schien seinem Blick zu folgen und sagte schnell: »Wissen Sie, wir haben hier eine lange

Tradition, auf die wir mit Stolz zurückblicken. So gibt es einen Förderverein, dem ehemalige Schüler, Freunde und Mäzene des Gymnasiums angehören. Der Verein hat sich übrigens sechs Jahre, 1908, vor dem Ersten Weltkrieg etabliert. Noch heute finden Treffen der Ehemaligen statt, die immer wieder einen Spiegel der Zeit darstellen, wenn Sie verstehen, was ich meine. Für uns ist es schön zu sehen, wenn aus den Jungen und Mädchen etwas geworden ist.«

»Oh ja, ich kann das sehr gut nachvollziehen.« In einem großen Raum, der mit Büchern vollgestellt war, ging der Rektor zu einem Tisch, suchte in den Karteikarten, murmelte eine Zahlenfolge vor sich hin und verschwand in einem der schmalen Gänge. »Vor etwa acht Jahren, sagten Sie?«

»Ja, bitte.« Grunder setzte sich an einen Tisch und wartete auf die Ergebnisse. Als der Rektor mit einigen gebundenen Büchern zurückkam, sagte er: »Das ist alles, was wir aus diesem Zeitraum im Bestand führen. Wenn Sie weitere Fragen haben, stehe ich in meinem Büro zur Verfügung – ich würde mich jetzt gerne wieder der Arbeit widmen.«

»Selbstverständlich, wir suchen Sie dann noch einmal auf, bevor wir gehen.« Grunder wandte sich an Hollmann und meinte: »Vielleicht haben wir ja Glück, Kurt, und werden fündig.«

Die Kommissare gingen die Bücher der einzelnen Jahrgänge durch, als Grunder plötzlich rief: »Hier, ich habe etwas! Die Bilder der Abschlussklasse! Und da ist auch Hendrik Pilgrim. Er ist wohl später in die Klasse gekommen, steht hier in der Legende.« Grunder zeigte auf das Gruppenbild der Klasse. »Siehst du das?«

»Was denn?«

»Na, er hat den Arm um ein Mädchen gelegt, das neben ihm steht. Ich meine, das muss nichts bedeuten, aber ...«

Grunder verglich die Fotografie mit den Einzelbildern und meinte dann: »Das Mädel heißt Jutta Neidhöfer. Wir werden sie kurz über ihren Freund befragen. Ich hoffe, der Rektor hat noch mehr Informationen für uns.«

Als die beiden wieder im Büro des Direktors standen, sagte die-

ser: »Ich hoffe, Sie haben gefunden, wonach Sie gesucht haben?« Er rückte seine Lesebrille zurecht und schaute über das Brillengestell die beiden Kommissare an, die in den beiden wuchtigen Ledersesseln ihm gegenüber Platz genommen hatten.
»Danke«, sagte Hollmann. »Wir hätten aber noch eine Frage zu einer ehemaligen Schülerin. Jutta Neidhöfer. Können Sie uns da Informationen geben? Und wissen Sie, wo wir Frau Neidhöfer finden können?« Den Kommissaren entging nicht, dass sich die Gesichtszüge ihres Gegenübers verhärteten. »Jutta Neidhöfer. Ja, das war eine merkwürdige Geschichte damals. Ich erinnere mich noch, dass das Mädchen mit Hendrik Pilgrim zusammen war, ja, ja.« Der Rektor ließ sich das Foto im Jahrbuch zeigen und bestätigte seinen eben gesagten Satz. »Ja genau, das ist die Kleine.«
»Nach so vielen Jahren können Sie sich genau erinnern?« Hollmann war erstaunt.
»Ich erinnere mich deswegen so genau, weil das eine ganz merkwürdige Sache war, die fast den guten Ruf unseres Gymnasiums gekostet hätte.« Er schien weit in die Ferne zu blicken, als würde er dort die richtigen Worte finden. »Also, die Neidhöfers haben ein ziemlich großes Weingut oben an der Mosel. Ich meine einmal gehört zu haben, dass Jutta jetzt hier in Frankfurt in einer Weinhandlung tätig ist, die zum Weingut gehört. Ich glaube sogar zu wissen, dass es drüben in Bockenheim ist. Vielleicht sollten Sie da mit Ihrer Suche beginnen.«

Höflich bedankte sich Grunder für diese Auskunft. Nachdem sie sich verabschiedet hatten, hielten sie an einer Telefonzelle. Hollmann sprang aus dem Wagen, ging in die Zelle, durchsuchte das Branchentelefonbuch nach den entsprechenden Weinhandlungen und wurde nach einiger Zeit tatsächlich fündig. Eilig schrieb er sich die Adresse in sein Notizbuch und der Wagen setzte sich wieder in Bewegung.

»Guten Tag, sind Sie Frau Neidhöfer, Jutta Neidhöfer?«, fragte Grunder freundlich, nachdem sie den kleinen Laden betreten hatten.

Die Frau hinter den Regalen, beschäftigt mit ihrer Ware, schaute die beiden Männer fragend an, ehe sie antwortete: »Ja, bin ich. Was kann ich für Sie tun?«

»Ich bin Hauptkommissar Grunder und das ist mein Kollege Hollmann. Wir würden Ihnen gerne ein paar Fragen im Zusammenhang mit einer Ermittlung stellen.«

»Ermittlung? Was denn für eine Ermittlung?«

»Nun, Frau Neidhöfer. Es ist eine Routineuntersuchung, die wir im Zusammenhang mit einem Zeugen durchführen. Nichts Ernstes.«

»Na, dann fragen Sie mal.«

»Nun, Sie waren doch auch auf dem »Heinrich-von-Kleist-Gymnasium« hier in Frankfurt? Wir haben die Jahrbücher einsehen dürfen.«

»Ja«, sagte sie zögernd, »aber das ist schon eine halbe Ewigkeit her. Ich weiß wirklich nicht, wie ich Ihnen da noch helfen kann.«

»Frau Neidhöfer, Sie waren damals mit einem Jungen namens Hendrik Pilgrim befreundet, ist das richtig?«

Schlagartig verdüsterte sich die Miene der dunkelhaarigen Frau und ihre Augen blickten Grunder kalt und abweisend an. »All die Jahre habe ich den Namen nicht gehört und mir ging es gut dabei. Da kommen Sie daher! Ich kann und will nicht über diesen Mann reden.«

»Schade, wir bräuchten doch nur ein paar Informationen, die uns einen Hintergrund über diesen Mann eröffnen. Können Sie sich dazu durchringen, Frau Neidhöfer?« Hollmanns Stimme klang sanft und einfühlsam. Er war sich sicher, dass es einen schwerwiegenden Grund für die Frau gab, diese Zeit zu verdrängen. Lange schaute ihn Jutta Neidhöfer an, ehe sie sich durchrang und sagte: »Nicht hier – kommen Sie mit ins Büro.« Sie folgten der kleinen Frau in die hinteren Räume des Geschäftes. An einem Schreibtisch nahmen sie Platz. Jutta Neidhöfer schaute noch einmal in den Laden, ehe sie begann: »Also.« Sie räusperte sich. »Was genau wollen Sie denn wissen?«

»Wie gesagt. Es geht um Herrn Pilgrim. Wir würden gerne mehr zu seiner Person erfahren.« Grunder beobachtete die Frau ihm gegenüber genau. Gestik war genauso wichtig, wenn nicht manches Mal sogar aufschlussreicher als das gesprochene Wort.
»Nun gut. Ich erzähle Ihnen alles. Aber ich möchte, dass Sie mich dann nie wieder auf diesen Mann hin ansprechen. Kann ich mich darauf verlassen?«

»Wir versuchen es – wirklich, Frau Neidhöfer.« Grunder blieb vage, denn er wusste, dass er zu diesem Zeitpunkt der Ermittlungen gar nichts versprechen konnte.

»Also, Sie wissen ja, dass ich auf dem ›Heinrich-von-Kleist‹ war. Ich war eine recht gute Schülerin. Eines Tages kam der Hendrik – ich glaube aus der Schweiz oder so – zu uns in die Klasse. Er machte gleich einen, ich will mal sagen, arroganten Eindruck. Wahrscheinlich bildete er sich schon damals ein, dass er alles und jeden benutzen konnte, wie es ihm beliebte. Vielleicht war er auch nur so blasiert, weil sein Vater irgendetwas Höheres war – in Afrika war er und irgendetwas Staatliches. Aber, was das genau war, kann ich gar nicht mehr sagen. Jedenfalls hatte Hendrik mich irgendwann um den Finger gewickelt. Attraktiv genug war er ja. Ich dachte tatsächlich, er wäre der Richtige für mich. Kennen Sie das? Man begegnet einem Menschen und weiß genau, dass man mit ihm sein Leben verbringen will? Er konnte ja Menschen für sich gewinnen – keine Frage, das konnte er.

Sie müssen wissen, ich stamme aus Briedel, einem kleinen Ort an der Mosel. Meine Eltern haben ein großes Weingut dort und sie wollten Hendrik natürlich auch kennenlernen – dazu kam es aber nicht mehr.« Sie machte eine lange Pause und ihre braunen Augen füllten sich mit Tränen. »Was ich sagen will, ist, dass wir zusammen waren, uns aber im Laufe der Zeit immer öfter gestritten hatten. Er wollte alles und jedes Detail kontrollieren – zuletzt auch mich, verstehen Sie? Ich konnte mich aber doch nicht in völlige Abhängigkeit begeben und Rechenschaft über jede einzelne Minute ablegen! Eines Tages rief ich meine Freundin an, Karin Weber. Wir treffen uns heute noch manchmal und dann unternehmen wir was gemeinsam.« Sie wischte sich mit dem Handrücken die Augen. »Ich erzählte ihr, dass ich schwanger war – schwanger von diesem Mann. Können Sie sich überhaupt vorstellen, was das bedeutet in einem kleinen Dorf wie Briedel? Unsere Familie ist in Briedel sehr angesehen. Ich brauche Ihnen nicht zu erzählen, was das für meine Eltern für ein Spießrutenlaufen gewesen wäre.«

»Ich kann Ihnen gut folgen, Frau Neidhöfer. Sie haben es also Ihren Eltern nie erzählt?«, fragte Grunder verständnisvoll.

»Nein, habe ich nicht. Nur Karin wusste davon. Als ich Hendrik sagte, dass ich ein Kind von ihm erwarte, fiel er aus allen Wolken. Alles wäre meine Schuld, ich hätte gefälligst aufzupassen gehabt – eben das übliche Gerede, Sie kennen das. Er hat mich dann einige Zeit später gezwungen, mit ihm in die Niederlande zu fahren und das Kind abtreiben zu lassen – einfach so. Ihm war völlig egal, wie ich mich fühlte. Die Frage, ob wir das Kind behalten, die stellte sich für den Kerl gar nicht.«

»Hätten Sie sich nicht weigern können?«, fragte Hollmann behutsam.

»Nein, Hendrik konnte man nicht mit einem Nein kommen. Er wäre zu meinen Eltern gefahren und hätte die Sache im Dorf publik gemacht und zwar so, dass wir jegliche Integrität verloren hätten. Ich meine, heute wäre es anders und in Frankfurt sowieso, da kümmert es niemanden, aber bei uns in Briedel war das so eine Sache – damals. Schließlich hab ich nachgegeben und er ist mit mir in die Niederlande gefahren. In der Schule wusste niemand, wo ich die Zeit über gewesen war. Ich stand während des gesamten Aufenthalts in Holland unter Bewachung – so fühlte ich mich jedenfalls, erst von ihm, dann von einer Oberschwester, die er, so vermute ich, bezahlt hat. Ihren Namen weiß ich nicht mehr. Ich war nach dem Eingriff eine ganze Zeit lang wie am Boden zerstört, das können Sie mir glauben.«

»Es tut mir leid, Frau Neidhöfer.« Grunder sah kurz zu Hollmann, der die Frage anfügte: »Können Sie uns noch etwas zu Hendrik Pilgrim sagen?«

»Ja, kann ich.« Ihre Stimme klang belegt. »Auf einer Party hat er später versucht, meine Freundin Karin zu vergewaltigen. Erst hatte der Kerl mich geschwängert und dann, nur einige Wochen später, hat er sich an Karin 'rangemacht. Sie konnte dem aber entgehen – konnte fliehen. Sie fuhren in seinem Auto und an einer roten Ampel, als er halten musste, ist sie dann 'rausgesprungen.«

»Haben Sie oder Karin die Geschichte damals zur Anzeige gebracht?«

»Nein, es wäre ja ohnehin nichts passiert, weil es sich nur um eine versuchte Vergewaltigung beziehungsweise um sexuelle Nötigung, gehandelt hat und im Übrigen war der Vater – ich erinnere mich jetzt wieder – Diplomat. Ja genau – Diplomat war der. Ich sage Ihnen, da kommen wir normalen Leute ohnehin nicht dagegen an. Die hätten Heerscharen von Anwälten aufgefahren und zum Schluss wäre die zierliche Karin, das Opfer, auch noch der Mitschuld oder der Hauptschuld bezichtigt worden. Sie wissen genauso gut wie ich, dass die Anwälte dieser Vergewaltiger die Glaubwürdigkeit ihrer Opfer zerstören, um so ihre Mandanten frei zu bekommen. Und die Richter geben dem auch noch statt. Solche Fälle kennen Sie bestimmt auch, auch wenn Sie das nicht gerne zugeben wollen. In diesem Land wird sich mehr um die Täter und deren grauenvollen Taten gekümmert, als um die Opfer, die ein Leben lang damit zu kämpfen haben. Karin hat dann anstatt zur Polizei zu gehen alles ihrem damaligen Freund, Bernd Schölzel, erzählt, und der hatte nichts Eiligeres zu tun, als Hendrik zur Rede zu stellen. Ein Wort ergab das andere bis sich die beiden am Ende geprügelt haben. Ich weiß noch, dass Hendrik mit einem gebrochenen Jochbein ins Krankenhaus eingeliefert wurde.«

»Frau Neidhöfer«, unterbrach Grunder, »ich denke, nein ich hoffe, dass solche schrecklichen Dinge wirklich Einzelfälle sind.« Grunder wusste genau, was Jutta Neidhöfer meinte, und er kannte tatsächlich mehrere Begebenheiten, die so oder so

ähnlich abgelaufen waren. Er, die Polizei, bemüht sich, Straftäter dingfest zu machen und die Gerichte lassen sie wieder frei – häufig wegen eines Formfehlers oder der fehlenden Sensibilität der Richter.
»Ja vielleicht«, nahm Jutta das Gespräch wieder auf. »Die Retourkutsche kam dann bei der Abiturprüfung. Bernd hatte bei den Klausuren angeblich einen Spickzettel, der dann von den Prüfern entdeckt wurde. Aber wissen Sie, er hatte es nie nötig zu spicken. Er war ein guter Schüler, dem vieles nur so zuflog, was andere sich schwer erarbeiten mussten. Wir haben damals vermutet, dass Hendrik ihm den Zettel untergeschoben und dafür gesorgt hatte, dass die Kommission den Spickzettel auch findet. Wir, seine Freunde, haben es dann zusammen mit dem Lehrer durchgesetzt, dass Bernd die Prüfung wiederholen durfte. Er hat dann ja auch das Abitur mit einem sehr guten Schnitt bestanden – natürlich ohne Spickzettel.« Jutta lächelte. »Bernd hat später Naturwissenschaften in Wien und in der Schweiz studiert. Es hat ihn schon immer in die Welt hinausgezogen. Hin und wieder sehen wir uns noch mal, wenn er in der Nähe ist. Diese Treffen sind immer sehr schön, wir lassen die Zeiten noch einmal an uns vorüberziehen – die guten Zeiten. Also, ich will nur sagen, Hendrik war schon immer einer, der bequem über Leichen geht, wenn es zu seinem Vorteil ist. Das Schicksal anderer Menschen interessiert ihn herzlich wenig. Ich habe ihn nach dem Abitur nie wieder gesehen. Ich kann Ihnen auch nicht sagen, was er jetzt so macht. Ich bin auch froh darüber. Den Kerl will ich nie wieder sehen. Denken Sie bitte trotzdem daran, dass die Abtreibung nicht publik wird. Ich sagte ja schon, nicht einmal die Eltern wissen davon. Es würde ihnen heute noch, so viele Jahre danach, den Rest geben. Aber vielleicht ist er auch so geworden, weil seine Eltern sich getrennt hatten. Seine Mutter ist nach der Scheidung, soviel ich weiß, damals in die Niederlande gegangen – glaube ich. Aber natürlich ist das keine Entschuldigung für diesen Kerl.«

»Ich denke, das wird niemand erfahren müssen, Frau Neidhöfer. Machen Sie sich deswegen keine Sorgen.« Grunder stand auf, bedankte sich und die beiden Ermittler verließen den kleinen Laden. Jutta sah ihnen noch einige Zeit starren Blicks nach ehe sie sich wieder ihren Weinlieferungen widmete.

Hollmann fand zuerst Worte. »Das ist ja eine unglaubliche Geschichte! Staatsanwalt Pilgrim! Was für ein Mistkerl! Ich denke die Zeugin ist glaubhaft.«

»Unbedingt, Kurt, unbedingt. Aber die Sache ist natürlich mehr als heikel. Pass auf, wir machen Folgendes: Du, ich und Stichel, wir werden unsere Erkenntnisse Pilgrim betreffend noch unter Verschluss halten. Zu gegebener Zeit gehe ich dann zu Reese und werde ihm eröffnen, dass leider sein Staatsanwalt in die Untersuchungen miteinbezogen werden muss. Schwierig wird es ohnehin, denn wir haben nicht viel in der Hand. Aber ich habe eine Idee: Die Zielpersonen, Janda und eventuell auch Pilgrim, werden wir von meinem Bekannten, Hans Malken, überwachen lassen. Das fällt am wenigsten auf und wir bleiben trotzdem im Bilde.«

»Wer ist dieser Malken?« Kurt zog erstaunt die Augenbraue hoch.

»Ein Privatdetektiv, den ich schon früher in die eine oder andere Ermittlung einbezogen habe. Er war mal vor vielen Jahren Polizist, hat sich dann aber für die Selbstständigkeit entschieden. Ich rufe ihn gleich nachher an. Dann werden wir sehen, was unsere ›Herren‹ so treiben.«

»Ich verstehe, aber das ist ja dann auch nicht gerichtsverwertbar.«

»Nun ja, aber wir haben die Erkenntnisse, die wir benötigen, um die Sache in den Griff zu kriegen. Sobald wir Beweise haben, die wir nutzen können, werden wir die Sache offiziell machen. Ich meine, das Einzige, was wir derzeit streng nach dem Gesetz verfolgen, ist der aktuelle Fall. Alles andere bleibt unter uns – das muss klar sein. Wenn tatsächlich Pilgrim mit in der Sache drinhängt,

ist es schwer, ihm irgendetwas hieb- und stichfest nachzuweisen und er hat Beziehungen in seiner Position.«
»Ich hab' verstanden, Heinz.«

Als Hans Malken den Anruf von Grunder bekam, war er sichtlich erfreut, denn wenn Grunder anrief – und das zu so später Stunde – konnte das nur bedeuten, dass es sich um eine heikle Sache handeln musste. »Wir haben lange nichts voneinander gehört«, eröffnete er das Gespräch.
»Ja, Hans, ist wirklich lange her. Ich habe einen Auftrag – wie das letzte Mal …« Grunder erklärte ihm genau den Inhalt seines Anliegens. »Die Ergebnisse auf keinen Fall zu mir ins Büro! Ich möchte, dass die Daten zu mir privat nach Hause kommen.«
»In Ordnung. Ich fange morgen an. Die Konditionen kennst du ja.«

Lange saß Malken noch in seinem unaufgeräumten Büro, legte zufrieden über den neuen Auftrag die Füße auf den Tisch und überlegte sich, wie er vorgehen wollte.

Es war ein grauer Nachmittag. Leichtes, nasses Schneegrieseln bedeckte die Straße vor dem Mietshaus, in dem die Wohnung von Daniel Janda lag. Schnell entfloh der Privatdetektiv dem ungemütlichen Wetter in den Hausflur. Ohne Erfolg suchte er auf den stark ramponierten und mit Graffiti bekritzelten Briefkästen nach dem Namen von Janda. Malken ging geräuschlos die Treppen nach oben. Schon im ersten Stock wurde er schließlich fündig. Ein handschriftliches Schild über einer Klingel trug den Namen Janda. Vorsichtig lauschte er an der Tür – alles war ruhig. Dann sah er den abgebrochenen Teil eines Zahnstochers, der in der geschlossenen Tür eingeklemmt war. Lächelnd holte Malken einen Bleistift aus der Jackentasche und markierte routiniert die Stelle, wo der Zahnstocher eingesetzt war. Dann zog er seinen Dietrich aus der Tasche, horchte in das Treppenhaus und schloss leise die Tür auf. Geschickt fing er den herausfallenden Zahnstocher auf, verstaute ihn in der Tasche und betrat die Wohnung, bevor er die Tür hinter sich schloss. *Hm, sauber und ordentlich. Passt eigentlich gar nicht zu dem Bild, das ich von dir habe,* dachte Malken. Als er im Wohnzimmer stand, schaute er sich suchend nach dem Telefon um. Mit wenigen Handgriffen hatte er die Abdeckung des Gerätes entfernt und die Mini-Wanze installiert. An der gegenüberliegenden Wand entdeckte er ein Bild, das eine Militärkompanie zeigte. Die leichte Staubschicht auf der oberen Kante des Rahmens verriet ihm deutlich, dass das Bild offensichtlich seit längerer Zeit nicht von seinem Haken genommen worden war. *Das ist der richtige Platz,* entschied Malken und platzierte eine weitere Wanze hinter dem Bild. Er ging durch die restlichen Räume und öffnete vorsichtig jede Schublade, schaute hinein und schloss sie wieder. *Wo zum Teufel hast du die Waffe versteckt?* Malken ging zum Fenster, taxierte die gegenüberliegende Fensterreihe und sah plötzlich, wie ein Mann über die Straße direkt auf das Haus zukam. »Verflucht!« entfuhr es Malken. Das könnte womöglich der Kerl sein, er musste hier sofort weg. Leise zog der Privatdetektiv die Wohnungstür hinter sich zu und platzierte wieder den Zahnstocher, ehe er seinen Bleistiftstrich mit einem Finger abwischte. Hastig lief Malken die Treppe hinauf, blieb auf dem zweiten Treppenabsatz stehen und lauschte. *Keine Sekunde zu früh,* dachte er erleichtert.

Janda kam, suchte die Ränder der Tür ab und schloss dann zufrieden auf. Plötzlich hielt er inne. Intuitiv war ihm, als hätte er etwas gehört. Verstohlen blickte er über die Schulter zur nach oben führenden Treppe und überlegte. Er entschloss sich, einige Stufen hinaufzugehen und zu kontrollieren, ob jemand dort war. Genau in diesem Moment hörte er, wie eine Tür ins Schloss fiel und die alte Dame aus der zweiten Etage herunterkam und an ihm vorbeiging, ohne ihn weiter zu beachten. Janda schüttelte den Kopf, ging wieder zu seiner Wohnungstür, nahm den Zahnstocher von der Fußmatte auf und schloss die Tür von innen.

Malken verließ das Haus. Er überquerte zielstrebig die Straße

und verschwand im gegenüberliegenden Gebäude. An der Wohnung Kramer klingelte er. Schlurfende Schritte kamen näher und eine alte Dame öffnete die Tür nur einen kleinen Spalt, gerade soweit, wie die klirrende Kette reichte. »Ja bitte?«, fragte sie resolut. »Mein Name ist Malken, Hans Malken. Frau Kramer, ich komme von Herrn Grunder, den Sie ja kennen.«
»Natürlich kenne ich Grunder. Habe ja mit ihm telefoniert. Was ist denn los? Warum kommt der Kommissar denn nicht selber? Aber – so kommen Sie doch erst einmal herein.« Sie schloss die Tür und löste die Kette. »Geradeaus, in die Küche.« Ihr knapper Befehlston ließ keinen Widerspruch zu. »Also, was ist?« Die alte Dame setzte sich auf einen Küchenstuhl ihrem Gast gegenüber.

»Hauptkommissar Grunder lässt, wie Sie wissen, fragen, ob er ein Zimmer belegen darf. Er möchte das Haus gegenüber beobachten lassen. Er will auch dafür bezahlen, Frau Kramer.«

»Ja, so ist die Polizei. Immer korrekt, immer korrekt. Dann kommen Sie mal mit.« Sie ging langsam voraus und öffnete die Tür eines kleinen Zimmers, das früher einmal ein Kinderzimmer gewesen war. Die Tapeten verrieten, dass hier vor langer Zeit ein Mädchen gewohnt haben musste. Malken trat ans Fenster, schob vorsichtig die Gardine zur Seite und beobachtete die Straße sowie die gegenüberliegende Fensterfront. »Das ist ja wie geschaffen. Wir werden dann gegen Abend wiederkommen und die Sachen aufbauen, wenn Sie nichts dagegen haben, Frau Kramer.«

»Nein, natürlich nicht. Kommen Sie ruhig.«

Nachdem Malken wieder in seinem unaufgeräumten Büro eingetroffen war, informierte er Grunder auf dem Anrufbeantworter, dass alles vorbereitet war. Dann stieg er in sein Auto und fuhr zur Villa Pilgrim. Er parkte in Sichtweite zum Haus und wartete. *Woll'n doch mal sehen, was du so treibst,* dachte er. Der Detektiv musste nicht lange warten, denn nach einiger Zeit verließ der Jaguar das große Anwesen. In gebührendem Abstand folgte ihm Malken.

Spät am Abend stellte Janda seinen Omega vor dem großen Mietshaus auf den Parkstreifen in einer Seitenstraße ab, stieg schnell
aus und rannte in seine Wohnung hinauf. Hastig packte er ein
paar Sachen zusammen, die er auf die Schnelle finden konnte,
stopfte alles in eine Reisetasche und ging zum Sicherungskasten.
Er hatte sich vor geraumer Zeit eine Wochenzeitschaltuhr angeschafft, die er jetzt erneut einstellte: von ›täglich‹ auf ›wöchent-
lich‹. *Das wird euch ein wenig beschäftigen, liebe Bullen, wenn ihr
die Bude beschatten wollt.* Grimmig zog er den Telefonstecker aus
der Wand und verließ die Wohnung. Statt des Vordereingangs
nahm er aber den Weg durch den rückwärtigen Innenhof. Vorsichtig drückte er sich an den Mülltonnen vorbei und erreichte
ungesehen die Seitenstraße, wo er nach ein paar Schritten zufällig ein Taxi fand. »Zum Flughafen!«, orderte er kurz und knapp.
»Muss noch den Flieger nach Malta erwischen.« Am Flughafen
ging er zum Schalter des nächstbesten Autoverleihers und mietete
sich einen unauffälligen Kleinwagen, um sich ohne Umwege auf
den Weg zur Werkstatt zu machen.

Janda hielt in einer Nebenstraße und ging den Rest des Weges
zu Fuß. Beharrlich klopfte er gegen das große Tor und hörte, wie
sich schließlich im Innern etwas rührte. Als die Tür einen Spalt
offen stand, schlüpfte Janda schnell hinein und stand vor dem
alten Mann. »Ich muss einige Zeit verreisen.«

»Das kann ich mir denken. Aus der Nummer kommst du so
leicht nicht wieder 'raus.«

»Ich habe ja eigentlich nur das gemacht, was ich immer mache.«

»Hältst du mich für blöd? Ich habe die Zeitungen gelesen, die
sind voll davon. Der Mann ist tot! Wieso hattest du überhaupt die
Knarre mit? Weißt du überhaupt, was das bedeutet?«

»Ja, ich muss abhauen. Im Übrigen war es Notwehr, der alte
Trottel hatte einen Revolver. Gib mir jetzt die Ware – ich will sie
sehen.«

»Dann komm mit, ich habe sie unten in der Grube.«

Der ältere Mann stieg hinunter und holte ein Kästchen aus

dem Safe. Als er die darin aufbewahrten kleinen Schachteln auf dem Tisch ausgebreitet hatte, kontrollierte Janda gewissenhaft jedes der einzelnen Teile. »Ich denke, es wäre gut«, begann Janda, »wenn du die Schachteln, den Schmuckbehälter und die Papiere hier versteckst. Man kann nie wissen, was kommen wird.«
»Hier – bei mir? Wie stellst du dir das vor? Nein, das ist mir eigentlich zu heiß! Was ist mit der Pistole? Ist das die Pistole mit der du ...«
»Die nehme ich mit und versenke sie im Westhafen. Du erinnerst dich, wir waren schon einmal dort.«
»Ja, ich weiß. Die Brücke an der Stichlingstraße. Natürlich kann ich mich erinnern. Mir ist die ganze Sache nicht geheuer. Ich meine Mord, das ist eine andere Liga ...«
»Es wird um diese Zeit nichts los sein.« Janda überhörte die Angst des alten Mannes und zuckte die Schultern, ehe er beschwichtigend fortfuhr. »Stell dich nicht so an! Die Bullen haben dich doch gar nicht auf dem Plan und außerdem ist es auch nicht das erste Mal, dass du etwas aufbewahrst.« Janda öffnete eine der Schachteln und meinte anerkennend: »Das sind Rohdiamanten, diese Steinchen sind ein Vermögen wert.«
»Im Knast kann ich damit leider nicht so viel anfangen.« Der Alte blieb skeptisch.
»Was faselst du immer vom Knast? Du sollst die Ware hier nur deponieren – mehr nicht! Die Schachteln werde ich nach und nach abholen. Die Papiere behältst du auch hier in sicherer Verwahrung. Vielleicht wird es noch einmal wichtig, dass wir diese Belege haben. Solange ich den Auftraggeber nicht kenne, ist es sicher gut, eine Art Versicherung zu haben.«
»Nun gut, in Ordnung, ich lege sie in den Safe zurück.«
»Siehst du, war doch nicht so schlimm, oder?« Janda lächelte.
Becker drohte Janda mit der Faust und rief: »Noch ein Wort und du bist fällig.«
»Schon gut, alter Mann, ist ja gut.« Janda kontrollierte drei Schachteln, suchte einen Zettel, der eine Nummer aufwies, schrieb sich

sorgfältig die Nummer ab, verglich beide noch einmal und steckte das Papier sowie einen Zweitschlüssel in die Tasche seiner Pionierjacke. »Ich gehe jetzt, also mach 's gut! Ich werde mich irgendwann nach deinem Befinden erkundigen, sehen, wie es dir geht.« Er verschloss die Schachteln und schob sie beiseite. Kurz vor der Tür drehte Janda sich noch einmal um und fügte schnell an: »Ich hoffe doch nicht, dass du dich zur Ruhe setzt – mit meinen Steinen?«

»Idiot – meinst du nicht, dass das auffallen würde und die Bullen hinter mir her wären, wenn ich plötzlich mit Diamanten beim Kaufmann meine Brötchen bezahle?«

Janda blieb eine Antwort schuldig und war schon auf dem Weg zur Außentür, als er sich noch einmal umdrehte und etwas freundlicher sagte: »Also, mein Alter. Wir hören voneinander.«

»Ja, Daniel, wir hören voneinander.«

Eilig, sich vorsichtig nach allen Seiten umschauend, ging Janda zu seinem Wagen, legte die Česká und die Munitionsschachtel zwischen die Sitze. »Du hast deinen Zweck erfüllt und wirst jetzt verschwinden«, sagte er und fuhr in eine kleine Seitenstraße des Westhafens, ging auf die Brücke, die das Becken abschließt, schaute sich um. Niemand war zu dieser Tageszeit unterwegs und so warf er die Pistole nebst Munition schnell mit einem weiten Schwung in das Hafenbecken. Er wartete das Platschen ab und fuhr nach Hause.

Verstohlen nahm er den Weg über den Hinterhof und spähte vorsichtig die Treppen hoch. Keine Seele weit und breit. Janda betrat unbemerkt seine Wohnung, steckte das Telefonkabel wieder in die Buchse und ging schlafen.

Tage später klingelte bei Janda das Telefon. Kommentarlos nahm er die Anweisungen des Anrufers entgegen. Er notierte sich die Eckpunkte, ehe er die Wohnung verließ. An der Tür schaute er sich noch einmal versonnen um, dann verließ er das Haus auf dem gleichen Wege, wie er gekommen war. Janda fuhr, nachdem er noch einmal an einer kleinen Tankstelle, von der er wusste, dass es dort keine Überwachungskameras gab, angehalten hatte, um zu tanken, zügig zur Werkstatt Becker. Dort holte er gemäß der Anweisung die Ware und fuhr auf die Autobahn.

Frank Theuner ging einige Tage später zur Wohnung Kramer und drehte am Flügelrad der Klingel. Er hatte kurz überlegt, ob die alte Dame neben dem vereinbarten Honorar einen Blumenstrauß bekommen sollte – immerhin stellte sie ein Zimmer für die Observation der gegenüberliegenden Wohnung zur Verfügung. Als sich die Wohnungstür einen Spalt öffnete, hatte Theuner seinen Gedanken wieder verworfen. »Guten Tag, Frau Kramer, ich würde gerne zu meinem Kollegen.«

»Ja, junger Mann«, sagte die Rentnerin und schlurfte voraus. Nachdem sie an die Zimmertür geklopft hatte, setzte sie sich wieder in ihren Ohrensessel, der vor einem ziemlich antiquierten Fernsehgerät stand.

»Hallo Frank«, begrüßte Kurt seinen Kollegen, der in dieser Schicht mit der Beobachtung eingeteilt war.

»Hallo! Ich wollte nur die Bänder mitnehmen. Hat sich etwas ergeben?«

»Nun, wie man es nimmt. Die Zielperson ist vorhin gekommen. Dann kam ein Anruf, dass er am nächsten Mittwoch Punkt 8 Uhr einen Termin habe, jedoch noch weitere Anweisungen bekommen würde.«

»Konnte der Anruf zurückverfolgt werden?«

»Nein, der war eindeutig zu kurz.« Hollmann schaltete das Band ein.

»Dann hat er kurz darauf das Haus verlassen, hat offensichtlich eine Tasche geholt und ist wiedergekommen. Jetzt muss er in der Wohnung sein.«

»Wie kommst du darauf?«

»Das Licht geht an und wird dann nach einiger Zeit wieder ausgeschaltet. Erst in dem einen Zimmer, dann in dem anderen.

Seltsamerweise immer exakt zur gleichen Zeit. Wo sonst noch, können wir von hier aus nicht sehen.«
»Sind irgendwelche Besucher gekommen?«
»Seit wir hier sind nicht. Der Einzige, der die Wohnung betreten hat, war die Zielperson. Die muss noch im Hause sein, denn sie hat die Wohnung nicht wieder verlassen.«
»Hören wir denn irgendwelche eigentümlichen Geräusche aus der Wohnung?«
»Ja, hin und wieder spielt ein Radio – aber sonst ist alles ruhig, nicht das geringste Geräusch.«
»Seltsam. Na, dann nehme ich die Bänder mit und sorge für eine Ablösung.«
»Du kommst nicht selbst?«
»Ich habe ab morgen Urlaub und danach bin ich in Bonn – Lehrgang.« Er nahm die Bänder, verabschiedete sich freundlich von seinem Kollegen und verließ die Wohnung.

Als Frank Theuner seinen Wagen auf dem Parkplatz, der zum Kommissariat gehört, abgestellt hatte, traf er zufällig Staatsanwalt Pilgrim an der Eingangstür. »Guten Tag, Herr Pilgrim. Ich möchte Ihnen meine Anteilnahme ausdrücken. Wie ich gehört habe, waren Sie sehr eng mit Herrn Veit befreundet.« Fast erschrocken blieb Pilgrim stehen und bejahte. »Danke, Herr … Theuner, sehr nett von Ihnen. Sagen Sie, haben wir denn schon eine Spur von dem Täter?«
»Nein, leider nicht. Was der Handschuh ergibt, nun – da warten wir ja alle darauf.«
»Ein Handschuh?«
»Ja, den muss der Täter während der Flucht verloren haben. Aber die von der KTU haben ja keine Leute und so müssen wir auf das Ergebnis ein bisschen warten.«
»Das ist nicht so gut, was Theuner? Wann werden die Ergebnisse denn erwartet?«
»Ich vermute irgendwann in den nächsten Tagen, wenn die Laboranten wieder vollzählig sind.«

»Na, dann hoffen wir, dass die Spur auch tragfähig ist.« Pilgrim ging weiter zu seinem Wagen und fuhr zügig vom Hof. Plötzlich wurde ihm klar, wie sehr die Zeit drängte – er musste handeln, musste etwas unternehmen. Dann kam ihm die Idee, was jetzt getan werden musste. *Ja, so wird es funktionieren – ich bin ganz sicher.*

Hauptkommissar Grunder richtete seine Krawatte und trat in das geräumige Büro des Oberstaatsanwaltes. Dr. Reese zeigte sich verwundert, als Hauptkommissar Grunder ihm seine Erkenntnisse, die Sicherheitsfirma »CtP Security« betreffend, mitteilte.

»Also Grunder, Sie kommen zu mir und äußern den Verdacht, dass einer meiner Staatsanwälte in die Fälle involviert sein könnte? Das ist eine unglaubliche Verdächtigung. Das kann doch nicht wahr sein! Vermutlich – nein, bestimmt hat alles eine ganz simple Erklärung – hat es doch? Oder?« Dr. Reese blickte seinen Hauptkommissar fragend an und setzte widerwillig hinzu: »Gibt es stichhaltige Beweise, die Ihre Behauptungen stützen können?«.

»Nun, Herr Oberstaatsanwalt, ich habe einen Anfangsverdacht. Beweise werden wir finden, aber die Erkenntnisse, die wir bis jetzt zusammengetragen haben, die lassen den Schluss zu, dass ein Mann im Umfeld der Sicherheitsfirma dem Einbrecher einen Tipp gegeben hat. Immer wieder stolpere ich über den Namen Pilgrim. So war es Herr Pilgrim, der in der Vergangenheit die ausgeraubten Opfer mit den Sicherheitssystemen und den Schlüsselwörtern beraten und eingehend begleitet hat. Er war es auch, der Einblicke in die finanziellen Situationen der Bestohlenen gehabt hat. Dann ist da noch Daniel Janda, der jeweils in den entsprechenden Firmen eine Anstellung gehabt hat – meistens in einer niederen Tätigkeit, etwa als Fahrer oder Büroboter. Auf jeden Fall hatte er immer zu den Tatzeiten einen uneingeschränkten Zugriff. Wie genau jetzt der aktuelle Fall mit dem Juwelier in dieses Bild passt, weiß ich noch nicht, aber die Analogie zu den anderen Fällen, Sie erinnern sich, Herr Dr. Reese, die ungelösten Einbrüche, ist durchaus gegeben.«

»Ich erinnere mich. Sie haben also Spuren gefunden, die belegen, dass Janda beteiligt ist? Natürlich haben Sie ... Sie haben doch ...?« Sein Blick richtete sich forschend und erwartungsvoll auf Grunder.

»Eben nicht, Herr Doktor, das lässt ja gerade an die ungelösten Fälle denken. Bei dem aktuellen Mordfall, den wir derzeit vorrangig zu bearbeiten haben, gab es auch nichts, was verwertbar wäre.« Grunder vermied es bewusst, von dem einzigen Indiz – dem Handschuh – zu sprechen, ehe er eine genaue Analyse der KTU vorliegen hatte.

»Das mag ja alles richtig sein, Sie sind einer unserer besten Ermittler und ich kann mir nicht vorstellen, dass Sie oder Ihr Team einen Fehler gemacht haben. Aber richtige Beweise gegen Pilgrim gibt es nicht. Und ich meine, es kann sich auch um einen anderen Mann desselben Namens handeln. Grunder, ich sehe schon die Schlagzeile in den Boulevardblättern: ›Korrupter Staatsanwalt bla, bla, bla‹. Was das für uns bedeutet, das muss ich Ihnen nicht sagen.« Er fuchtelte mit der einen Hand herum, um die Größe der Schlagzeilen anzudeuten. »Was erwarten Sie jetzt genau von mir, Herr Hauptkommissar?«

»Ich würde mich gerne mit der Situation von Daniel Janda vertraut machen. Herkunft, Umfeld, Einkünfte und all diese Dinge. Wenn der Gerichtsbeschluss zur Einsicht in die Konten da ist, werden wir wissen, inwieweit Janda in diese Angelegenheit involviert ist.«

Der Oberstaatsanwalt zögerte etwas, ehe er sagte: »Tun Sie das Grunder, tun Sie, was getan werden muss. Ich hoffe, nein, ich weiß, in Sachen Pilgrim irren Sie sich. Ich halte zu meinen Staatsanwälten. Gerade Hendrik Pilgrim ist ein sehr korrekter Mann, seine Verhandlungen vor Gericht hat er immer minuziös organisiert. Ich kann mir nicht vorstellen, dass dieser Mann in solche Dinge verstrickt ist, die Sie hier nennen. Am Ende werden Sie sehen, dass alles eine einfache Erklärung hat. Na – ich lasse es Sie wissen, wenn ich die Unterlagen habe. Ich würde es begrüßen, wenn Sie den Fall ›Veit‹ mit der nötigen Diskretion behandeln. Sie wissen ja, es ist immer ein gefundenes Fressen für die Aasgeier von der Presse, wenn wir eine Schwäche zeigen oder Ermittlungspannen passieren.«

»Sicher haben Sie recht, Herr Oberstaatsanwalt, ich sehe das ganz genauso wie Sie. Ich werde über die Ermittlungen in diesem brisanten Fall Stillschweigen bewahren – solange es eben möglich ist.«

»So machen wir es, Grunder. Sie halten mich aber persönlich auf dem Laufenden, ich meine, auch über das, was nicht in den Akten steht.«

»Selbstverständlich, Herr Dr. Reese.« Grunder bemerkte, wie sein Gesprächspartner fast unmerklich auf die Uhr sah. Das war für ihn das Zeichen zum Aufbruch. Grunder verabschiedete sich von seinem Dienstherrn und ging zurück in sein Büro, wo Marion ihre Arbeiten erledigte. Grunder fiel sofort auf, dass seine Sekretärin heute besonders hübsch gekleidet war und ausgesprochen angenehm duftete.

»Was ist denn jetzt los? Marion, Sie sehen ja hinreißend aus.«

»Danke Chef, ich habe nach Feierabend noch eine Verabredung.«

»Ich freue mich für Sie, Marion. Das muss ja ein richtiger Glückspilz sein.«

»Ja, wahrscheinlich«, lachte Marion. »Bei meinen unterschiedlichen Dienstzeiten und den vielen Überstunden ist es sehr schwer, einen Partner zu finden, der darauf Rücksicht nimmt. Er ist übrigens auch vom Fach. Von daher also nichts Ungewöhnliches – er kennt sich mit unmöglichen Dienstzeiten gut aus. Wir werden sehen, was der Abend bringt.«

»Ich drücke Ihnen die Daumen, Sie werden Erfolg haben, Marion – Sie haben es verdient.«

»Danke Chef. Übrigens, hier liegt noch ein Umschlag aus der Tschechei für Sie. Er ist vorhin mit der Hauspost gekommen, als

Sie oben bei Dr. Reese waren. Es ist sicher die Auskunft, die wir angefordert haben.«

Grunder nahm freudig dankend den Umschlag entgegen und ging in sein Büro. Hastig öffnete er ihn und vertiefte sich in die Seiten. Hollmann, der gerade in die Diensträume kam, gesellte sich zu seinem Chef und fragte: »Sind das die Daten aus der Tschechei?«

»Ja, Kurt. Eben eingetroffen.«

Als Peter Stichel dazu kam, ließen sich die drei Kommissare einen Kaffee von Marion bringen und begannen damit, die bisherigen Ergebnisse zusammenzutragen.

»Also, wo stehen wir?«

»Frank hatte sich ja mit Daniel Janda beschäftigt. Er hat das notiert: ›Am Dienstagabend kam er spät und hat seine Wohnung nicht mehr verlassen. Am Mittwoch, bei der Ablösung, wurde festgestellt, dass sein Wagen wie gewohnt in der Seitenstraße geparkt war. Die Wohnung hatte er, nachdem er wiedergekommen war, nicht mehr verlassen‹.«

»Ich habe auch noch etwas über Janda«, unterbrach Grunder. »Hier in dem Dossier steht's – es ist aus der Tschechei gekommen. Janda, Daniel, ein ›schlimmer Finger‹, wie es scheint, war bis vor ein paar Jahren beim Militär. Da gab es gewisse Ungereimtheiten.«

Grunder suchte nähere Details, ehe er weiterredete. »Hier steht, dass er in einer Spezialeinheit gewesen ist, bevor er als leitender Nachschuboffizier in der Nähe von Terezin stationiert wurde. Er war einer der führenden Männer und hat – aber das war ihm nie zu beweisen – mit Waffen aus russischen Beständen gehandelt. Wie er daran gekommen ist, das ist denen da drüben ein Rätsel. Auf jeden Fall waren noch andere Soldaten beteiligt. Namen haben wir nicht, weil das Militär sie nicht preisgibt. Hier steht aber, dass einer der Verkäufer, ein Informant, spurlos verschwunden ist. Die Polizeidienststelle, die uns die Daten freundlicherweise zusammengestellt hat, war es auch, die den Waffenhandel damals untersucht hat. Das Ganze hat sich an der Grenze zu Polen, in einer recht unwegsamen Gegend, abgespielt. Die Kollegen hatten einen Tipp bekommen. Als sie dann zuschlagen wollten, kam es zu einem Schusswechsel und die Täter konnten entkommen. Janda war jedenfalls darin verstrickt, wobei seine Rolle nie genau aufgedeckt werden konnte. Die Vermutungen liegen nahe, dass er es war, der den Verräter ›verschwinden‹ ließ. Na ja, Janda ist dann unehrenhaft aus der tschechischen Armee entlassen worden. Wir werden also sein genaues Umfeld im Zusammenhang mit dem Mord an dem Juwelier näher untersuchen.« Grunder blickte zu Hollmann, der jetzt das Wort ergriff. Er berichtete kurz über die Ereignisse, die er in der Tschechei erfahren hatte: »Wir sollten Fritz Čhechá unter die Lupe nehmen. In Nürnberg liegt die Akte. Vielleicht ist es möglich ein Bild, der Kollege sprach von einer Stadionkamera, von ihm zu bekommen. Außerdem würde ich meinen tschechischen Bekannten, Jiří Sládeck, fragen, ob er mir diesbezüglich Informationen beschaffen kann.«

»Gut, kümmern wir uns aber vorrangig um den Mordfall. Was haben wir noch?« Grunder schaute seine Kollegen fragend an, als das Telefon klingelte und er den Hörer abnahm.

»Das kann doch nicht sein, unsere einzige Spur!«, rief Grunder aufgebracht in den Hörer. »Wie ist das passiert? Ich schicke einen Kollegen zu euch herunter – sofort!«

Grunder knallte den Hörer auf die Gabel.

»Was ist, Chef?«

»Nichts ist … – Mist ist passiert! Ihr erinnert euch an den Handschuh?«

»Ja, die einzige brauchbare Spur im Mordfall Veit.«

»Eben! Die haben jetzt den Handschuh untersucht und festgestellt, dass er funkelnagelneu ist – noch nie getragen.«

»Neu? Das kann doch nicht sein, wir haben hier die Fotos. Die belegen eindeutig, dass er benutzt wurde.« Peter Stichel war ebenso fassungslos wie sein Chef.

»Auf jeden Fall ist der Handschuh, den die KTU untersucht hat,

nicht der, den sie am Tatort gefunden haben, denn der wies einen Fußabdruck auf.«
»Wer hatte denn die Möglichkeit, das Indiz auszutauschen? Es muss ja getauscht worden sein«, kombinierte Stichel und kritzelte seinen Namen auf einen Zettel.

Grunder sagte: »Meinen Namen kannst du auch gleich notieren, dann Hollmann und Frank. Dann die Kollegen der Schutzpolizei: Prieß und Streubel.« Grunder suchte nach weiteren Namen in den Untersuchungsprotokollen der Tatortakte. »Dann haben wir die Männer von der Spurensicherung: Wiefert und Lippert. Den Arzt Dr. März und natürlich Dr. Meyer aus dem Labor. Die anderen Kollegen waren zwar am Tatort, hatten aber keinen direkten Zugriff.«

»Dann wäre da noch Staatsanwalt Hendrik Pilgrim, der ja auch Kenntnis von den Indizien hat und außerdem hin und wieder Bereitschaft hat. Er muss auch zu dem Personenkreis gezählt werden, der auf die Akten und Asservaten zugreifen könnte.«

Die drei schauten sich an und wussten, was der jeweils andere dachte. »Ich schlage vor, dass wir die Ergebnisse nur noch in meiner Wohnung oder bei Hollmann, auf jeden Fall außerhalb dieses Büros, zusammentragen, wenn der letzte Name wirklich involviert ist. Was haltet ihr davon?«

»Ja, gut. Ich meine, wir müssen äußerst vorsichtig vorgehen. Es muss damit gerechnet werden, dass der Mann während seiner Bereitschaftszeit Akteneinsicht durch Dr. Reese bekommen kann. Somit wären wir wieder am Anfang. Zu groß wäre die Manipulationsgefahr.« Alle blickten Hollmann an und nickten.

Grunder nahm die Akte der KTU, blätterte sie auf und rief Marion, ob sie noch einen weiteren Kaffee machen würde, ehe sie in ihren Feierabend ging.

Kurze Zeit später kam Marion mit dem Gewünschten und verabschiedete sich.

»Frau Lange ist heute aber aufgetakelt«, entfuhr es Stichel.
»Ich kann dich aufklären, Peter. Ein Date mit einem Mann –

einem vom Fach, wie sie sagte.« Grunder sah auf die Uhr, trank seinen Kaffee aus und wandte sich an die beiden anderen: »Da Janda uns offensichtlich durch die Lappen gegangen ist, habe ich eine Idee: Er muss ja irgendwie weggekommen sein, vermutlich in einem Leihwagen, denn ich glaube nicht, dass er in seiner Situation einen Kumpel findet, der ihm eine Karre leihen will. Bei Mord ist manche Freundschaft Geschichte. Vielleicht kann Peter sich morgen darum kümmern. Für heute machen wir Feierabend.«

Enttäuscht nahm sich Peter Stichel die Adressliste vor, die auf dem Beifahrersitz lag. »Wieder nichts! Es ist eben Geduld gefragt.« Sein Sarkasmus war unüberhörbar, während er einen weiteren Posten in der Liste durchstrich. »Es bleiben noch so viele ...«, seufzte er.

Abschätzend suchte er sich die nächste Adresse heraus, die in seiner Nähe lag, ehe er die Liste auf den Beifahrersitz zurückwarf und sich wieder in den fließenden Verkehr einordnete.

Am Flughafen steuerte er seinen Wagen zum Parkplatz der Autovermietung. Als er den Geschäftsbereich betrat, wurde er mit einem zuvorkommenden »Guten Tag, Sie benötigen einen Wagen?« begrüßt.

»Guten Tag, mein Name ist Stichel, Kriminalpolizei Frankfurt.«

»Die Polizei? Habe ich etwa falsch geparkt?« Der junge Mann fand seinen eigenen Witz offensichtlich sehr gut, denn er gluckste und prustete, während er fortfuhr: »Nun, Herr Kommissar, was kann ich denn für Sie tun?«

»Nein, falsch geparkt haben Sie nicht. Ich brauche auch keinen Leihwagen.« Stichel kramte in seiner Tasche nach dem Bild von Daniel Janda. »Sagen Sie, hat dieser Mann in der letzten Zeit hier bei Ihnen ein Auto gemietet?«

Der Angestellte nahm das Foto, betrachtete es aufmerksam, ehe er kopfschüttelnd sagte: »Nein, ich kann mich an den Mann nicht erinnern, nein, der war sicher nicht hier bei mir.« Er legte das Foto zur Seite. In diesem Moment kam eine Kollegin am Tresen vorbei, blieb stehen, schaute auf das Bild und sagte im Weitergehen: »Der war vor einer Weile hier – etwa eine Woche muss das längstens her sein.«

Stichel stockte der Atem. Er hatte nicht mehr mit einer positiven Antwort gerechnet: »Sie sind sich ganz sicher, Frau ...?«

»Natürlich bin ich sicher, ich habe ihn ja selbst bedient. Er kam so gegen 6 Uhr abends und hat mich noch gefragt, ob er den Wagen auch in Frankreich wieder abgeben könne. Ich sagte ihm, dass das kein Problem sei.«

Stichel nahm das Bild wieder an sich und fragte: »Was für ein Modell hat er sich denn ausgeliehen?«

»Moment, ich schaue eben in den Unterlagen nach.« Schnell verschwand die junge Frau in einem angrenzenden Büro und kam kurze Zeit später mit einem Formular wieder. »Hier sind alle relevanten Einzelheiten aufgeführt. Damit sollten Sie etwas anfangen können. Wissen Sie, ich erinnere mich noch an den Mann, weil er so hektisch schien, so als hätte er keine Zeit. Immer wieder schaute er sich nach allen Seiten um. Verstehen Sie, was ich sagen will?«

Stichel nahm nickend das Papier und sah, dass Janda einen BMW der gehobenen Klasse gemietet hatte. »Wollte er denn nach Frankreich?«, fragte er die Frau.

»Das kann ich nicht sagen, er hat eben danach gefragt – mehr nicht. Aber ich sehe hier, dass der Wagen bereits abgegeben wurde.«

»Warum ist das nicht registriert worden?«

»Ist es ja. Der Wagen wurde des nachts auf dem Parkplatz vor dem Haus abgestellt und der Schlüssel in den Nachttresor geworfen.«

»Können Sie sehen, wohin der Wagen gefahren ist?«

»Nein, kann ich nicht. Aber ich sehe, dass der Wagen 932 km gefahren ist.«

»Gut, ich lasse Ihnen meine Visitenkarte hier. Wenn der Mann noch einmal zurückkommt, wäre ich dankbar, wenn Sie nichts von diesem Gespräch erwähnen und mich sofort informieren würden.«

»Ja, in Ordnung.«
Das wird den Chef aber freuen, endlich wieder ein konkreter Hinweis. Zufrieden mit sich und dem Ergebnis fuhr Stichel zum Polizeirevier.
»Hallo Marion! Ist der Chef in seinem Büro?«
»Nein, Herr Stichel, er ist mit einem Hexenschuss zum Arzt gefahren.« Marion sah auf die Uhr. »Er wird jetzt sicher zu Hause sein. Ich habe hier eine Nachricht von ihm. Sie möchten, wenn Sie wieder da sind, ihn zu Hause aufsuchen – Sie wüssten schon …« Marion sah noch einmal auf den Zettel, zerknüllte ihn und warf ihn in den Papierkorb.
»Gut, ich fahre gleich zu ihm«, sagte Stichel und verließ das Polizeirevier.

Etwa 20 Minuten später hielt Stichel vor dem Mehrfamilienhaus, in dem Grunder vor vielen Jahren eine Eigentumswohnung erworben hatte, die nach dem Tod seiner Frau für eine Person ziemlich groß schien. Stichel stellte seinen Wagen auf dem Parkplatz an der großzügigen Anlage vor dem Gebäude ab und betrat mit den Unterlagen unter dem Arm das Haus. Am Fahrstuhl stand schon Hollmann. »Hallo Kurt, was machst du denn hier?«, fragte Stichel verwundert.
»Ich habe vorhin im Büro angerufen und Marion sagte mir, der Chef wolle mich sehen und ich soll doch bitte zu ihm nach Hause kommen.«
»Irgendeine Ahnung, was er will?«
»Nee, ich vermute, es geht um den Fall Janda«, sagte Kommissar Hollmann, als der Fahrstuhl kam und sich mit einem leisen »Ding« die Tür öffnete. Die beiden Männer stiegen ein und fuhren in die dritte Etage.
Da die Tür zur Wohnung Grunders einen Spalt offen stand, traten die beiden ein und waren überrascht, als ein fremder Mann sie mit den Worten »Ich heiße Malken« empfing und ins Wohnzimmer bat.

Auf einem Küchenstuhl saß Heinz Grunder, der bei ihrem Eintreten vorsichtig seine Krücken nahm und aufstand. »Die Spritze wirkt zwar, aber ich bin doch noch etwas vorsichtig, denn jede Bewegung könnte die letzte sein.« Grunder lachte sarkastisch. »Ich will euch meinen langjährigen Freund Hans, Hans Malken, vorstellen. Wir waren in den Anfangsjahren gemeinsam im Taunus. Ich bin dann nach Frankfurt und Hans hat sich mit seiner Detektei selbstständig gemacht, was ja auch gut funktioniert. Wir sind sporadisch in Kontakt geblieben.« Malken begrüßte die beiden Kommissare noch einmal mit einem herzlichen Handschlag, ehe er sich aufmachte, um aus der Küche Kaffee zu holen.

»Also«, begann Grunder, »wir sind hier, damit wir in unserem speziellen Fall weiterkommen. Ich schlage vor, Hans beginnt mit dem Bericht über Pilgrim. Dann wissen wir, was der Herr Staatsanwalt so treibt, wenn er nicht im Büro ist.«

Malken legte sich einige Notizen zurecht: »Ich sagte ja schon, dass Heinz mich gebeten hatte, Herrn Pilgrim zu observieren. Ich hatte Glück, die Zielperson war auch sehr »kooperativ« und hat interessante Aspekte geliefert. Er ist der klassische Spielertyp, der viel Geld in Wiesbaden lässt. In der vergangenen Zeit war er fast jedes Wochenende dort – immer allein und hat meistens größere Summen verloren. Eine Frau war nie in seiner Nähe. Es gibt aber Verbindungen zum Rotlichtmilieu – dort hat er wechselnde Bekanntschaften. Treffen mit den Mädels fanden oft nach dem Besuch in Wiesbaden statt.« Malken sortierte erneut seine Informationen. »Tja und dann war ich in der Wohnung von …« Malken suchte nach dem Namen. »… Janda, und habe dort Wanzen installiert. Bei meiner ersten Durchsuchung habe ich jedoch keinerlei Anhaltspunkte gefunden, die uns helfen könnten. So kann ich konstatieren, dass dieser Mann sehr vorsichtig ist und irgendwann einmal eine spezielle Ausbildung erhalten haben muss.«

Grunder ergriff das Wort: »Wir haben, wenn ich das richtig verstehe, nicht das Geringste gegen Janda in der Hand. Wir können nicht nachweisen, dass er zur Tatzeit in der Villa Veit war. Die einzige Spur, die es gegeben hat, ich spreche von dem Handschuh, ist auch nicht mehr relevant. So schlage ich vor, dass wir die Akte erst einmal beiseitelegen, bis sich vielleicht irgendwann neue Erkenntnisse ergeben. Wir werden also die Observierung der Wohnung aufgeben.«

»Ich würde noch warten, Chef«, meldete sich Stichel zu Wort. »Ich war in der Mietwagensache unterwegs und bin am Flughafen fündig geworden. Die Zielperson wurde von einer Angestellten der Autovermietung eindeutig wiedererkannt. Er hat sich einen BMW gemietet und ist 932 Kilometer gefahren. Das Auto hat er während der Nacht auf den Parkplatz der Vermietung gestellt und den Schlüssel im Nachttresor deponiert.«

»Hm«, sagte Hollmann, »932 Kilometer, das ist eine einfache Strecke von 466 Kilometern.«

»Genau«, ergänzte Grunder und deutete auf die Schranktür, die sich hinter Hollmann befand. »Holst du mir bitte die Europakarte heraus? Sie ist nicht mehr auf dem neuesten Stand, aber ich denke, für unsere Zwecke reicht sie.«

»Gerne.« Hollmann suchte die Karte heraus, ehe er sie auf dem Stubentisch ausbreitete. Stichel schob die Tassen beiseite und Grunder bat Malken aus seiner Schreibtischschublade einen Zirkel zu holen.

»Dann wollen wir mal sehen!« Grunder zog einen Kreis, ausgehend von Frankfurt.

»Und jetzt?«, fragte Malken. »Was fangen wir jetzt mit den Informationen an? Paris, denke ich, können wir ausschließen. Es geht hier vermutlich um die Diamanten. Linz und Salzburg«, er zeigte mit dem Finger auf die Städte, »wären eine Option. München ist zu dicht dran.«

»Bremen, Belgien und die Niederlande wären noch attraktive Ziele«, sagte Stichel. Die anderen richteten ihre Aufmerksamkeit auf den Norden der Karte und nickten. »Was ist denn mit Prag?«

Hollmann zeigte auf die Stadt in Tschechien.»Janda kommt ja aus der Ecke und vielleicht liegt hier das Ziel.«

Grunder ergriff das Wort:»Wir werden uns überlegen, wie wir weiter vorgehen«. Er blickte von einem zum anderen.»Wir treffen uns also wieder, wenn es etwas Neues gibt.« Grunder nahm den letzten Schluck Kaffee aus seiner Tasse. Die kleine Gruppe ging auseinander – jeder seines Weges.

Es mochten einige Woche vergangen sein. Grunder brütete in seinem Büro über den Akten, als sein Telefon klingelte.»Ja?«, sagte Grunder,»Marion, ich sage Ihnen, so einen Hexenschuss wünsche ich niemanden. Aber was haben Sie für mich?«

»Ein Anruf von einer Autovermietung am Flughafen, ich stelle mal durch, Chef.«

»Grunder.« Interessiert lauschte er der Stimme auf der anderen Seite.

»Guten Tag, Heines mein Name. Vor einiger Zeit war ein Kollege von Ihnen bei uns, Stichel hat er geheißen.«

»Ja, das ist einer meiner Kollegen. Was ist denn mit ihm?«

»Also, Herr Stichel hat darum gebeten, dass wir anrufen, wenn sich etwas in einer bestimmten Leihwagensache ergeben würde. Wir haben jetzt einen Strafbescheid erhalten, weil der Mieter des Fahrzeugs die Geschwindigkeit überschritten hatte. Bevor wir den Bußgeldbescheid an den Mieter schicken, wollten wir Sie informieren.« In diesem Moment kam Stichel in das Büro. Grunder wies ihn kopfnickend an, kurz zu warten, worauf sich Stichel setzte und die mitgeführten Unterlagen auf dem Schreibtisch ablegte.

»Peter, ich sage dir, da kommt jetzt Leben in den Fall. Das war eben die Verleihfirma, die Janda den Mietwagen gegeben hat. Das Interessante ist aber, dass er in Holland zu schnell unterwegs war und die Kollegen das Strafmandat an den Verleiher geschickt haben und die haben daraufhin uns informiert. Ich sage dir, was wir jetzt machen: Ich rufe die Autovermietung an und sage denen, dass wir das ›Ticket‹ begleichen. Du kannst gleich mal hinfahren und das Schreiben der holländischen Kollegen abholen. Jetzt, wo wir sein Ziel kennen, sind wir einen kleinen Schritt weiter.«

»Dann ist Janda wieder im Geschäft und wir können weitermachen. Übrigens, ich habe auch noch etwas, was uns helfen könnte.«

»Im Fall Janda?«

»Nein, in der Mordsache Veit. Es geht da um eine Meldung, die von der Polizeiwache Eschborn an uns weitergeleitet wurde. Unsere Frau Lange fand, dass es wichtig sein könnte.«

»Und was ist das für eine Meldung? Spann mich nicht so auf die Folter!«

»Also, es geht um die Villa Veit. Einer der Nachbarn – Wilhelm Zauner – hat in der fraglichen Zeit einen Omega gesehen, der dort abgestellt worden war und der ihm aufgefallen ist.«

»Wieso ist er ihm aufgefallen? Omegas gibt es viele.«

»Das steht da nicht. Wir sollten uns mit dem Zeugen, der unmittelbar neben den Veits wohnt, in Verbindung setzen. Vielleicht hat er ja stichhaltige Informationen, die endlich Licht in die Sache bringen.«

»Warum ist das nicht schon längst geschehen? Wir haben doch die Nachbarn befragt. Nun gut, du nimmst dir am besten Kurt mit, wenn er wieder da ist.«

»Das mag daran liegen, dass die Zauners zu dem Zeitpunkt der Befragungen nicht da waren.«

Noch am gleichen Nachmittag standen die beiden Kommissare vor dem komfortablen Haus der Zauners. Hollmann betätigte den Türklopfer in Form eines messingfarbenen Löwenkopfs. Wenig später hörten sie im Inneren des Hauses das Gebell eines Hundes und das Zuschlagen von Türen. Eine ältere Frau öffnete die schwere Haustür und fragte zurückhaltend: »Ja bitte?«

»Frau Zauner? Guten Tag, mein Name ist Hollmann, das ist Kommissar Stichel von der Kriminalpolizei Frankfurt. Wir kommen wegen Ihrer Aussage, die Sie bei der Polizeiwache in Eschborn gemacht haben.«

Etwas ratlos schaute die ältere Dame von einem zum anderen, dann wieder auf den Dienstausweis. Plötzlich schien sie sich zu erinnern und sagte: »Ja, aber das ist schon eine Weile her, dass wir die Aussage gemacht haben. Kommen Sie doch erst einmal herein, meine Herren.« Sie ging durch den großen Flur, öffnete die gläserne Schiebetür zum Wohnzimmer und bot den beiden Besuchern einen Platz an. »Ich hole eben meinen Mann«, sagte sie und ging zur Treppe in den Flur, ehe sie nach oben rief: »Wilhelm, kommst du mal?« Währenddessen schaute sich Hollmann in dem weitläufigen Wohnzimmer um, das, wie er meinte, eine teure Einrichtung aufwies. An den Wänden über dem Kaminsims hingen Fotografien – wahrscheinlich die Kinder und Enkelkinder, wie er vermutete. Der Raum wurde zum Garten hin durch eine großzügige Terrassentür begrenzt, dessen Glas bis zum Boden reichte und den Blick auf eine parkähnliche Gartenanlage freigab. Auf den Beistelltischen standen Lampen, wie man sie aus einem Antiquitätengeschäft kennt. »Sieh dir die Lampe an!« Hollmann deutete auf eine der Leuchten neben dem Kamin. »Das ist sicher eine Jugendstillampe – ziemlich edel. Die vielen bunten Glasstücke in der Bleieinfassung kamen Ende der Zwanziger im Mode. Im Flur ist mir schon der massive bretonische Säulenschrank aufgefallen, der am Ende des Ganges steht.«

»Ich kann dazu wenig sagen, meine Prioritäten liegen im praktischen Nutzen ...« Weiter kam Stichel nicht, da Wilhelm Zauner das Wohnzimmer betrat. Mathilde Zauner stellte ihm die beiden Besucher vor. »Weißt du, die Herren sind von der Polizei. Man fragt uns nach der Aussage, die wir in Eschborn gemacht haben. Du erinnerst dich?«

»Natürlich erinnere ich mich, Mathilde.«

Hollmann musterte den Zeugen. Wilhelm Zauner stellte eine äußerst gepflegte Erscheinung dar und seine dezent gestreifte Krawatte passte perfekt zu dem ganz offensichtlich teuren Anzug, den er trug. Freundlich nickend setzte sich der Hausherr in den wuchtigen Sessel aus weißem Leder und blickte die beiden Kommissare erwartungsvoll an.

»Darf ich Sie fragen, was Sie beruflich machen, Herr Zauner?«, begann Hollmann.

»Gerne, ich war bis zu meiner Pensionierung im höheren Dienst in der Raumplanung tätig. Im Wesentlichen ging es um das Flächenmanagement in und um Oberursel.«

»Verstehe. Kommen wir zum Grund unseres Besuches«, sagte Kurt.

»Sie haben also eine Beobachtung gemacht, die hier wichtig sein könnte, Herr Zauner!« Stichel ging gleich in medias res.

»Eigentlich war das so«, schaltete sich Frau Zauner in das Gespräch ein, »ich habe die Anzüge, die zur Reinigung sollten, gesichtet und die Taschen durchsucht – manchmal lässt Wilhelm – ich meine mein Mann – etwas in den Taschen zurück, das er dann überall vergeblich sucht.«

»So genau wollen die Herren das sicher nicht wissen, Mathilde«, unterbrach Zauner seine Frau höflich aber bestimmt.

Diese ließ sich aber nicht aus dem Konzept bringen: »Also, ich lege die Anzüge zurecht und finde einen Zettel mit einer Autonummer. Ich frage meinen Mann nach der Bedeutung dieser Notiz. Er konnte sich jedoch nicht recht erinnern und hat den Zettel weggeworfen. Wir sind dann zur Reha-Maßnahme gefahren und anschließend nach Bad Kissingen. Als wir dann wieder nach Hause gekommen sind und zufällig den Artikel in der Zeitung gelesen haben, dass die Polizei um Mithilfe aus der Bevölkerung bittet, ist meinem Mann wieder diese Notiz eingefallen. Ich hab ihn dann gedrängt, eine Mitteilung zu machen. Wir wissen natürlich nicht, ob das wichtig ist. Aber, als wir in Eschborn waren, sind wir auf die Wache dort gegangen.«

»Ja genau«, übernahm Zauner wieder das Gespräch. »Ich war einige Tage vor dem schrecklichen Verbrechen an den Veits mit unserem Harras, das ist unser Schäferhund, auf dem schmalen

Weg, der zur Kleingartenanlage führt, unterwegs. Wissen Sie, da kann ich den Hund in der weitläufigen Grünfläche auch mal von der Leine lassen. Mir fiel sofort der Wagen, ein größerer Opel – ein Omega – auf. Unsere Tochter hat auch so ein Auto. Und bei ihr fehlt auch das Emblem vorne zwischen den Scheinwerfern – genau wie bei dem fremden Wagen, den ich dort gesehen habe.«

»Das parkende Fahrzeug kann nicht einem der Anwohner gehören?«, fragte Hollmann.

»Nein, sicher nicht, die kenne ich alle und außerdem: Hier in unserer Gegend pflegt man den Wagen in einer Garage unterzubringen, Herr Hollmann.«

»Verstehe, selbstverständlich, und was war dann?«

»Ja, ich bin um den Wagen herumgegangen und hab' mir die Autonummer aufgeschrieben. Das ist so eine Marotte von mir, ich muss alles, was ich als ungewöhnlich empfinde, irgendwie dokumentieren. Den Zettel hab' ich dann in meine Tasche gesteckt und bin auf dem schmalen Weg, der am Anwesen der Veits entlangführt, weiter zur Kleingartenanlage gegangen. Harras hatte anscheinend etwas gewittert, aber ich habe nicht reagiert und so sind wir weitergegangen. Als wir dann zurückgekommen sind, war der Wagen weg. Ich glaube, dass ich ihn dann am Abend des Verbrechens wieder gesehen habe.«

»Sie haben den Täter gesehen?«, fragte Stichel verblüfft.

»Nein, das gewiss nicht. Wissen Sie, ich muss hin und wieder nachts aufstehen – Prostata, verstehen Sie – und als ich zufällig aus dem Fenster gesehen habe, da hab' ich einen Wagen davonfahren sehen. Der Form nach kann das der gleiche Wagen gewesen sein, denn die Straßenlaternen brennen hier die ganze Nacht und ich konnte den Autotyp genau erkennen: ein Omega. Hundert Prozent! Dann, gerade als ich wieder ins Schlafzimmer wollte, ging bei den Veits drüben das Licht an. Ich hatte mich zwar gewundert, warum da bei denen so eine Festbeleuchtung vonnöten war, hab' mir aber jedoch weiter nichts dabei gedacht. Am nächsten Morgen – wir erwähnten es ja schon, sind wir sehr früh in die Rehabilitationsmaßnahme gefahren. Natürlich haben wir vor unserer Abreise von dem schrecklichen Verbrechen gehört. Der Zeitungsjunge hat uns informiert, aber wir mussten los und das Taxi zum Bahnhof hat auch schon gewartet. Wir reisen weite Strecken immer mit der Bahn, müssen Sie wissen, das ist für Leute in unserem Alter bequemer.«

Zufrieden mit der Aussage des Ehepaars Zauner kehrten die Kommissare in ihr Präsidium zurück und berichteten Grunder, was sie in Erfahrung gebracht hatten.

»Das nenne ich eine handfeste Spur!«, freute sich auch Grunder. »Seit Ewigkeiten treten wir in dieser Sache auf der Stelle, jetzt haben wir endlich einen Hinweis, dass unser ›Aspirant‹, zumindest sein Auto, in der Nähe war. Ich denke, er war selbst an dem Anwesen. Denn warum, so frage ich, sollte er sein Auto ausgerechnet in diesem Moment verliehen haben?« Grunder blickte von einem zum anderen.

»Hat er nicht, denn …« Hollmann wurde unterbrochen, denn es klopfte und Staatsanwalt Pilgrim stand in der Tür. »Guten Tag, meine Herren. Ich habe in der kommenden Woche Bereitschaft und wollte mich aus erster Hand informieren, wie es in der Mordsache ›Veit‹ steht.«

Hollmann und Stichel schwiegen und blickten erwartungsvoll zu Grunder, der schlagfertig und flüssig antwortete: »Nun, Herr Staatsanwalt, wir haben noch keine stichhaltigen Erkenntnisse und die, die wir zusammengetragen haben, werten wir gerade erst aus. Ich würde mich umgehend bei Ihnen melden, wenn es Neuigkeiten gibt. Wie gesagt, wir haben zwar Anhaltspunkte, aber die müssen erst noch überprüft werden.«

»Am besten bringen Sie mir die Ermittlungsakte nachher in mein Büro, denn jetzt bin ich in Eile.«

In dem Moment kam Monika Lange mit einigen Unterlagen, die Grunder unterschreiben sollte, herein. Erfreut blieb sie stehen: »Hallo Hendrik, ich dachte, du wolltest mich anrufen. Warum hast du es nicht getan?«

Sichtlich kompromittiert blickte der Staatsanwalt aus den Augenwinkeln von einem zum anderen, ehe er antwortete:»Ja, Marion, ich wollte ja, aber ich war übers Wochenende verhindert. Dringende dienstliche Angelegenheiten.«
»Ich dachte mir schon, dass es etwas Dienstliches sein musste«, sagte Marion schnell und blätterte ihrem Chef die richtigen zu unterschreibenden Seiten auf. Der entrüstete sich innerlich: *Wochenende etwas Dienstliches? Von wegen! Malken hat ihn observiert und bis in die Spielbank verfolgt. Da hat er einen satten Betrag unter die Leute gebracht und war anschließend mit einer Frau zusammen.* Grunder unterschrieb und widmete sich wieder dem Pilgrim.»Also Herr Staatsanwalt, ich lasse Ihnen die Akte nachher zukommen.«
»Gut, Herr Grunder, ich denke, es wäre gut, wenn ich mich zusammen mit Ihnen und Ihren Männern um diesen recht brisanten Fall kümmern würde.«
»Das wäre es bestimmt, Herr Staatsanwalt. Ich stehe auch mit dem Oberstaatsanwalt in ständigem Kontakt«, sagte Grunder und fügte schnell an:»Ich erwarte außerdem in den nächsten Tagen eine wichtige Information. Vielleicht bringt diese Auskunft uns den Durchbruch in dieser Sache.« Grunder beobachtete den Staatsanwalt scharf. Jedes Detail seiner Körpersprache analysierte er. Grunder meinte eine gewisse Unruhe in den Gesichtszügen seines Gegenübers wahrzunehmen. Pilgrim verabschiedete sich abrupt, indem er auf seine Akten deutete, die er im Arm hielt, und mit einem aufgesetzten Lächeln meinte:»Die Arbeit macht sich nicht von allein, ich höre dann von Ihnen, Grunder.«
»Mit Sicherheit, Herr Staatsanwalt – mit Sicherheit.«
Man spürte förmlich die knisternde Atmosphäre, die sich über alle Anwesenden gelegt hatte. Grunder zog seine Schlüsse aus dem überhasteten Abgang des Staatsanwalts und schaute seine Mitarbeiter an. Dann rief er Marion noch einmal zu sich.
»Sagen Sie, Marion, war das eben Ihr Rendezvous von neulich?«
»Ja Chef, wir haben uns vor ein paar Tagen zufällig in der Kan-

tine getroffen und sind uns etwas nähergekommen. Hendrik, ich meine Herr Pilgrim, hat mich zum Essen eingeladen. Ich dachte, das würde ein schöner Abend werden – aber manchmal wird aus einem Prinz eben eine Kröte.« Sie blickte zu Boden. Mit einem Taschentuch wischte sie sich schnell die Nase. Die Frustration war ihr genau anzusehen.

»Das tut mir leid, Marion! Hat er Sie an dem Abend etwas Spezielles gefragt?«

»Nein, er hat mich ja versetzt und mich noch nicht einmal angerufen, wie er es versprochen hatte. Was hätte er mich denn fragen sollen?«

»Nun, ich weiß nicht, war nur so eine Idee.«

»Verstehe, ich schreibe dann die Zeugenaussagen weiter ab, oder, Chef?«

»Ja Marion, danke.«

Als die junge Frau das Büro verlassen hatte, stand Grunder auf, schloss die Tür zum Vorzimmer und fragte seine beiden Kollegen: »Na, was haltet ihr davon?«

Stichel meinte, dass Grunders Sekretärin Pilgrim als Informationsquelle dienen sollte, um in diesem Fall auf dem Laufenden zu bleiben.

»Aber das hat er doch gar nicht nötig! Er hat doch Zugriff auf die Tatort- und Ermittlungsakte«, widersprach Hollmann und blickte zu Grunder, der beifällig nickte. »Ich bin derselben Meinung wie Kurt, und was ich eben gehört habe, bestärkt mich noch darin.«

Grunder schlug noch einmal die Ermittlungsakte Veit auf. »Wir müssen in der Mordsache weiterkommen. Der Oberstaatsanwalt fragt mich bei jeder Gelegenheit, was wir bisher herausgefunden haben. Also, was genau hat die Befragung der Zauners ergeben?«

»Nun, ich würde sagen, wir haben endlich einen Hinweis, dass die Zielperson am Grundstück und damit am Tatort war – na ja, auf jeden Fall könnte es sein Wagen gewesen sein.«

»Gut gemacht, dann haben wir seit Monaten eine erste ernsthafte Spur. Zusammen mit dem verschwundenen Handschuh wäre das schon ein gutes Indiz.« Grunder wurde vom Klingeln des Telefons unterbrochen.

»Hallo, Chef«, hörte Grunder seinen Kollegen, der in der Wohnung Kramer mit der Observierung betraut war, »es tut sich was. Eben kam ein Anruf bei der Zielperson herein, dass er wieder einen Auftrag hätte und alles wie gewohnt durchgezogen werden solle.«

»Konntet ihr den Anrufer ermitteln?«

»Nein, die Zeit war zu kurz – 25 Sekunden. Aber wir wissen, dass es sich um ein Treffen in den Niederlanden handeln wird. Nächsten Mittwoch, 8 Uhr. Genaueres wurde nicht gesagt.«

»Gut, danke. Wir werden ihm auf den Fersen bleiben und sehen dann, was unser Freund so für Geschäfte zu tätigen hat.« Grunder legte auf und informierte die beiden Kollegen rasch über den Inhalt des Telefonates. »Ich sage euch, wie wir weiter vorgehen: Ich melde mich einige Tage ab – die Bandscheibe, wisst ihr? – Ihr geht noch einmal die Tatortakte Veit akribisch durch. Vielleicht haben wir eine Kleinigkeit übersehen – langsam stehen wir unter Zugzwang.«

Wieder klingelte das Telefon. Grunder hob ab und Marion teilte ihm mit, dass ein Autoverleih mit Kommissar Stichel sprechen wollte.

»Gut, ich übergebe«, sagte Grunder und gab Stichel den Hörer.

»Spreche ich mit Kommissar Stichel, der vor einiger Zeit hier bei uns in der Filiale am Flughafen war?«

»Am Apparat. Was gibt es denn?«, fragte Stichel gespannt.

»Nun«, sagte die Stimme am anderen Ende der Leitung, »ich sollte mich doch melden, wenn diese Person, Sie wissen, die auf dem Foto, die Sie mir gezeigt haben, hier noch einmal auftaucht. Ich meine, ich hätte das ja gar nicht bemerkt, aber mein Kollege, der hat ihn erkannt.«

»Ja, ich erinnere mich. Ist die Person bei Ihnen gewesen? Handelt es sich zweifelsfrei um den gleichen Mann?«

»Ja, es ist der Mann vom Foto. Er ist aber schon wieder weg mit einem silberfarbenen BMW und dem Autokennzeichen MTK B 385.«

»Wow! Gut gemacht! Ich bedanke mich sehr für Ihre Hilfe.« Stichel reichte Grunder den Hörer zurück und machte dabei ein bedeutungsvolles Gesicht. »Es geht weiter, wir sind wieder im Geschäft«, sagte er und blickte in die Runde.

»Nun red schon, was ist passiert?« Hollmann war sichtlich ungeduldig.

»Unser Freund hat sich wieder einen BMW gemietet und ist unterwegs. Wir haben sogar das Kennzeichen. Ich vermute …«

»… in die Niederlande«, ergänzte Grunder den Satz. »Wir riskieren es. Ich rufe die Kollegen in Rotterdam an, dass wir den Verdächtigen verfolgen. Wir werden es versuchen, mit einem bisschen Glück bleiben wir dran.«

Grunder nahm den Telefonhörer in die Hand, holte sein Notizbuch aus der Seitentasche seiner Jacke und blätterte darin herum. »Ah, da haben wir's ja«, sagte er leise und wählte die gefundene Nummer. Während er auf die Verbindung wartete, blickte er in die fragenden Gesichter seiner Kollegen. Grunder stellte die Freisprechanlage ein, sodass alle mithören konnten, wie sich am anderen Ende der Leitung eine männliche Stimme im perfekten Deutsch mit einer leichten holländischen Tonfärbung meldete.

»Ja, Heinz! Ist es denn zu glauben? Es muss Jahre her sein, dass wir uns zum letzten Mal gesehen haben …«

»Ja, es ist eine ganze Weile her. Ich denke immer noch gerne an die gemeinsamen grenzübergreifenden Maßnahmen zurück.«

»Stimmt, es war eine gute Zeit«, bestätigte Bergmann, »eine gute Zeit, die wir hatten. Aber sag, was kann ich für dich tun?«

»Nun, wir verfolgen gerade einen Verdächtigen, der in einem silbernen BMW wahrscheinlich zu euch unterwegs ist. Wir würden gerne den Wagen am Grenzübergang aufspüren. Vielleicht kannst du mir den Gefallen tun und den Einsatz autorisieren, lieber Freund?«

»Gut, ich sage den Kollegen von der Schutzpolizei, dass ihr hier einige Zeit ›Urlaub‹ macht.«
Grunder gab ihm die relevanten Daten durch. »Ach und dann ist da noch eine andere Sache: Kannst du überprüfen, ob bei euch etwas über eine Person namens Pilgrim vorliegt?«
»Ist das der Name des Verdächtigen?«
»Nein, das ist eine andere Sache, die aber eventuell damit zusammenhängt – wir werden sehen ... Ich überlege, ob wir uns vielleicht treffen können.«
»Gute Idee, Heinz. Gib mir einige Tage. Ich melde mich, wenn ich etwas herausgefunden habe.«
Grunder legte zufrieden den Hörer auf die Gabel.
»Sie haben wohl überall Freunde, was Chef?« Stichel war voller Anerkennung.
»Nun, das mit dem Bergmann ... Wir haben uns vor vielen Jahren kennengelernt. Ich war bei einem dreimonatigen Austauschprogramm für den mittleren Dienst. Die Holländer haben zwei Kollegen nach Frankfurt geschickt und ich bin für diese Zeit nach Rotterdam. Mein Partner war Bergmann, mit dem ich mich auf Anhieb gut verstanden habe.«

Als Grunder am Abend mit seinem Freund Hans Malken telefonierte und ihm eröffnete, dass er Janda nach Holland folgen wolle, sagte Malken ohne zu zögern: »So etwas kannst du unmöglich allein durchziehen – denke an deine Bandscheiben. Ich bin dabei. Wann geht es los?«
»Janda hat vorhin einen Anruf bekommen, in dem von den Niederlanden die Rede war und dass er sich auf den Weg machen soll.«
»Gut Heinz, ich nehme das Auto meiner Schwester, das ist unauffällig. Ich hol dich ab. Er wird sicher wieder den gleichen Übergang nehmen – da sollten wir es versuchen.«
Nachdenklich ließ Daniel Janda den Hörer auf die Gabel fallen.
»Wir liegen also genau im Zeitplan«, sagte er leise, holte fast me-

chanisch seine fertig gepackte Reisetasche aus dem Schrank, ehe er noch einmal alles kontrollierte. Dann ging er zum Sicherungskasten und setzte die Zeitschaltuhr wieder in Betrieb. Abschließend griff er zum Telefon und ließ sich ein Taxi kommen, das ihn wenig später zum Flughafen brachte, wo er sich wieder einen Leihwagen mietete und in Richtung Niederlande fuhr. Zielstrebig fuhr er in Rotterdam zu einem Hotel, in dem er immer abstieg. Mit Bedacht hatte er damals dieses Hotel ›Cityline‹ ausgesucht. Wichtig war für ihn, dass das Haus zentral lag und weitgehend anonym seinen Gästen gegenüber blieb. Als er vor dem am 's Gravendijkwal liegenden Hotel stand, hatte er für einen Moment das Gefühl, beobachtet zu werden – verwarf den Gedanken jedoch wieder, denn zu absurd schien ihm das zu sein. So trat er durch die auf antik getrimmte Tür ein und stand in einer Lobby, die ihm immer wieder ein angenehmes Gefühl des Willkommenseins und der Behaglichkeit vermittelte. Über einem Kaminsims thronte die Kopie eines Gemäldes von Rembrandt und auf der anderen Seite gegenüber fand in einem Barockrahmen ein Teeklipper seine Verewigung. Janda hatte sich von Anfang an von dem Flair dieses Hotels angesprochen gefühlt.

In einem der beiden wuchtigen bequemen Sessel der Lobby saß ein Herr, der Zeitung las. Als Janda an ihm vorbeiging, blickte der lesende Mann kurz auf und nickte dem Neuankömmling zu. Janda ging, ohne ihn zu beachten, zur Rezeption und fragte die junge Frau hinter dem Tresen nach einem Einzelzimmer.

»Selbstverständlich, Herr Janda«, war die kurze und zuvorkommende Erwiderung. »Aber nur noch zur Straße – Zimmer 121, wenn's recht ist.«

Janda überlegte kurz, nickte und füllte das Anmeldeformular aus. Mit einem Dank nahm er seinen Schlüssel in Empfang.

Im Zimmer oben warf er seine Reisetasche auf das Bett und ging zum Fenster. Er sah auf die breite Straße hinunter und einer plötzlichen Eingebung folgend überprüfte er, ob einer der parkenden Wagen besetzt war. *Nein, nichts zu sehen. Janda, du siehst allmählich Gespenster.* Er öffnete seine Tasche, packte das Rasierzeug und andere Toilettenartikel aus und stellte sie ins Bad. Dann griff er sich die Schachtel und öffnete sie. Mit den Fingerspitzen schob er die wertvollen Steine von der einen zur anderen Seite und ein euphorisches Gefühl begann in ihm aufzusteigen. *Morgen früh geht's los!* Janda verschloss die Schachtel und verstaute sie zusammen mit der Adresse wieder in seiner Tasche. Geruhsam genehmigte er sich in der hoteleigenen Bar noch einen Whiskey, ehe er wieder auf sein Zimmer ging, wo er ein wenig Schlaf zu finden hoffte.

Als Hauptkommissar Grunder in der Früh in sein Büro kam, fand er die Nachricht ›Bei Bergmann melden – wichtig!‹ auf seinem Schreibtisch vor. »Marion, haben Sie mir den Zettel hier hingelegt?«, fragte er seine Sekretärin.

»Ja, Chef, der Anruf kam vor einer Viertelstunde.«

»Gut, ich rufe gleich zurück.« Grunder schloss die Tür und wählte die niederländische Nummer. Freudig begrüßte er seinen Amtskollegen.

»Heinz, wir haben etwas: Dein Verdächtiger ist gestern Abend von meinen Kollegen der Schutzpolizei, die in Nimwegen gestanden haben, gesehen worden.«

»Ich staune«, sagte Grunder. »Könnt ihr einfach Beamte abstellen? Er hätte ja auch einen anderen Weg einschlagen können.«

»Nein, natürlich nicht! Die Kontrolle in Nimwegen stand sowieso an. In der anderen Sache, der mit Pilgrim ...«

»Nicht am Telefon!«, unterbrach ihn Grunder schnell. »Wir kommen ohnehin heute zu euch und dann besprechen wir das in Ruhe bei einem Kaffee, vielleicht in einem der kleinen ›Coffeeshops‹«, lachte Grunder.

»Ja super. Das ist eine gute Idee, obwohl – etwas ungewöhnlich – gerade für uns! Also bis bald.«

Grunder legte hocherfreut den Hörer auf. Marion ließ er wissen, dass er einige Tage nicht im Büro erscheinen würde. »Alles, was aufläuft, werden die Kollegen Hollmann und Stichel übernehmen.«

»Alles klar, Chef. Ich hoffe, Ihre Bandscheiben kommen schnell wieder in Ordnung.«

Nach einer halben Stunde stand Hans Malken vor der Tür. Grunder nahm seine Tasche und sagte: »Gut, kann losgehen. Habe gerade mit dem Kollegen aus Rotterdam gesprochen. Die Zielperson befindet sich im Hotel ›Cityline‹ – die genaue Adresse bekommen wir noch.«

Auf einem Parkplatz, in der Nähe von Rotterdam, hielt Malken den Wagen an und nahm einen Schraubendreher und zwei gelbe Nummernschilder aus der Tasche. »Was soll das denn?«, fragte Grunder erstaunt.

»Nun, mit den holländischen Schildern fällt unser Auto nicht auf.« Malken wechselte schnell die Kennzeichen und legte die deutschen Schilder in die Reisetasche. Dann fuhr er weiter in die Nähe des Hotels. »Da steht der BMW – eindeutig! Wir haben ihn.«

Grunder holte sein Mobiltelefon aus der Innentasche seiner Jacke, rief Oberkommissar Bergmann an und sagte ihm, dass er in einer Viertelstunde im Polizeirevier sein würde.

»Hans, du kannst hier observieren, ich fahre mit einem Taxi zu Bergmann.« Grunder stieg aus, hielt einen Wagen an und fuhr zum ›Polizeirevier 1‹.

Als Janda am nächsten Morgen um sieben erwachte, dämmerte es bereits – es versprach ein sonniger Tag zu werden. Auf dem 's Gravendijkwal herrschte der typische Trubel einer Großstadt. Nach dem Frühstück nahm er seine Tasche und trat hinaus auf die Straße, sah sich nach allen Seiten um und entschied, bei dem schönen Wetter, die Strecke zum Antiquitätengeschäft von Robert van Diffel zu Fuß zu gehen. Vorsichtig wechselte er immer wieder die Straßenseite, schaute in diejenigen Schaufenster, die sein rückwärtiges Umfeld gut reflektierten und spähte diagonal durch die

Schaufensterecken auf den Gehweg, aber er konnte keine Verfolger ausmachen. *Vielleicht siehst du wieder Gespenster, alter Junge.*

Janda ging weiter direkt in den Mathenesserdijk am Delfshaven – eine schmale Gasse, die noch das alte Kopfsteinpflaster aufwies und von kleinen zweistöckigen Häusern, die dicht an dicht standen, eingerahmt wurde. Am Ende der Gasse blieb er vor einem Antiquitätengeschäft stehen. Über dem Schaufenster prangten in goldenen Lettern, die zur Epoche der übrigen Gebäude passten, die Worte ›Antiek van Diffel‹. Janda ging weiter zu einem Eckhaus, in dem sich ein kleines Café befand und bestellte sich einen Kaffee. Er setzte sich ans Fenster, von wo aus er den Platz vor den Geschäften gut einsehen konnte. Aufmerksam beobachtete er das rege Treiben draußen. Geschäftsinhaber kamen, öffneten die Türen zu ihren Läden, Frauen putzten die Schaufenster und trugen Gehwegaufsteller mit Werbeplakaten für ihr Geschäft auf den schmalen Fußweg, der zu beiden Seiten die enge Gasse säumte. Lieferwagen polterten lautstark über das Kopfsteinpflaster. Nichts Verdächtiges. Janda blickte auf die Uhr. *Es wird Zeit!* Er bezahlte, nahm seine Tasche und ging zu van Diffel.

Ein sanftes Läuten kündigte sein Eintreten an. Neben Möbeln, Bildern und Skulpturen, die an Heiligenstatuen aus vergangenen Jahrhunderten erinnerten, sah Janda alte Lampen und Uhren, die immer noch zuverlässig und laut tickend die Zeit anzeigten. Das Ganze wirkte wie ein riesiges Warenlager auf ihn. Als Robert van Diffel den schweren Brokatvorhang, der den Verkaufsraum von einem Nebenraum abtrennte, zur Seite schob, wurde sein Gesicht augenblicklich ernst. Sorgfältig zog er den Vorhang wieder vor den Durchgang und ging auf den Besucher zu. »Ich freue mich, Sie wieder einmal in Rotterdam begrüßen zu dürfen. Ich hoffe, Sie hatten eine angenehme Reise.« Van Diffel hatte das Gefühl, etwas Freundliches sagen zu müssen, ehe er zum eigentlichen Grund des Besuches seines Gegenübers kam.

»Ja danke.« Janda beschränkte sich auf das Nötigste. »Ich habe hier eine neue Lieferung. Auch hier gelten wieder die Bedingungen, wie bereits ausgehandelt.«

»Dann gehen wir am besten nach nebenan.« Van Diffel trat auf den Gehweg, schaute auf die Gasse hinaus – erst nach links dann nach rechts –, drehte das Schild ›gesloten‹ nach außen und verschloss sorgfältig die Tür seines Geschäfts.

»Ich glaube, mir ist niemand gefolgt«, sagte Janda schnell.

»Also, ich denke, wir gehen nach hinten, da kann ich die Ware in Augenschein nehmen.« Van Diffel ging voraus und Janda folgte dem Mann mit dem lichten grauen Haar. In der Werkstatt holte er den Behälter aus seiner Tasche, breitete den Inhalt auf dem schwarzen Tuch aus, das van Diffel ausgelegt hatte. »Das ist ja Ware von gleichbleibender Qualität«, sagte der Antiquitätenhändler voller Anerkennung, sich an die letzten Lieferungen erinnernd. Nachdem er die zahlreichen Steine einzeln geprüft hatte, legte er seine Augenlupe wieder an ihren Platz zurück. »Sind Sie wieder im ›Cityline‹ zu erreichen?«.

»Ja, ich steige doch immer dort ab.«

»Gut, ich werde Sie anrufen, wenn alles unter Dach und Fach ist.«

Janda blickte auf die Uhr, ließ die Tasche auf dem Tisch stehen und verließ das Geschäft. Eine halbe Stunde später erreichte er sein Zimmer im Hotel ›Cityline‹.

Langsam fuhr Hans Malken früh an diesem Morgen seinen Wagen auf den 's Gravendijkwal und fand genau auf der gegenüberliegenden Straßenseite des ›Cityline‹ einen Parkplatz. *Glück muss der Mensch haben!* Er wollte eben sein Notizbuch herausholen, als er Janda plötzlich auf dem Gehweg vor dem Hotel erblickte, der scheinbar planlos hin- und herging. Malken griff nach seinem Mobiltelefon und drückte die Kurzwahltaste. Wenig später hörte er die vertraute Stimme seines Freundes. »Zielperson ist unterwegs«, meldete er kurz. »Ich bleib' dran und melde mich, sobald sich etwas tut.«

»Gut, Hans, ich bin bei Kommissar Bergmann und unterrichte ihn rasch.«

Nachdem Grunders niederländischer Freund alles Entscheidende gehört hatte, setzte dieser alle Hebel in Bewegung. »Ich rufe dann mal die Fahrbereitschaft an, damit wir einen Wagen mit zwei Kollegen bekommen.« Kurze Zeit später kam die Meldung, dass alles bereit sei. »Hoffen wir, dass dein Kollege den Mann nicht verliert.«

»Also, da lege ich meine Hand ins Feuer. Wenn Hans einmal dran ist, dann muss schon so einiges passieren, dass er die Beschattung aufgeben muss. Inzwischen ist er ein Vollprofi auf dem Gebiet.«

»Na, dann wollen wir mal …« Bergmann griff in seine Schublade unter dem Schreibtisch, nahm die Dienstpistole und das Magazin heraus, verstaute die Schusswaffe in seinem Gürtelholster und steckte das Magazin in die Jackentasche. »Wir können! Ist irgendwie wie damals«, schwärmte der Beamte. Seine Stimme klang unternehmungslustig. Grunder folgte seinem Kollegen in die Tiefgarage, wo bereits ein Lieferwagen mit der Aufschrift einer Elektrofirma auf sie wartete. »Jetzt brauchen wir nur noch die Zieladresse, dann können wir loslegen.«

Grunders Telefon klingelte. Er nahm das Gespräch entgegen, übergab aber sofort das Gerät an Bergmann, denn es ging um die Adresse und da kannte sich der ortskundige Kollege besser aus als er.

Bergmann ließ kurz ein »ja … ja … in Ordnung, wir sind gleich da« verlauten, beendete das Gespräch und gab Grunder das Telefon zurück. Zu seinen beiden Kollegen sagte er nur: »Untere Mathenesserdijk, am Café, das ist unser Einsatzort.« Am Zielort angekommen, suchten sie sich eine günstige Stelle auf einem Vorplatz, von wo aus sie ihre Beobachtungen durchführen konnten. Der Fahrer des Wagens verließ seinen Platz und setzte sich in den hinteren Teil des Fahrzeugs, wo er einige Geräte einschaltete. Kurze Zeit später zeigten die Monitore vier verschiedene Richtungen an. Während der Kollege seine Einstellungen vornahm, erklärte er dem staunenden Hauptkommissar aus Deutschland die Möglichkeiten, die in diesem Fahrzeug steckten. Plötzlich entdeckte Grunder seinen Freund Malken auf einem der Monitore. »Da, das ist Hans. Also ist die Zielperson auch hier.« Grunder suchte auf den anderen Monitoren und sah, wie Janda aus dem Antiquitätengeschäft kam, sich umblickte und dann schnell in einer Gasse verschwand. Kurz darauf setzte sich Malken in Bewegung und folgte Janda unauffällig. Bergmann veranlasste, dass der Besitzer des Antquitätengeschäftes und sein Umfeld ermittelt wurden. »Wir werden hierbleiben und sehen, was sich tut – die Aktion scheint erfolgreich zu werden.« Grunder nickte zustimmend und fragte seinen Freund Bergmann: »Was war das hier eigentlich für ein Hafen?«

»Der Delfshaven ist heute mehr ein Museumshafen. Du siehst ja, dass es sich hier weitestgehend um eine intakte Altstadt handelt. Wenn wir noch Zeit haben, gehen wir in die Pilgerkirche oder schauen uns das Schiff ›De Delft‹ von Piet Heyn an, das aus dem 18. Jahrhundert stammt und in einer originalgetreuen Nachbildung im Museum für die Geschichte Rotterdams zu sehen ist. Der Hafen hier ist so Ende des 15. Jahrhunderts entstanden. Weil Delft ja keine Anbindung zum Meer hatte, hat man 13 Kilometer südlich einen Hafen angelegt. So konnte man den Zöllen, die Rotterdam erhoben hatte, entgehen und konnte direkt am Seehandel teilnehmen. Natürlich musste man einen Kanal schaffen, der mit der Maas verbunden war. Wie so oft in der Geschichte, hat auch Rotterdam unter gewissen Repressalien gelitten und konnte erst im 15. Jahrhundert wirtschaftliche Erfolge …« Bergmann wollte noch weiter referieren, aber er wurde unterbrochen, weil sein Kollege mit den Worten »Es tut sich was!« auf den Monitor deutete.

Nach einer Weile kam für Bergmann die Meldung über die Identität des Antiquitätenladenbesitzers: »Heinz, ich habe hier das Umfeld unseres Geschäftsmannes. Also, sein Name ist van

Diffel – Robert van Diffel. Er hat hier in Delft ein Antiquitätengeschäft und einen Supermarkt weiter draußen vor der Stadt. Er ist früher des Öfteren auffällig geworden. Geldwäsche und Hehlerei hatte er im Repertoire sowie weitere kleinere Betrügereien. Es konnte ihm leider nichts richtig nachgewiesen werden, weil die Zeugen entweder verschwunden oder durch erlittene Unfälle an der Aussage gehindert waren. Nun – lange Rede kurzer Sinn: Seine Anwälte haben es immer wieder geschafft ihn freizubekommen. Offensichtlich hat Robert van Diffel neben einer ganzen Portion Glück auch einflussreiche Freunde, die ihm treu zur Seite stehen.«

»Ist ja ein toller Geschäftsmann«, sagte Grunder verächtlich. »Vielleicht können wir ihm dieses Mal das Handwerk legen. Sag, hast du etwas über den Namen Pilgrim herausfinden können?«

»In der Tat, habe ich. Es gibt da eine Frau – Lieke Pilgrim. Sie war mit einem Diplomaten in Deutschland verheiratet, der inzwischen gestorben ist. Vor einigen Jahren ist sie von Frankfurt zurück nach Holland gekommen. Sie wohnt aktuell bei ihrem Bruder und das ist unser Robert van Diffel! Lieke Pilgrim ist in seinem Supermarkt als Marktleiterin angestellt. Wir wissen nicht, ob sie in die Geschäfte ihres Bruders involviert ist. Auf jeden Fall lebt sie hier sehr unauffällig.«

»Wie klein doch die Welt ist, lieber Freund«, sinnierte Grunder.

»Ja und die Welt van Diffels wird bald noch viel kleiner – hoffe ich.«

Gegen Abend wollten die Beamten die Observierung abbrechen. »Ich denke, es passiert nicht mehr viel«, sagte Bergmann. Plötzlich stieß sein Kollege ihn an und zeigte auf den Monitor. »Da! Da ist wieder der Mann, den wir am Morgen aufgenommen haben.«

»Oh, ja, tatsächlich. Dranbleiben! Er geht in das Antiquitätengeschäft.« Bergmann beobachtete die Szene genau. »Da ist auch dein Kollege Malken wieder.« Kurze Zeit später sah das Team die observierte Person mit einer sichtbar schweren Tasche wieder auf der Gasse stehen und schnell verschwinden. Nach einer Weile klingelte Grunders Telefon. Malken meldete, dass Janda wieder im Hotel angekommen war, und am kommenden Morgen auschecken wollte. »Ich schlage vor, dass wir ihn fahren lassen. Egal, was er macht, wir werden ihn wiederfinden.« Malken klang absolut überzeugend.

»Gut, machen wir es so. Wenn aber etwas passiert, werden ihn die holländischen Kollegen festnehmen.« Grunder blickte fragend seinen Kollegen an, der zustimmend nickte.

Bergmann wollte noch etwas sagen, wurde aber von seinem Kollegen unterbrochen. »Sehen Sie das?« Er wies auf einen der Monitore und fuhr mit dem Zoom näher an das Objekt heran. Bergmann pfiff durch die Zähne und war sichtlich erfreut. »Das ist ja ein schönes Zusammentreffen!«, rief er.

»Was ist denn los?«, fragte Grunder.

»Alte Bekannte, Heinz, das ist los.« Bergmann wies auf einen der Monitore, der einen Mann zeigte, der sich nach allen Seiten umschaute und dann schnell im Geschäft von Robert van Diffel verschwand.

»Wer ist das?«, fragte Grunder.

»Nun, das ist Piet Knurp. Ein Kleinkrimineller, der sich aber anstrengt aufzusteigen. Eigentlich sollte er ›sitzen‹.« Bergmann nahm das Telefon, wählte eine Nummer und gab kurze, knappe Instruktionen durch.

Im Polizeirevier Frankfurt war Hollmann eben ins Büro gekommen, als Staatsanwalt Pilgrim ins Vorzimmer kam und fragte: »Ist Ihr werter Chef im Hause?«

Marion sah von ihrem Schreibtisch auf und schlug einen äußerst sachlichen Tonfall an. »Nein, der ist krank – seine Bandscheiben machen Schwierigkeiten. Aber Sie können mit Herrn Hollmann sprechen, der ist eben gekommen, wenn Sie einfach durchgehen möchten ...«

Staatsanwalt Pilgrim ging, ohne Marion die geringste Beachtung zu schenken, in das Büro Grunders, wo Kommissar Hollmann gerade dabei war, Unterlagen zu sichten.

»Guten Morgen, Herr Staatsanwalt. Was kann ich denn für Sie tun?«
»Sie können mich aufklären, wie es um den Fall Veit steht. Ich habe mir die Akte vorgenommen und stelle entrüstet fest, dass Sie im Grunde genommen nichts Beweiskräftiges haben. Gar nichts! Die Ermittlungen sind nicht entscheidend vorangekommen, keinen Verdächtigen, Sie haben doch keinen Verdächtigen, oder? ... Nein, sicher nicht!«, Pilgrim war sichtlich erregt und warf empört die Ermittlungsakte vor Hollmann auf den Schreibtisch. Dieser bemühte sich die Situation zu beruhigen. »Nun, Herr Staatsanwalt, im Moment treten wir etwas auf der Stelle, da haben Sie recht. Wir haben zwar die eine oder andere Spur, der wir nachgehen, aber es gestaltet sich insgesamt schwer.«
»Es gestaltet sich schwer?«, wiederholte Pilgrim lautstark. »Die eine oder andere Spur? Warum führen die zu keinen Ergebnissen? Ich stehe als Ihr Vorgesetzter in den Ermittlungen in Zugzwang – ich erwarte Ergebnisse. Was soll ich der Frau des Opfers sagen? Verraten Sie es mir, Herr ...«
»Hollmann«, ergänzte Kurt. »Sagen Sie der Witwe, dass wir dran sind, es aber noch etwas Zeit in Anspruch nehmen wird, bis wir die aktuellen Spuren ausgewertet haben.«
»Was haben Sie denn für Indizien? Die einzigen Beweise, die Sie hatten, sind ja wohl verschwunden. Wie kann so etwas überhaupt passieren? Wer von Ihnen hat da geschlampt?« Pilgrim steigerte sich immer weiter in seine Rage. Plötzlich unterbrach Marion Lange seine verbalen Attacken: »Möchten die Herren vielleicht einen Kaffee?«
»Was? – Nein danke.« Immerhin brachte das Pilgrim wieder zur Besinnung und er wandte sich jetzt in einer ruhigeren Tonart an Kommissar Hollmann. »Also, ich verlange Ende der Woche einen umfassenden Bericht von Ihnen, in dem Sie mir Resultate liefern. Haben wir uns verstanden? Resultate!«
»Ja gewiss, Herr Staatsanwalt.«
Nachdem Pilgrim gegangen war, ging Hollmann zu Marion.

»Ich möchte mich bei Ihnen für die Unterbrechung bedanken. Der war ja äußerst aufgebracht. Passiert das öfter?«

»Nein, das ist seltsam. Staatsanwalt Pilgrim ist eigentlich für seine ruhige und besonnene Art bekannt. Warum er jetzt so ausgeflippt ist ... sehr seltsam. Aber wer weiß, wer ihm in diesem Fall so alles auf die Zehen tritt, Herr Hollmann«, sagte Marion nachdenklich.

»Geben Sie mir noch einmal die Tatortakte Veit? Ich möchte etwas recherchieren. Wissen Sie, mir geht die seltsame Geschichte mit dem Handschuh nicht aus dem Sinn.«

»Selbstverständlich, ich werde sie gleich heraussuchen.« Marion suchte die Akte heraus und übergab sie Hollmann, der damit wieder in Grunders Büro verschwand. Nach einer Weile klappte er den Ordner zu und verließ das Büro in Richtung Fahrstuhl. Wenig später hielt der Aufzug im Untergeschoss, in dem sich die Asservatenkammer sowie die Labore befanden.

Sein Weg führte ihn an jenem Morgen zum Leiter des Labors, zu Dr. Meier.

»Sie wollen sich informieren? Eine bestimmte Sache?«

»Ja, und zwar geht es um den Fall Veit, Hermann. Im speziellen interessiert mich das Beweisstück mit der Registrierung: ›Ass. Nr. B 15 Spur II/12‹.«

»Ich lasse es gleich heraussuchen, einen Moment dauert es aber.«

»Kein Problem. Dr. Meier, erzählen Sie mir in der Zwischenzeit, wie genau die Ablage gehandhabt wird?«

»Sie wollen uns doch keine Schlamperei vorwerfen?« Dr. Meier blickte den Kommissar misstrauisch an. Ein Funkeln in den Augen ließ Hollmann aufmerksam werden.

»Nein – natürlich nicht. Ich interessiere mich nur dafür, wieso ein Beweisstück vor oder nach der Ablage ausgetauscht werden konnte. In der Tatortakte, ich zeige es Ihnen gerne, sehen wir entsprechende Fotos, die eindeutig belegen, das dieses Indiz von Bedeutung war.«

»Verstehe. Die Asservate kommen herein, werden katalogisiert und nachdem wir sie bearbeitet haben, entsprechend der Fälle in der Asservatenkammer von dem Beamten unter Verschluss genommen. Besucher, die in der Regel von der Staatsanwaltschaft geschickt werden und Beweisstücke an sich nehmen, sei es für Verhandlungen oder zur weiteren Untersuchung, werden von dem Kollegen, der die Aufsicht hat, in einer Liste mit der genauen Zeit vermerkt. So können wir im Nachhinein feststellen, wann und wer wie lange in der Asservatenkammer war und welches Beweisstück das jeweilige Interesse auf sich gezogen hat. Es ist ohnehin nur ein begrenzter Personenkreis, der Zugang zu den Asservaten hat. Wir schreiben nach den Untersuchungen unseren Bericht und senden den zusammen mit den Erkenntnissen an die entsprechenden Stellen.«

»Der Einweghandschuh vom Tatort war nicht mit dem identisch, der später von Ihnen untersucht wurde. Wie ist das zu erklären?«

Dr. Meier sah in seinen Unterlagen nach, eher er antwortete: »Das war die Zeit, als unser Team stark reduziert war. Krankheit, Urlaub und eine Kollegin, die Laborantin, ging in Mutterschutz. Aus diesem Grunde wurde das Beweisstück katalogisiert und vorläufig in der Kammer abgelegt. Die Untersuchung sollte später, wenn das Labor wieder etwas mehr Luft haben würde, durchgeführt werden.«

»Können wir also festhalten, dass jemand den Handschuh ausgetauscht hat?«

»Ja, wir hatten bereits eine Beweisnummer vergeben.«

»Das bedeutet auch, wenn der Handschuh vor der Vergabe der Nummer entwendet worden wäre, bräuchte er nicht ausgetauscht zu werden ...«

»Sehe ich genauso. Es wäre sicher nicht aufgefallen, aber so ist die Nummer des Beweismittels auch in den Akten vermerkt und nachvollziehbar.«

»Sie haben Recht, Herr Dr. Meier. Ich würde mich jetzt gerne mit dem Kollegen der Asservatenkammer in Verbindung setzten.«

»Wenn Sie nichts dagegen haben, werde ich Sie begleiten.«
Zustimmend nickte Hollmann, schob seine Akte unter den Arm und begleitet den Leiter des Labors.

»Was versuchen Sie uns eigentlich zu unterstellen?«

»Ich unterstelle gar nichts, Herr Peters«, sagte Hollmann, nachdem er sich bei dem Kollegen aus der Asservatenkammer vorgestellt hatte. Es geht nur darum, einen bestimmten Sachverhalt zu klären. Also, kann das Indiz, ich meine konkret den Handschuh, kann der hier bei Ihnen ausgetauscht worden sein?«

»Verstehe, wenn was weg ist, dann ist die Schlamperei hier passiert – das wollen Sie doch sagen, oder?«

»Können Sie bitte auf die Frage antworten?«, sagte Dr. Meier ruhig.

»Wann soll denn das gewesen sein?«, fragte der Beamte barsch.

»Vor einigen Monaten oder etwas länger her, würde ich sagen. Der Mordfall Veit.«

Der Kollege aus dem Archiv schrieb die Daten auf einen Zettel und ging in einen der Räume, die mit einer Metalltür verschlossen waren.

»So hätte ich mir das nicht vorgestellt«, sagte Hollmann. »Kann hier jeder ein- und ausgehen?«

»Nein, natürlich nicht!« Der Kollege war sichtlich verärgert. »Also, was hier lagert, ist zum Teil sehr brisant und kann nur von einem kleinen Kreis Bevollmächtigter geholt werden. Was zu holen ist, bestimmt immer die Staatsanwaltschaft. Sie schreibt die Anforderung, was dann von uns herausgesucht wird und gegen Unterschrift auszuhändigen ist. Ist ein Fall abgeschlossen, ich meine, wenn für die Beweismittel keine Verwendung mehr besteht, dann bekommen wir Bescheid, die entsprechenden Gegenstände zu vernichten. Waffen, zum Beispiel, werden gesammelt, dann von der Zentralstelle abgeholt und zum Einschmelzen gebracht.«

»Und ist hier auch schon mal etwas verschwunden?«, fragte Hollmann vorsichtig.

»Sicher kommt auch so etwas vor. Im vergangenen Jahr sind Drogen und Geld verschwunden. Geld, sofern es aus einem Raub oder sonst woher stammt, kann nicht einfach zur Bank gebracht werden. Wichtig ist, dass die entsprechenden Scheine hier katalogisiert und gelagert werden, weil es Beweisstücke sind. Die schweißen wir in Plastikfolie ein, und lagern sie mit dem jeweiligen Aktenzeichen ein. Es kommt aber auch vor, dass etwas nur falsch abgelegt und dann vergessen wurde. Bei der jährlichen Überprüfung tauchen dann die Fehlläufer in der Regel wieder auf. Das kann also auch passieren. So, Herr Hollmann, sagen Sie mir noch einmal das Aktenzeichen?«

»Gern: ›Ass. Nr. B 15 Spur II/12‹.« Hollmann sah, wie der Kollege suchend die Regalwand entlangschritt und dann einen Karton entnahm, mit der Liste verglich, aufblickte und den Karton öffnete.

»Verpackt hat das Karo Huber, ich erkenne ihre Unterschrift«, sagte Dr. Meier und blickte interessiert in das Innere des Behälters.

»Ich denke«, sagte Hollmann, »hier ist alles in Ordnung. Das Beweisstück ist da und ordnungsgemäß verschlossen. Jedenfalls, soweit ich das sehen kann.«

»Wir werden dieses Indiz noch einmal mitnehmen«, entschied Dr. Meier. »Vielleicht haben wir etwas übersehen.«

Der Kollege aus der Asservatenkammer nickte: »Gut, ich mache den Ausgabeschein fertig.«

»Ich wäre Ihnen dankbar, wenn Sie zu niemanden etwas davon erwähnen würden, Herr Peters.« Abwartend blickte Hollmann den Kollegen an, der dies mit einem einfachen »in Ordnung« quittierte.

Zusammen gingen Hollmann und Dr. Meier zurück ins Büro des Labors. »Ich vermute, dann kann das Indiz nur noch hier ausgetauscht worden sein – einfach zu dumm. Ich habe zu meinen Mitarbeitern vollstes Vertrauen, dass müssen Sie mir glauben.«

»Selbstverständlich, ich weiß, dass zu dem Zeitpunkt das Labor unter Personalmangel zu leiden hatte, das habe ich mitbekommen, denn die Untersuchungen der Beweismittel im Fall Veit hatten sich ja verzögert.«

»Richtig, einige Kollegen waren krank und die Kollegin Huber hatte ihren letzten Tag vor dem Mutterschutz.«

»Also«, sagte Dr. Meier, »ich schlage vor, wir nehmen uns noch einmal das Indiz aufs Genaueste vor. Sie könnten zu Frau Huber fahren. Ich lasse Ihnen die Adresse heraussuchen. Vielleicht kann sie sich noch an den Vorfall erinnern und etwas zur Aufklärung des Sachverhalts beisteuern.«

Wenig später saß Hollmann der Frau in ihrem Wohnzimmer gegenüber.

»Dr. Meier hat Sie bereits angekündigt«, sagte die junge Mutter, die ihr Kleinkind auf dem Arm trug.

»Ich kann mich nicht genau erinnern. Am letzten Tag im Labor sagten Sie?« Sie überlegte und schüttelte dann resigniert den Kopf. »Ich weiß, dass ich allein war, denn zwei der Kollegen haben gefehlt und auch der Chef, Dr. Meier, war irgendwo im Haus unterwegs. Die Beweisträger sind hereingekommen und ich hab' sie wie gewohnt katalogisiert. Ich weiß, dass ich einen großen Karton auf einen Wagen gestellt habe. Aber ich versichere Ihnen, Herr Hollmann, da ist nichts Ungewöhnliches passiert.«

»Das wissen Sie genau? Niemand, der Sie aufgesucht hat?«

»Nein.« Noch einmal ging sie den Tag in Gedanken durch und versuchte, sich zu erinnern. Plötzlich sagte sie: »Wenn Sie mich so fragen ...«

Hollmann schöpfte Hoffnung. »War da doch was?«

»Vielleicht. Aber das muss nichts bedeuten. Ich erinnere mich, als ich die Indizien eingetütet hatte und in dem Karton verstaut habe, hat das Telefon drüben im Labor geklingelt. Ich hab gedacht, dass Dr. Meier zurück wäre und das Gespräch entgegennehmen würde. Aber der war ja nicht in der Nähe und so hat es geklingelt und geklingelt. Ich hab' den Karton auf den Wagen gestellt, bin ins Labor und hab' das Gespräch angenommen.«

»Ja und dann?«, fragte Hollmann gespannt.
»Nichts und dann. Doch – jetzt weiß ich es wieder. Es muss ja nichts heißen.«
»Was muss nichts heißen?«
»Ja also, als ich zurück war, wollte ich den Karton versiegeln, damit er erst einmal in die Asservatenkammer gebracht werden konnte, weil wir ja die Untersuchung der einzelnen Beweisträger später durchführen wollten. Und da hab' ich gesehen, wie ein Mann in dem Moment als ich kam, den Raum verlassen hat und auf dem Flur in Richtung Fahrstuhl gegangen ist. Ich dachte noch, was der wohl von uns gewollt hat. Ich bin ihm sogar noch hinterher, hab' aber nur noch gesehen, wie sich die Fahrstuhltüren hinter ihm geschlossen haben. Hab' dann gedacht, wenn er zu Dr. Meier gewollt hat, dann würde er bestimmt nochmal wiederkommen.«
»Sehr interessant, Frau Huber. Und Sie konnten den Mann definitiv nicht erkennen?«
»Nein, ich sagte ja, ich hab' ihn nur von hinten gesehen.«
»Können Sie ihn beschreiben?«
»Na ja, einen Anzug hatte er an, ziemlich gut gekleidet. Die Haare waren hell, ich glaube blond oder grau. Schlank war er und relativ groß – glaube ich.« Sie nahm ihr Kleinkind und ging mit ihm ins Kinderzimmer, um es in sein Gitterbettchen zu legen. Hollmann folgte ihr. »Was ist dann passiert?«
»Nichts. Ich bin dann zurück, hab' die Beweistüten noch einmal kontrolliert und den Karton verschlossen. Es hat nichts gefehlt, da bin ich mir hundertprozentig sicher.«
»Sie haben mir sehr geholfen, Frau Huber.« Hollmann verabschiedete sich, ging zu seinem Wagen, nahm das Mobiltelefon und rief seinen Chef Heinz Grunder an.
»Hallo Heinz, ich habe etwas in der Mordsache Veit, was ich dir mitteilen will.«
»Gerne Kurt, schieß los!«
»Wir hatten im Büro Besuch von Staatsanwalt Pilgrim. Der hat

einen Aufstand gemacht, weil wir nicht weitergekommen sind! Und er wäre ja schließlich mit den Opfern verwandt und so weiter und so weiter. Dann hat er uns mitgeteilt, dass er jetzt Bereitschaft habe und dass er jetzt verlangt, dass wir endlich in der Mordsache Veit Resultate liefern. Ich habe mir daraufhin noch einmal die Sache mit dem Handschuh angesehen und war bei den Leuten von der Asservatenkammer und im Labor.«

»Du hast herausgefunden, wer den Handschuh ausgetauscht hat?«

»Es könnte sich um die Person handeln, die wir im Auge haben. Allerdings hat die Laborangestellte ihn nur von hinten gesehen. Aber wir haben einen ziemlich stichhaltigen Hinweis.«

»Gute Arbeit, Kurt! Ich spüre, wir kommen voran.« Grunder erzählte ihm, was sich in den Niederlanden tat und dass er wohl bald wieder heimkäme. Dann würden die einzelnen Ergebnisse und Erkenntnisse zusammengetragen und offiziell gemacht werden können.

Hollmann fuhr zurück ins Kommissariat und vervollständigte seinen Bericht, den er in die Erkenntnisakte einfügte. Dann löschte er das Licht seiner Schreibtischlampe und fuhr nach Hause.

Piet Knurp, der flott aus dem Antiquitätengeschäft kam, legte das kleine Päckchen sorgfältig unter den Beifahrersitz, wo eine Metallkassette verdeckt montiert war. Nachdem er die schmale Straße im Spiegel beobachtet hatte, fuhr er langsam über das nasse Kopfsteinpflaster die Gasse hinunter, vorbei an neu erbauten Galerien, die hier in diesem geschichtsträchtigen Viertel Rotterdams Besucher aus allen Landesteilen anlocken. Knurp fuhr seinen Wagen gerade über die Piet Heynsbrug, als er in den Rückspiegel blickte und einen großen Wagen hinter sich entdeckte. Für einen Moment hatte er das Gefühl, verfolgt zu werden. Schnell bog er deshalb in die nächste Seitenstraße ein, die ihn vom Hafen wegführte. Ein Blick in den Außenspiegel zeigte es ihm, dass er offensichtlich allein war. Als er wieder nach vorn blickte, stockte ihm der Atem. »Eine Bullenschaukel! Das hat mir gerade noch gefehlt!«, rief er. »Ich bin geliefert! Was wollen die Bullen von mir?« Er war außer sich. Eilig suchte er eine Seitenstraße, in die er flüchten konnte, musste aber feststellen, dass er in der Falle saß. Plötzlich kam ein weiterer Streifenwagen aus einer Querstraße heraus und versperrte ihm den Weg. Hastig blickte Knurp sich um und sah gerade noch durch die Heckscheibe den Kühlergrill des großen Pick-ups, der ihm gefolgt war und jetzt dicht hinter ihm zum Stehen kam. Er wollte gerade zu Fuß flüchten, als die Wagentür geöffnet wurde und jemand freundlich fragte: »Herr Knurp, Piet Knurp?«

» Was wollen Sie denn von mir?«

»Nun, das will ich Ihnen verraten. Wir haben noch ein paar Fragen, bezüglich Ihrer Geschäfte. Sie erinnern sich, Sie sind auf Bewährung draußen. Herr Knurp, es ist eigentlich nur eine Formalität – nichts Ernstes.«

»Formalität?«, schrie Knurp dem Mann ins Gesicht. »Ich verlange auf der Stelle, freigelassen zu werden. Ich habe nichts Unrechtes getan, merken Sie sich das! Außerdem kenne ich meine Rechte!«

»Aber, aber, Herr Knurp. Niemand hat Sie verhaftet. Ich muss Sie dennoch bitten, uns aufs Revier zu begleiten.«

»Das geht nicht, ich brauche mein Auto, ich kann es hier nicht einfach so stehen lassen.«

»Das müssen Sie auch nicht, Herr Knurp, darum kümmern wir uns ab jetzt. Also kommen Sie, wir steigen um.« Er wies auf einen der Polizeiwagen, dessen hintere Tür von einer Beamtin aufgehalten wurde. Während Knurp ausstieg, nickte der Polizist seinem Kollegen zu, der herbeieilte, um Knurps Wagen zu übernehmen.

Knurp war es ein absolutes Rätsel, wie er in diese Situation geraten war. Er hatte niemanden gesehen und mit Sicherheit hatte ihn auch niemand verpfiffen.

Auf dem Polizeirevier führte man ihn in den Verhörraum und

sagte, er solle kurz warten, man würde sich gleich mit ihm unterhalten.

Als nach einiger Zeit die Tür aufging, rief Knurp: »Bergmann, na dann ist mir ja alles klar! Sie hätten mich auch einfach benachrichtigen können, wenn ich Sie besuchen soll. Natürlich wäre ich Ihrer Einladung gerne gefolgt. Wir haben doch schon oft miteinander gesprochen.«

»Nun, hätte ich machen können, aber so war es doch etwas spannender, oder nicht?«

»Spannender? Na, ich weiß nicht. Auf jeden Fall werde ich warten, bis mein Anwalt da ist. Einen Anruf kann ich ja machen, dann kommt er sofort.«

»Gute Idee, der kann uns dann auch gleich erklären, was Sie bei Robert van Diffel zu tun hatten.«

»Wie? ... van Diffel? Ich kenne keinen van Diffel, oder besser gesagt, ich wusste nicht, dass der ... wie sagten Sie ...«

»Robert, sagte ich.«

»Genau, Robert van Diffel heißt. Hin und wieder mache ich ein paar Botengänge für den einen oder anderen Freund. Irgendwie muss man sich ja über Wasser halten. Aber dürfen Sie mich denn einfach so beschatten? Was ist mit meinen Grundrechten? Ich kenne meine Rechte genau, das sagte ich schon dem Kollegen, der mich angehalten hat.«

»Nun, davon bin ich überzeugt, Piet. Ein Mann mit Ihrer Erfahrung kennt mit Sicherheit seine Rechte. Aber ich sage Ihnen, alles hat seine Richtigkeit. Wir haben einen Tipp bekommen, dass in Ihrem Wagen Drogen in einer nicht unerheblichen Menge zu finden wären. Mit Ihren Vorstrafen und vor dem Hintergrund der aktuellen Bewährung – eine ernst zu nehmende Sache. Ich kann dafür sorgen, dass Sie wieder einfahren und zwar für lange Zeit.«

»Weswegen? Der kleine Bewährungsausschuss hat immerhin durchblicken lassen, dass man mich ›eventuell‹ zu Unrecht inhaftiert hat. Deswegen sprach man auch lieber von guter Führung, aber ich denke, die wollten ihren Justizirrtum einfach nicht zugeben, Herr Kommissar Bergmann. Also, ich werde warten, bis mein Anwalt da ist.«

»Ja, Piet, aber wir wissen doch beide, dass es kein Irrtum war, sondern Ihre Kooperation und die gute Führung im Knast, die Sie dann schließlich zu dem Bewährungsausschuss geführt hatte. Sie sollen ja ein wahrer Musterhäftling gewesen sein, wie man so hört.«

»Letztendlich waren es Justizirrtümer, die mir ...« Knurp lächelte in sich hinein.

»Ich weiß«, unterbrach ihn belustigt Bergmann. »Sie sind des Öfteren Opfer der Justiz geworden, wie auch damals in der Angelegenheit mit der Hehlerei oder das Verschieben von Ikonen oder die Sache mit den Heiligen aus dem Dom oder ... Ach, ich könnte noch viel aufzählen.« Bei jedem der aufgezählten Punkte schien Knurp in seinen Gedanken den Sachverhalten zu folgen und äußerte ein »ja, aber«, was Bergmann veranlasste, schnell den nächsten Straftatbestand zu benennen.

»Es reicht, Herr Kommissar, es reicht. Ich sage Ihnen, das waren alles Irrtümer. In der Sache mit den Heiligen, Sie erinnern sich, hat man mich schließlich freigesprochen.«

»Ich würde sagen, dass es ein Mangel an Beweisen war, der Ihnen die Freiheit gegeben hat.«

»Das kann man sehen, wie man will, Herr Kommissar. Man hat die angebliche Beute nie bei mir gefunden. Im Grunde genommen bin ich doch ein ehrlicher Mensch, der nur zur falschen Zeit am falschen Ort war.« Knurp schüttelte den Kopf. Er glaubte selbst was er sagte.

»Natürlich, aber lassen wir das jetzt«, beendete Bergmann den Diskurs. Ernst fügte er an: »Piet, ich sage Ihnen, dieses Mal kommen Sie nicht so glimpflich davon.«

Bergmann wollte noch etwas hinzufügen, aber die Tür ging auf und ein Kollege kam mit einem Zettel herein. Er flüsterte ihm etwas ins Ohr, verschwand wieder und kam einen Moment später mit einem Päckchen wieder in den Verhörraum. Man sah

Piet Knurp an, dass er förmlich in sich zusammensank. Mit einem tiefen Seufzer legte er die Hände auf den Tisch und senkte starr den Blick.

»Das müssen Sie mir erst einmal beweisen«, sagte er leise. »Ich kenne das Päckchen nicht – sehe es zum ersten Mal.«

»Ach Piet, darüber mache ich mir keine Sorgen, das mit den Beweisen wird schon. Wir sind sehr gut in diesen Dingen. Immerhin stammt das Päckchen«, Bergmann zeigte auf die Schachtel vor ihm auf dem Tisch, »aus Ihrem Wagen.«

»Verstehe.«

»Glaube ich nicht. Wenn sich herausstellt, dass dieses Päckchen einen brisanten Inhalt preisgibt, dann haben Sie richtige Schwierigkeiten. Also, was ist drin?«

»Weiß ich doch nicht und das ist die Wahrheit, Bergmann. Ich schwöre es.«

»Dann schlage ich vor: Wir machen es auf und sehen nach. Ein bisschen wie Weihnachten, finden Sie nicht?« Bergmann machte sich daran, das Packpapier zu öffnen, während Knurp sich den Schweiß von der Stirn wischte. Staunend blickten beide schließlich auf den Inhalt der Schachtel.

»Das, das sind ja bestimmt ein paar Hunderttausend, wie ich das so sehe. Da werden Sie aber ganz schön was zu erklären haben, Piet.«

»Ich weiß nichts von den Dingern, das müssen Sie mir glauben, Herr Kommissar.«

»Gut Piet, überlegen Sie ruhig eine Weile, bis wir die Einzelheiten besprechen. Ich muss mal eben weg.« Schnell stand Bergmann auf, schaltete das Aufnahmegerät aus und nahm das Päckchen vom Tisch. Dem Beamten an der Tür nickte er kurz zu und verließ den Verhörraum.

Im Nebenraum, von dem aus das Gespräch beobachtet werden konnte, übergab er einem seiner Kollegen das Päckchen. Der schaute hinein und konnte sich ein „Wow!" nicht verkneifen.

»Steine, Chef! Rohdiamanten! Und davon jede Menge!«

»Ja, und die sollte unser Freund irgendwo hinbringen, ich vermute zu einem der Diamantenschleifer. Ich glaube ihm, wenn er sagt, er hätte von der Art der Lieferung nichts gewusst. Er ist nur ein Bote, der beliebig austauschbar ist, wenn es darauf ankommt.« Grunder, der im Hintergrund wartete und von Bergmann herangewunken wurde, bestaunte ebenfalls die Beute.

»Kannst du mir erklären, Heinz, woher die Steine, die wir vor uns haben, kommen?«

»Kann ich nicht, aber eine Vermutung habe ich: Vor einiger Zeit ist in Frankfurt ein Juwelier in seinem Haus überfallen und getötet worden. Da ging es um Rohdiamanten. Die Registrierung der Steine, die das Opfer bei seinem Erwerb in Südafrika bekommen hat, liegt der Ermittlungsakte bei. Es könnte doch sein, wenn ich alle Fakten einbeziehe, dass es sich bei diesem Fund hier um genau diese Steine handelt. Immerhin ist die Verbindung nach Frankfurt unser Freund Daniel Janda ...«

»Du meinst deinen Verdächtigen, den ihr bis hierher verfolgt habt?«

»Ja, genau.«

»Aber dann wäre da noch Knurp. Ein Geschäft in dieser Größenordnung – da bin ich sicher –, ist einige Nummern zu groß für ihn.«

»Wenn er aber nur ein Laufbursche ist, wie Sie sagen, dann passt alles wieder«, mischte sich einer der niederländischen Kollegen in das Gespräch ein.

»Ja, stimmt«, sagte Bergmann nachdenklich. »Vielleicht können wir aus der Sache Kapital schlagen. Ich weiß auch schon wie.« Bergmanns Miene erhellte sich und er schaute von einem zum anderen, bis einer der Kollegen rief: »Versuchen wir's!«

»Was habt ihr vor?« fragte Grunder etwas verunsichert. Bergmann beruhigte ihn: »Lasst mich nur machen, Heinz! Ich vermute, du möchtest bei der weiteren Befragung von Knurp mit dabei sein?«

»Gerne«, sagte Grunder und folgte dem Kollegen in den Verhörraum, wo Piet Knurp wartete.

Bergmann legte den Inhalt des Päckchens auf den Tisch, setzte sich und stellte Hauptkommissar Grunder aus Deutschland vor. Neben Grunder nahm ein niederländischer Kollege Platz, der für ihn die Aussagen ins Deutsche übersetzen sollte.

»Was soll das? Was hat der hier zu suchen? Schafft die niederländische Polizei das nicht mehr allein? Ich glaube nicht, dass die Deutschen uns hier von Nutzen sein können.«

»Doch Piet, das schaffen wir schon. Ich sage Ihnen, was der Kollege aus Frankfurt hier macht. Sehen Sie sich die Steine genau an, Piet. An ihnen klebt Blut – eine Menge Blut. Sie sind die Beute eines Einbruchs im Zusammenhang mit einem Mord.«

»Mord? Nee, damit habe ich nichts zu tun.« Knurp wurde blass. »Sie kennen mich. Das ist nicht meine Liga.«

»Mag sein, aber Sie haben die Steine und sind somit dran.«

Knurp schluckte. »Nee, das hängt ihr mir nicht an. Ich wusste doch gar nicht, was ich da liefern sollte!« Seine Stimme klang jetzt belegt.

»Lassen wir das lieber die Richter entscheiden. In Verbindung mit der Bewährung sieht es nicht gut aus, wenn da Beihilfe zum Mord oder Begünstigung einer Straftat vorliegt.«

»Aber das war doch in Deutschland und wir sind hier in den Niederlanden!«

»Ach Piet, wir rücken alle etwas näher zusammen, so haben wir in absehbarer Zeit eine gemeinsame Währung und in Sachen Kriminalität arbeiten wir schon jetzt grenzüberschreitend. Es spielt eigentlich keine Rolle mehr, wo ein Mord stattfindet, geahndet wird er überall.« Bergmann wusste, dass er Knurp mit dem Mord nicht in Verbindung bringen konnte, aber er glaubte, dass es seinem Plan dienlich sein würde.

Bergmann schaute auf seinen Kollegen Grunder, der seine Argumente bestätigte und von einer ziemlich hohen Gefängnisstrafe sprach.

»Vielleicht können wir etwas machen, einen Deal, denke ich«, fuhr Bergmann fort und sah Knurp abschätzend an.
»Wenn ich Ihnen alles erzähle, was ich weiß ... Was können Sie mir bieten, Herr Kommissar?«
»Nun, versprechen kann ich nur, dass ich mich für Sie einsetze, Piet. Denken Sie in Ruhe darüber nach. Wir treffen uns später noch einmal.« Bergmann vermerkte im Aufnahmegerät die genaue Uhrzeit der Unterbrechung dieses Verhörs, ehe er die Hehlerware an sich nahm und mit den anderen Kollegen den Raum verließ.

Knurp saß wieder allein mit dem Beamten in dem kahlen, schmucklosen Verhörraum und überdachte seine Situation. Wenn er alles sagen würde, dann war sein Leben bestimmt in Gefahr. Diese Leute, mit denen er zu tun hatte, die würden nicht lange fackeln. Selbst wenn er verschwinden würde – sie würden ihn aufspüren und zum Schweigen bringen. Zu mächtig war die Organisation, die Verbindungen bis in höchste Kreise hatte. Plötzlich fiel ihm wieder die Sache mit dem Kurier ein, der durch die Anwälte der Organisation freigekommen war, um dann auf Nimmerwiedersehen zu verschwinden. Eines Tages hatte man ihn dann im Hafenbecken gefunden – grausam zugerichtet. Nein, dieses Schicksal wollte er nicht teilen. Niemals!

Allerdings, wenn es gelänge, alle Drahtzieher hinter Gitter zu bringen, dann könnte er vielleicht einigermaßen sicher sein. »Soll doch die Polizei für meine Sicherheit sorgen«, sagte er vor sich hin, »so lange, bis die Welt mich vergessen hat.«

Als sich die Tür öffnete, stand der Beamte auf und verließ den Raum. Bergmann, der Dolmetscher und Grunder nahmen gegenüber von Knurp am Tisch Platz. Bergmann, der das Päckchen wieder auf den Tisch gelegt hatte, begann langsam: »Nun, Piet, wie haben Sie sich entschieden?«

»Wenn Sie für meine Sicherheit sorgen können, dann will ich mit Ihnen kooperieren. Aber Sie müssen mir zusichern, dass mir nichts geschieht.«

»Das ist ein guter Entschluss. Wir werden sehen, wie wir Ihnen helfen können. Also erzählen Sie erst einmal – von Anfang an. Woher kommen die Steine? Wer waren die Auftraggeber, die Sie engagiert haben? Ich brauche Namen, Piet – Namen.«
»Im Oktober, also ich meine den vergangenen Oktober, hat mich van Diffel angerufen, dass er wieder einmal einen Auftrag für mich hätte. Ich also zu ihm hin und bekomme ein Paket. Drei weitere würden noch folgen, haben sie zu mir gesagt. Ich sollte die Ware bei einer bestimmten Adresse abliefern. Die Kohle sollte es nach erfolgter Lieferung geben.«
»An welche Adresse und an wen ging die Lieferung?«, fragte Bergmann. Piet Knurp schwieg, als würde er tief in seinen Erinnerungen nach einem Namen suchen.
»An wen, Piet? Ich brauche einen Namen!«
Knurp kämpfte sichtlich mit sich und seiner schwer abgerungenen Entscheidung. Zu gefährlich erschien ihm seine Rolle in dieser Sache. Seine Finger verschränkten sich auf dem Tisch und ließen das Blut aus den Fingerspitzen zurückweichen.
»De Jong. Es handelt sich um die Gebrüder De Jong, hier in Rotterdam«, sagte er schwerfällig und langsam. »Die haben auch Zweigstellen in Antwerpen – soweit ich weiß. Aber ich habe nur mit denen hier in Rotterdam zu tun. Es sind zwei Brüder, mehr weiß ich nicht.«
»Sie meinen wirklich die Brüder De Jong? Das sind ehrenwerte Händler und Diamantenschleifer. Sind Sie ganz sicher, Piet? Das kann ich nicht glauben. Hin und wieder liest man über die De-Jong-Brüder, meistens in karitativem Zusammenhang oder sie mischen in der Politik mit. Sie sind sehr einflussreich.«
»Das muss nichts heißen«, bemerkte Grunder. »Es ist eventuell so eine Art Parallelwelt. In der einen bereiten sie den Weg vor, um auf der anderen Seite das große Geld zu ergaunern.«
»Herr Bergmann, ich werde doch wissen«, fuhr Knurp fort, »ich meine, ich werde doch die Adresse kennen, wo ich die Ware hinzubringen habe. Es war im Coolsingel. Man hat mich schon

erwartet, die Ware entgegengenommen und mich nach Hause geschickt. Dann, gegen Abend, wurde ich angerufen und man teilte mir mit, dass ich zu van Diffel gehen solle, um ihm mitzuteilen, dass alles unter Dach und Fach sei. Danach würde ich dann auch das Geld von den Brüdern für meine Dienste erhalten. Mehr kann ich nicht sagen. Diese Lieferung hier«, er zeigte auf die Schachteln, »ist schon die dritte Lieferung, die ich abwickeln sollte.«
»Was passiert, wenn van Diffel die Freigabe bekommt?«, wollte Grunder wissen. Nachdem der Kollege übersetzt hatte, antwortete Knurp: »Das weiß ich nicht, denn ich bin ja gleich, nachdem ich mein Geld bekommen habe, weg. Man hatte mich für eine Nacht als Gast bei den De Jongs einquartiert. Am Morgen, wenn alles geprüft war, bekam ich das Geld für meine Dienste und bin dann auch gleich weg. Ich meine, ich muss nicht mehr mit diesen Leuten zu tun haben, als unbedingt nötig.«
»Gut, Piet, ich sage Ihnen, was wir machen. Das wird klappen. Sie haben uns sehr geholfen.«
»Ich kann also gehen?«, fragte Knurp ungläubig, denn bislang waren seine Erfahrungen anders geartet. Wenn er einmal in Polizeigewahrsam war, dann blieb er auch meistens für einige Zeit deren Gast, wie er es nannte.
»Noch nicht. Ich sage Ihnen, wie wir das jetzt machen. Sie müssen Ihren Auftrag noch zu Ende führen.«
»Auftrag zu Ende führen? Heißt das …?«
»Genau, … das heißt es. Sie schaffen das, Piet.« Bergmann schlug einen fast freundschaftlichen Ton an.
»Das wird mein Todesurteil sein, das wissen Sie, Bergmann. Wenn ich zu spät komme, dann wird man mir unangenehme Fragen stellen, da bin ich mir ganz sicher! Ich erinnere mich an jemanden, dem hat man einige Fragen gestellt. Er war anschließend drei oder vier Wochen in der Klinik …«
»Piet, ich sage Ihnen, wir schützen Sie! Außerdem haben Sie keine andere Wahl. Sie haben die Ware und das wird sie besänf-

tigen. Was meinen Sie passiert, wenn die herauskriegen, dass Sie hier mit uns so ausgiebig geplauscht haben?«
»Das will ich mir gar nicht ausmalen. Also ich mache es. Erklären Sie mir nur noch einmal, was wichtig ist, Herr Kommissar.« Bergmann erläuterte das Vorhaben, das bei seinem Gegenüber nur auf verhaltene Zustimmung stieß.

Später am Tag fuhr Grunder mit einem Taxi in das Lokal, wo er sich mit Malken treffen wollte, um die weiteren Einzelheiten zu besprechen.

Als Grunder das kleine Lokal betrat, sah er sofort seinen Freund Hans Malken, der an einem Tisch in der Ecke saß und ihm freudig durch die erhobene Hand ein Zeichen gab. Grunders Handy klingelte. Er suchte umständlich in den Taschen, bis er den Störfaktor zu Tage förderte. Malken hörte nur mehrere kurze »Ja, sehr gut« und wollte wissen, was los sei.

»Nun, lieber Freund, das will ich dir gerne sagen.«

»Setz dich hier hin und erzähle! Ich bestell' uns noch einen Kaffee.«

»Ich befürchte, dafür haben wir keine Zeit mehr, denn unser Freund Janda ist gerade dabei auszuchecken. Bergmann hat mir eben mitgeteilt, dass die De-Jong-Brüder verhaftet worden sind. Der Bote hat ihnen die Hehlerware, also die Steine aus dem Fall Veit, gebracht und so konnten sie zusammen mit der heißen Ware verhaftet werden. Alles andere werden wir später noch erfahren. Bergmann wird mich informieren, wenn sie die Firma der Gebrüder De Jong unter die Lupe genommen haben. Ich würde sagen, du trinkst aus und wir machen, dass wir wegkommen.«

»Nur die Ruhe, Heinz. Janda kann uns nicht entwischen, auf keinen Fall.«

»Wie kannst du da so sicher sein?«

»Das erkläre ich dir, wenn wir im Wagen sitzen.« Malken trank seinen Kaffee aus, bezahlte und zog sich seinen Mantel an, bevor sie das Lokal verließen. Kurze Zeit später erreichten sie den Wagen. Grunder rief Bergmann an, dass alles ab jetzt seinen Weg gehen würde. »Wir sind dran. Kannst deinen Mann abziehen. Vielen Dank noch einmal für alles.«

»Gut«, sagte Bergmann, »ich habe mich gefreut, dich mal wiederzusehen, auch wenn es ein kurzes und rein dienstliches Treffen war. Wir sollten das unbedingt wiederholen, dann aber mit mehr Zeit. Wir könnten uns viele Sehenswürdigkeiten ansehen.«

»Machen wir. Ich habe, so wie die Dinge liegen, demnächst mehr Freizeit, dann treffen wir uns wieder. Ich verspreche es.«

Janda warf die Reisetasche auf den Beifahrersitz. Seine Finger spielten mit dem Reißverschluss und schließlich hatte er die Tasche einen Spalt geöffnet. Ein wohliges Gefühl stieg in ihm auf, als er das viele Geld betrachtete. Zufrieden schloss er die Tasche wieder und startete den Wagen. »Jetzt aber ab nach Hause«, sagte er zu sich selbst und fuhr los in Richtung Autobahn.

Grunder sah den sich bewegenden Punkt auf dem Display. »Wir dürfen nicht zu dicht heran, sonst bemerkt er uns.«

»Nein, das wird nicht passieren, denn wir haben einen Abstand von circa einem Kilometer. Wir werden ihn fahren lassen und sehen dann, wohin er uns führt.«

Nach ungefähr einer Stunde sahen sie auf dem Monitor, wie Janda von der Autobahn abfuhr.

»Was hat unser Freund vor? Warum fährt er nach Gennep? Kennt er dort jemanden?«

»Glaube ich nicht, Hans. Ich vermute, er will nicht den großen Grenzübergang, sondern einen kleinen Übergang benutzen, wo er nicht kontrolliert wird.«

»Das macht Sinn, Heinz. Also folgen wir ihm.«

Plötzlich sahen sie, wie der Punkt auf dem Monitor zum Stehen kam und folgten ihm auf den Rastplatz von Hünxe. »Hier werde ich eben die Schilder wechseln und dann gehen wir auch hinein. Ich könnte eine Kleinigkeit zum Essen vertragen«, sagte Malken. »Wie ist es mit dir?«

Grunder wartete, bis Malken die Autoschilder gewechselt hatte, dann gab er zu Bedenken: »Ich bin nicht sicher, ob Janda mich erkennen würde. Wir wollen nichts riskieren. Du kannst mir etwas mitbringen.« Malken nickte und ging in die großzügig angelegte Raststätte. Die große gläserne Front ähnelte eher dem Wintergarten eines großen Hotels als einer Raststätte. Die Tische an der Fensterseite waren gut besetzt. In der Mitte des Raums stand ein Tresen, der die gesamte Länge einnahm, an dem man sich sein Essen selbst zusammenstellen und gleich bezahlen konnte. An einem Tisch in der Nähe des Ausgangs sah Malken dann Daniel Janda sitzen. Ohne ihn anzublicken, ging er an ihm vorbei und setzte sich an einen Tisch in der Ecke, von dem aus er ihn gut beobachten konnte. Malken stellte sein Tablett auf den Tisch und aß die reichlich belegten Baguettes, während er Janda beobachtete. Als dieser nach einer Weile aufstand, packte Malken das Baguette für seinen Freund ein, stellte das Tablett in den bereitgestellten Servierwagen und folgte nach kurzer Zeit Janda hinaus auf den Parkplatz.

Grunder fuhr jetzt den Wagen und als sie in Frankfurt ankamen, begann es bereits dunkel zu werden. »Wo will er denn hin?«, fragte Malken, der das Signal auf dem Monitor verfolgte.

»Weiß nicht, auf jeden Fall nicht nach Hause. Auch nicht zum Flughafen.«

»Na, wir werden sehen.« Nach einer ganzen Weile der scheinbar ziellosen Fahrt rief Malken plötzlich: »Fahr weiter! Janda hält an. Er darf uns nicht bemerken!« Grunder fuhr langsam ein Stück weiter und hielt den Wagen an der Seite an. »Ich versuche, etwas näher heranzukommen. Die gegenüberliegende Straßenseite wäre gut. Von da haben wir alles im Blick.«

»Versuchen wir es, Heinz.«

Grunder fuhr zurück in die Straße, in der die kleine Werkstatt im Hinterhof lag, und brachte den Wagen schräg gegenüber der Toreinfahrt zum Stehen.

»Wir müssen näher heran, er muss auf den Hof gefahren sein«,

sagte Malken. Durch die Einfahrt konnten sie im Licht der Laternen den Leihwagen sehen und auch im Hinterhaus brannte Licht.
»Heinz«, sagte Malken, »ich schlage vor, du fährst nach Hause und ich bleibe hier. Ich informiere dich, wenn etwas passiert.«
»Gut Hans, ich rufe ein Taxi – bis Morgen.« Grunder war froh, endlich wieder nach Hause zu kommen. Zu viele Observationen hatte er in seinem Polizistendasein durchgeführt und endlose Stunden damit zugebracht, irgendwelche verdächtigen Personen zu beobachten und deren Tun zu dokumentieren.

Am frühen Morgen rief Malken bei Grunder an und sagte, man solle sich bei Hollmann treffen. Grunder setzte sich mit Peter Stichel und Kurt Hollmann in Verbindung. Am späten Vormittag warteten die drei Beamten auf das Eintreffen des Detektivs.

»Nun«, begann Malken, »ich bin gestern noch eine Zeit lang vor der Werkstatt stehengeblieben und habe am frühen Morgen Janda zusammen mit einem älteren Mann aus er Werkstatt kommen sehen und alles dokumentiert.« Er zog aus seinem Schnellhefter ein Blatt mit Notizen heraus und übergab es Grunder, der es, nachdem er es betrachtet hatte, weiterreichte. An Stichel gewandt, sagte Grunder nachdenklich: »Peter, wir sollten herausfinden, wer dieser Mann ist.«

»Ja, Chef, ich übernehme das.«

»Gut, ich gehe wieder ins Büro und werde die Daten, die wir inzwischen ermittelt haben, in die Akte einfügen und mir einen neuen Überblick verschaffen.«

Als Grunder an jenem Morgen ins Büro gekommen war, hatte sich Marion Lange richtiggehend gefreut, ihn zu sehen: »Ich hoffe, Sie haben sich gut erholt, Chef«, sagte sie. »Ich habe alles, was wichtig ist, auf ihren Schreibtisch gelegt.«

Nach dem Gespräch mit Stichel, Hollmann und Malken vergrub sich Grunder erst einmal in die aktuelle Aktenlage und arbeitete das auf, was in der Zeit seiner Abwesenheit liegen geblieben war.

Nach geraumer Zeit meldete sich Stichel bei ihm: »Ich war beim Meldeamt und habe mir die Daten von dem älteren Mann besorgt, mit dem Janda die Werkstatt verlassen hat.« Grunder schob seine Akten zur Seite und blickte gespannt zu Stichel, der die einzelnen Seiten seines Ordners auf dem Tisch ausbreitete.

»Wer ist es?«, fragte Grunder gespannt.

»Becker heißt der Mann, Fritz Becker. Er ist vor etwa fünf Jahren aus Nürnberg/Feucht nach Frankfurt gekommen. Geboren wurde er in Tschechien, hat hier geheiratet und den Namen der Frau angenommen. Wenn ich die Bilder vergleiche, so ist diese Person identisch mit der, die wir in der Akte aus Nürnberg haben. Er war der Zeuge Čhechá, der Janda ein Alibi verschafft hat. Sie erinnern sich an die Sache im Stadion?« Stichel schob die Bilder zu Grunder herüber, der sie aufnahm und ein Lob aussprach.

»Er könnte also ein Verwandter – vielleicht sogar der Vater – von Janda sein. So viel ist sicher. Wir müssen etwas unternehmen. In Tschechien, das hat Kurt herausgefunden, war Fritz mit der Mutter von Janda zusammen und ist später spurlos verschwunden.«

»Wir haben etwas aus Holland bekommen, Chef«, unterbrach ihn Marion, die in das Büro ihres Chef geeilt war und sich jetzt mit einem Stapel von Papieren vor Grunders Schreibtisch postierte.

»Was ist es denn?«

»Von einem Bergmann, Kommissar aus Rotterdam. Ich wusste gar nicht, dass wir ein Amtshilfeverfahren gestartet hatten.«

»Doch, haben wir offensichtlich, Marion, haben wir.«

Grunder nahm die Seiten, die per Fax gekommen waren, und las Stichel vor, dass Robert van Diffel sowie die De-Jong-Brüder verhaftet worden waren. »Es muss ein Fest für meinen Freund Bergmann gewesen sein«, sagte Grunder hoch erfreut. »Die haben die Steine bei den Brüdern beschlagnahmt und festgestellt, dass die Rohdiamanten in Rotterdam durch van Diffel angekauft, über die Brüder De Jong in Antwerpen geschliffen und bearbeitet werden, um dann in Brüssel, in der Schweiz oder Liechtenstein veräußert zu werden. Die Brüder haben neben der Firma in Rotterdam zwei Läden in Antwerpen und der Schweiz, eine Postkastenfirma in Liechtenstein und in Brüssel, von wo aus die einzelnen Finanzposten verschoben werden. Schließlich landet das Geld in der Schweiz. Es sind sehr einflussreiche Kontakte zutage getreten, die sich bis in die hohe Politik erstrecken. Allerdings, so steht hier, erinnert man sich in den einschlägigen Kreisen nur schwer an die De-Jong-Brüder.«

Grunder blickte auf eine kleine Notiz, die am Ende handschriftlich eingefügt worden ist. »Jetzt kommt's: Die Brüder De Jong hatten vor vielen Jahren eine Segeljacht, mit der sie im Sommer oft auf die Nordsee hinausgefahren sind. Und was meinst du, wer da so manches Mal mit von der Partie war? Welchen Namen lese ich hier?«

»Keine Ahnung, Chef«, sagte Stichel und begrüßte Hollmann, der eben zur Tür hereinkam. »Spannen Sie uns nicht so auf die Folter!«

»Also, hier steht der Name Pilgrim. Ob das unser Staatsanwalt ist, wissen wir noch nicht. Aber vor dem Hintergrund, dass seine Mutter seit vielen Jahren in der Nähe von Rotterdam wohnt und dass die Brüder De Jong Cousins von ihr sind, kann wohl der Schluss gezogen werden, dass ...«

»Es bleibt eben alles in der Familie«, unterbrach ihn Hollmann feixend, der nebenbei die Untersuchungsergebnisse las, die Stichel aus dem Meldeamt mitgebracht hatte.

»Wir werden Becker unter die Lupe nehmen. Ich schlage vor, das machst du, Kurt.« Grunder wandte sich an Hollmann. »Wir sollten ihn einige Tage observieren – kann nicht schaden. Ich gehe derweil zum Oberstaatsanwalt.« Er wandte sich an Marion, die herausfinden sollte, ob Dr. Reese für ihn zu sprechen war. Nach einem kurzen Anruf kam die Antwort, dass Grunder erwartet würde.

»Ich hoffe, Ihnen geht es wieder gut, Grunder?«, erkundigte sich Dr. Reese höflich, legte seinen Füllfederhalter beiseite und bot Grunder einen Platz an, nachdem er zuvor seine Sekretärin um eine Tasse Kaffee für seinen Gast gebeten hatte. »Ich hatte schon vor einiger Zeit mit Ergebnissen gerechnet, Herr Grunder.«

»Ich weiß, Herr Dr. Reese, aber die Dinge haben sich als äußerst schwierig herausgestellt. Jetzt haben wir einen Durchbruch erzielt und können sachgerecht fortfahren. Wir verfügen über einen Hauptverdächtigen, der für den Tod von Juwelier Veit verantwortlich ist. Die Beute haben wir mithilfe der niederländischen Kollegen aufgespürt und konnten auf diese Weise die Wege dokumentieren, die diese Diamanten genommen haben. Auch den Mann im Hintergrund haben wir ermittelt. Es ist …«

»Nun sagen Sie nur noch, dass es sich um meinen Staatsanwalt Pilgrim handelt.«

»Ich fürchte, dass es so ist, Herr Oberstaatsanwalt. Er wurde beobachtet, als er sich an den Asservaten zu schaffen gemacht hat. Die Mitarbeiterin im Labor hat ihn gerade noch gesehen. Wir haben ihre Aussage.«

»Zweifelsfrei?«

»Na ja, so wie man eben eine Person erkennt, die man nur von hinten sieht. Als die Zeugin ihre Aussage bei uns im Büro unterschrieben hat, ist ihr zufällig Staatsanwalt Pilgrim über den Weg gelaufen. Sie hat ihn dort von sich aus faktisch als den Mann wiedererkannt, den sie im Labor gesehen hat. Sie ist sich hundertprozentig sicher.«

»Hm. Das ist eine mehr als brisante Sache, Grunder. Ich kann es nicht glauben, dass einer meiner Staatsanwälte involviert ist. Und dann noch Pilgrim. Wissen Sie überhaupt, was Sie da sagen?«

»Ich bin mir dessen bewusst, Herr Doktor.« Nach einer Pause fuhr Grunder fort und erklärte seinem Dienstherrn die Verbindung zwischen dem verdächtigen Janda und der Werkstatt Becker.

»In Ordnung, Grunder. Liefern Sie mit etwas Handfestes und ich werde einen Hausdurchsuchungsbefehl beantragen; Pilgrim werde ich aus der Ermittlung heraushalten – er ist ja ohnehin sehr eng, wie ich meine, mit dem Opfer bekannt. Natürlich sage ich ihm nicht, dass er in Ihr Fadenkreuz geraten ist.«

»Ja, Herr Dr. Reese, das wäre gut. Ich werde Ihnen in den kommenden Tagen einen umfassenden Bericht zukommen lassen.«
»Machen Sie das, Grunder – machen Sie das.«
Als der Hauptkommissar gegangen war, stand Dr. Reese auf und blickte lange aus dem Fenster. Sollte er sich so in einem Menschen getäuscht haben? Nein, das konnte er nicht glauben. Als er ihn kennengelernt hatte, machte der junge Jurist auf ihn einen guten Eindruck. Mit Freude dachte der Oberstaatsanwalt an die erste Zeit, als sein Schützling, für den sich Juwelier Veit eingesetzt hatte, unter ihm die ersten Fälle zu verhandeln hatte. Akribisch hatte der junge Pilgrim seine Anklagen vorbereitet und fast jeden Fall gewonnen. Er war hier am Oberlandesgericht als einer der Staatsanwälte bekannt geworden, der seine Fälle kristallklar aufbaut, sodass es für die Gegenseite keine Chance gab, durch die Maschen des Gesetzes zu schlüpfen. Nein, Dr. Reese wollte nicht an seiner Menschenkenntnis zweifeln. Hoffen, dass alles ein Irrtum war, das war das Einzige, was dem Oberstaatsanwalt in diesem Moment blieb, bevor er durch seine Vorzimmerdame, die ihn an einen Termin erinnerte, in die Realität zurückgeholt wurde.

Als Grunder wenig später wieder in seinem Büro bei den anderen Mitstreitern angekommen war, machte er den Vorschlag, einen Haftbefehl gegen Janda zu beantragen, bevor er wieder tätig würde. Immerhin habe Robert van Diffel ja bestätigt, dass Janda ihm Ware übergeben habe.

Hollmann gab zu bedenken: »Er würde aber nur für einige Jahre in den Knast gehen und wir kommen wieder nicht an den Hintermann heran. Ich meine, dass wir ihn irgendwie aus der Reserve locken sollten.«

Malken, der inzwischen ebenfalls in Grunders Büro eingetroffen war, machte einen abenteuerlichen Vorschlag: »Ich habe eine Idee, meine Herren. Was wäre, wenn wir Peter eine Perücke aufsetzen, eine Sonnenbrille verpassen und ihm eine Lederjacke anziehen? Dann schicken wir ihn zu einer Maskenbildnerin, die

ich vom WDR her kenne – das macht sie bestimmt. Der könnte doch fast wie Janda aussehen? Was meint ihr?«
»Nun ja, ich weiß nicht recht«, sagte Stichel. »Pilgrim ahnt nicht, dass Janda ihn kennt. Vielleicht macht ihn das nervös und er beginnt Fehler zu machen.«
»Wir sollten es versuchen«, sagte Grunder nachdenklich. »Auf jeden Fall muss etwas geschehen.«
»Genau.« Malken stand auf und stellte sich ans Fenster. »Wir sollten dann noch einen Schritt weiter gehen. Heinz! Du könntest einen Omega in Anthrazit – vielleicht hat der Autohof der Polizei einen solchen Wagen da stehen –, besorgen und Nummernschilder anfertigen lassen. Dieselben wie sie Janda benutzt. Dann werden wir sehen, was passiert.«

Als Pilgrim mit seinem Jaguar vor dem schmiedeeisernen Tor seiner Villa stand und den Knopf der Fernbedienung drückte, die das Tor öffnen sollte, war es bereits später Nachmittag. Nichts geschah. Verwundert sah er auf das kleine Gerät, bemerkte, dass die Kontrollleuchte erloschen war, und versuchte es erneut – nichts. Das Tor rührte sich nicht. Er stieg aus und ging zum elektronischen Tableau, das in der gemauerten Säule eingelassen war und gab die vierstellige Zahlenkombination ein. Bereitwillig löste sich die Verriegelung und die beiden Torflügel fuhren langsam in ihre Endstellung. Gerade, als Pilgrim sich zu seinem Wagen umdrehte, blieb er wie erstarrt stehen. Sein Atem stockte, während sein Blick auf die andere Straßenseite fiel. Diese dunklen Haare, die Statur, die Lederjacke – kein Zweifel, es war der Mann, dem er bereits in Niederrath begegnet war. Er schien außerdem identisch mit den Bildern, die er aus den Untersuchungsakten kannte. Jetzt stand dieser Mann auf der gegenüberliegenden Straßenseite im Schatten der alten Eichen, die den Park begrenzten. Pilgrim beobachtete ihn aus den Augenwinkeln und registrierte, dass der Mann ihn genau taxierte. »Wenn ich es nicht besser wüsste, würde ich sagen, Janda steht da drüben«, sagte Pilgrim leise und ging schnell zu seinem Wagen. *Woher kennt er meine Adresse und wieso weiß er, wer ich bin?* Pilgrim war fassungslos. Als er in seinem Wagen saß und wieder in die Richtung zur alten Grünanlage blickte, war der Mann verschwunden. Erleichtert wollte Pilgrim schon losfahren, als sein Blick an einem am Straßenrand parkenden Auto hängen blieb, dessen Nummernschild ihm erstaunlich bekannt vorkam. *Das kann doch nicht wahr sein! Das ist sein Auto, ein Omega.* Pilgrim fuhr langsam auf das Grundstück. Wie gebannt fixierte er den Wagen. Vorsichtig blickte er sich nach allen Seiten um. Als er in den Außenspiegel sah, stand dieser Mann wieder da. Regungslos – jetzt allerdings in der Einfahrt. Pilgrim klopfte gegen die Fernbedienung, sah, wie die grüne LED-Anzeige wieder eine reibungslose Funktion anzeigte. Er drückte den Kopf der Fernbedienung und das Tor schloss sich vor dem Mann, der immer noch starr dem Jaguar nachblickte. Pilgrim fuhr zum Eingang seiner Villa, stieg aus und blieb nervös unter dem Portal stehen. Er schaute noch einmal den Platanenweg herunter zur Straße – der Mann war verschwunden. *Na also!* Erleichtert, wenn auch mit starken Zweifeln, ging Pilgrim in sein Wohnzimmer und goss sich einen Whisky ein. Wie war das alles einzuordnen? Woher wusste Janda eigentlich, wo er, sein Auftraggeber, zu finden war? Pilgrim versuchte die Sachlage auszuloten.

Wenn es für Janda möglich war, ihn hier aufzuspüren, dann waren seine Unternehmungen in ernster Gefahr. Zu leicht konnte der Mann, den er in seiner Hand glaubte, den Spieß umdrehen. Wenn seine Geschäfte an die Öffentlichkeit kamen, war er, Staatsanwalt Pilgrim, mitsamt seiner Karriere am Ende. »Das muss ich vereiteln!«, rief er heftig und trank sein Glas aus.

Er wollte sich gerade umziehen, als das Telefon klingelte. Erschreckt drehte Pilgrim sich um, nahm den Hörer ab und hörte die Stimme seiner Mutter, die ihm mitteilte, dass die Polizei den Onkel und die beiden Vettern in Haft genommen hat. Perplex stammelt er ein »Ja« und ließ den Hörer auf die Gabel fallen. Der Kontakt zu seiner Mutter war in den letzten Jahren immer seltener geworden und beschränkte sich im Grunde genommen auf die üblichen Anrufe zu den Geburtstagen, Weihnachten oder Ähnlichem. *Robert van Diffel und die De Jongs – geschnappt!* Pilgrim konnte es immer noch nicht fassen. *Ich muss wissen, was mit der Schweiz ist.* Schnell ging er in sein Arbeitszimmer, öffnete eine Schreibtischschublade, holte ein Blatt Papier heraus und wählte eine Nummer.

»Bankhaus GQS, was kann ich für Sie tun?«, hörte er die zuvorkommende Stimme der Angestellten mit der feinen Schweizer Tonfärbung. »Pilgrim – ich bitte um den Kontostand.« Er gab die erforderlichen persönlichen Daten durch, dann die Kontonummer und das Kennwort. Zufrieden hörte er den Saldo und legte auf. *Ich bin aus dem Schneider! Die Transaktion hat offensichtlich noch durchgeführt werden können.* Pilgrim lehnte sich erleichtert in seinem Schreibtischstuhl zurück, blickte zur Decke und dachte an die Zeiten während seiner Semesterferien, als er mit den Vettern Pierre und Ruben auf deren Boot die Grachten Amsterdams befahren und so manches Mal bis weit auf die Nordsee hinausgesegelt war. *Doch, es war eine schöne Zeit gewesen.* Später hatten sie noch hin und wieder Geschäfte miteinander abgewickelt. Plötzlich drängte sich Pilgrim wieder die Sache mit der Begegnung am Tor in den Vordergrund. Hätte Janda nicht mit Sicherheit das Gespräch mit ihm gesucht, wenn er ihn hätte belasten wollen?

Am folgenden Morgen, als Pilgrim vor das Gerichtsgebäude fuhr, sah er Theuner, der gerade den Vorplatz betrat. Entschlossen parkte Pilgrim und sorgte für ein ›zufälliges‹ Treffen. »Hallo Herr Theuner, wir haben uns ja lange nicht gesehen. Wie geht es Ihnen?«

»Danke, bin froh, wieder hier im Dienst zu sein. Der Lehrgang war anstrengend und davor war ich im Urlaub. Seit einer Woche bin ich wieder da.«

»Ich wollte Sie noch fragen, ob es Neuigkeiten in der Sache mit

Juwelier Veit gibt. Ich fahre heute Abend zur Witwe und die wird mich sicher fragen, verstehen Sie?«

»Ja, ich weiß, was Sie meinen, Herr Staatsanwalt. Es ist den Kollegen gelungen, einen Hauptverdächtigen zu ermitteln. Stellen Sie sich vor, die Beute haben die niederländischen Kollegen sichergestellt und die Hehlerwege nachverfolgen können.«

»Das ist ja prima«, log Pilgrim. »Da haben Sie und Ihre Kollegen ja ganze Arbeit geleistet.«

»Wie das im Einzelnen abgelaufen ist, weiß ich allerdings nicht, denn ich war ja nicht in der Abteilung.«

»Nein, natürlich nicht. Sagen Sie, ist denn mit einer Verhaftung zu rechnen?«, forschte Pilgrim vorsichtig.

»Ja, die Kollegen sind seit den frühen Morgenstunden unterwegs, den Hauptverdächtigen, der für den Einbruch verantwortlich sein soll, festzusetzen. Wenn wir den Mann, Janda heißt er übrigens, in der Mangel haben, werden wir wissen, was genau im Anwesen Ihres Freundes geschehen ist.«

»Gibt es außerdem Neues in Sachen Veit?«

»Das will ich meinen. Ihnen kann ich es ja sagen. Wir haben einen Fritz Becker zur Vernehmung hier.« »Becker? Wer ist dieser Becker? Steht der im Zusammenhang mit dem Einbruch bei meinem Freund Veit?«

»Wahrscheinlich nicht, er betreibt eine Werkstatt in der Nähe des Bahnhofes. Ich glaube nicht, dass Sie den kennen, Herr Staatsanwalt.«

»Warum ist der Mann hier?«

»Er soll der Vater des Verdächtigen sein. Der Chef erhofft sich Aufschlüsse aus der Befragung, was mit der Beute ist und ob der Becker doch etwas mit den Einbrüchen zu tun hat. Na, ich sage Ihnen, der Chef wird es schon herausbekommen.«

»Mit Sicherheit«, presste Pilgrim heraus und sah hektisch auf seine Armbanduhr. »Gut, Herr Theuner, ich muss weiter, würde gerne noch mit Ihnen sprechen, aber Sie verstehen ... dringende Termine.«

Die beiden Männer verabschiedeten sich. Pilgrim spürte in sich ein unbehagliches Gefühl aufsteigen. Wie eine Keule hatte ihn die Nennung des Namens Janda getroffen. *Wenn der verhaftet wird, packt er früher oder später aus*, dachte Pilgrim, als er das Gebäude betrat. Hektisch versuchte er, eine Lösung zu finden. Schließlich ging er zur Kriminalabteilung Grunders und stand im Vorzimmer, wo ihn Monika Lange leicht unterkühlt mit den Worten »Sie wünschen?« begrüßte.

»Ich möchte zu Ihrem Chef.«

»Gerne, Herr Pilgrim – Sie können durchgehen.« Ohne ihm weiter Beachtung zu schenken, widmete sich die Sekretärin wieder ihren Tätigkeiten.

»Ah, Herr Pilgrim«, sagte Grunder, legte seine Papiere zur Seite und blickte den Staatsanwalt abwartend an. »Was kann ich für Sie tun?«

»Sie verhaften einen Mann namens Janda! Wer hat den Haftbefehl ausgestellt?«

»Nun mal langsam, Herr Pilgrim.« Grunder vermutete, dass wahrscheinlich Theuner vertrauensselig und nichts ahnend ihm diese Informationen gegeben hatte. So nutzte Grunder diese Tatsache, um etwas Bewegung in die Angelegenheit zu bringen. Dass es allerdings so schnell gehen würde, damit hatte er nicht gerechnet. »Wir mussten handeln, da Verdunklungsgefahr bestand. Der diensthabende Staatsanwalt war nicht erreichbar und so hat Dr. Reese den Haftbefehl ausgestellt. Stimmt etwas nicht?«

Pilgrim beruhigte sich scheinbar und erwiderte freundlich: »Wissen Sie, ich … ich mache mir ja auch Sorgen. Das Opfer war immerhin einer meiner engsten Freunde. Ich will nur nicht, dass da Fehler passieren – gerade in diesem brisanten Fall.«

»Ich verstehe genau, was Sie meinen, Herr Staatsanwalt. Sie können versichert sein, dass wir alles im Griff haben und genau nach den Vorschriften handeln, wie es üblich ist.«

»Das habe ich ja auch nicht in Abrede gestellt. Haben Sie denn schon den Mann in Gewahrsam?«

»Meine Kollegen sind gerade los, den Verdächtigen zu holen. Ich werde noch heute mit der Vernehmung beginnen. Danach werden wir sehen, wie es weitergeht.«
»Gut, Herr Grunder. Ich werde Sie dann mal Ihre Arbeit machen lassen.« Schnell verabschiedete sich Pilgrim. Er war nur äußerlich die Ruhe selbst. Im Innern war er außer sich, dass er seinen Erfüllungsgehilfen nicht warnen konnte.

Heinz Grunder nahm die erforderliche Akte an sich und wollte eben zum Verhör mit Daniel Janda, als plötzlich sein Kollege Matthies vom Raubdezernat in der Tür stand. »Ich war gerade in der Nähe, da dachte ich, ich schau mal eben bei euch 'rein.«
»Gute Idee, Peter.« Grunder legte die Akte auf den Tisch und setzte sich wieder auf seinen Platz. »Gibt es vielleicht etwas Besonderes?«
»Nun ja. Du weißt ja, dass wir an den Einbruchserien, die in der letzten Zeit verübt wurden, dran sind. Da hat es neue Erkenntnisse gegeben.« Sein Blick fiel zufällig auf die aus der Akte herausgerutschten Fotos. »Was machst du denn mit dem Becker?«, fragte ihn Matthies.
»Becker? Ja, das ist der Vater des Verdächtigen, den ich mir gleich zur Brust nehmen werde. Woher kennst du den Mann?«
»Das ist eine lange Geschichte.« Der Kollege hatte das Foto in die Hand genommen und betrachtete es nachdenklich. »Wir bekommen hin und wieder einen Tipp von diesem Mann. Ein typischer Kleinkrimineller, der sich hauptsächlich auf Autoschiebereien und Weiterleitung gestohlener Ersatzteile spezialisiert hat. Er lagert hin und wieder heiße Ware – Drogen sind bislang nicht dabei –, die dann bei ihm abgeholt wird. Auch beschafft er so manchem unserer ›Kunden‹ ein entsprechendes Alibi und lässt sich das teuer bezahlen. Wir beobachten ihn schon eine ganze Weile. Es geht da um Diebstähle von großen Autos in Frankreich, die dann nach Polen und Litauen verschoben werden. Unser Fritz Becker spielt da jedoch eine kleine Nebenrolle, aber er hat gute Verbindungen, die

wir nutzen können. Dafür schauen wir nicht so genau hin, wenn du verstehst, was ich meine.«

»Ich verstehe, ein Informant.« Grunder zog das Bild von Janda aus dem Stapel und legte es dem Kollegen vor. »Habt ihr im Laufe eurer Ermittlungen vielleicht auch diesen Mann schon einmal gesehen?«

»Ja, der war auch des Öfteren in der Werkstatt. Wenn ihr die genauen Zeiten braucht, suche ich sie heraus und gebe sie euch mit der Hauspost.«

»Vielleicht sollten wir Becker kurz aufsuchen – vielleicht bringt das ja Licht ins Dunkel meines aktuellen Falles.«

Sein Gegenüber blickte auf seine Armbanduhr. »Ja, dann komme ich mit, denn er ist nicht ganz einfach zu handhaben. Du hast doch nichts dagegen?«

»Gut, Peter. Ich sage eben Bescheid, dann können wir …«

Als Stichel ins Büro kam, sagte Grunder zu ihm: »Wir fahren zu Fritz Becker. Wollen sehen, was er uns zu sagen hat.« Zu Marion sagte Grunder, dass Hollmann schon mit dem Verhör beginnen solle, er würde später dazustoßen.

An jenem Freitagmorgen am Ende des Herbstes blickte Fritz Becker aus dem Küchenfenster und sah, wie drei Männer in Zivil seinen unaufgeräumten Hofplatz betraten. *Das riecht mir aber sehr nach Bullen. Was wollen die denn von mir?*, dachte er verwundert, als es mehrmals klingelte. »Schon gut, ich komme ja!«, rief er und schlurfte zur Tür, während er sich den Morgenmantel zuband. »Was hat das zu bedeuten?«, fragte er die Beamten, die ihm die Dienstausweise vor die Nase hielten.

»Herr Becker, Fritz Becker? Ich bin Hauptkommissar Grunder, das ist Kommissar Stichel, Herr Malken und das ist …«

»Ich weiß wer das ist!«, sagte Becker kurz. »Was wollen Sie von mir?«

»Wir haben ein paar Fragen.«

»Aber doch nicht um diese Zeit!«, rief der unrasierte Mann aggressiv.

»Ich fürchte, das lässt sich nicht aufschieben, Herr Becker.« Der alte Mann trat widerwillig zur Seite und ließ die Beamten in seine chaotisch aussehende Küche. Zögernd bot er ihnen einen Platz an, ging zur Spüle, um sich einen Becher, der noch einigermaßen sauber zu sein schien, zu suchen. Dann schlurfte er zur Kaffeemaschine, füllte sich etwas Kaffee ein und setze sich auf eine Eckbank, nachdem er die Kleidungsstücke zur Seite geschoben hatte, die vehement dort ihren Platz beanspruchten. »Also, was wollen Sie? Machen Sie's kurz! Ich habe meine Zeit ja auch nicht gestohlen.«

»Wir wollen uns bemühen, Herr Becker. Sagen Sie uns, wie lange Sie hier in Frankfurt wohnen?« Grunder stellte diese Frage, um zu sehen, wie die Reaktion sein würde. Da er die Antwort bereits kannte, konnte er schnell erkennen, ob schon bei dieser Frage gelogen würde.

»Was geht Sie das an? Warum fragen Sie mich so etwas?«

»Nun, Herr Becker, beantworten Sie doch einfach die Frage«, sagte Matthies. »Dann nehmen wir Ihre kostbare Zeit auch nicht lange in Anspruch.«

»Ich würde sagen, es sind ungefähr fünf oder sechs Jahre.«

»Sie haben vorher in Nürnberg gewohnt?«

»Nürnberg? Mann, das ist ewig her.«

»Kennen Sie einen Daniel Janda?«, fragte Grunder dazwischen.

»Überlegen Sie bitte genau, was Sie sagen, es ist wichtig.«

»Janda, wer? Ich kenne niemanden, der so heißt.«

»Nun, damit habe ich gerechnet, Herr Becker. Deswegen habe ich ein Bild mitgebracht.« Er zeigte dem alten Mann ein Foto, das er aus seiner Plastikhülle holte: »Nehmen Sie es ruhig in die Hand. Nun, schon mal gesehen?«

Becker nahm das Bild und schaute es sich genau an. »Ich erinnere mich nicht. Nein, den kenne ich nicht.« Er legte das Foto auf den Tisch, wo Grunder es mit zwei Fingern am Rand fassend wieder in seine Plastikhülle zurücklegte.

»War's das?«, drängte Becker ungeduldig.

»Nicht ganz«, sagte Grunder. »Ich habe hier noch ein anderes Bild«, und kramte in seiner Manteltasche. »Ah, da haben wir's ja.« »Erkennen Sie jetzt den Mann neben sich – das sind Sie doch, Herr Becker?«

Lange betrachtete er das Foto, schüttelte den Kopf und sah auf.

»Ich helfe Ihnen, Herr Becker. Aufgenommen wurde das Bild im Fußballstadion in Nürnberg vor etwa fünf Jahren.«

»Ist das hier ein Quiz? Vielleicht sagen Sie mir, was Sie eigentlich genau von mir wollen.«

Matthies richtete sich an Becker: »Also, wir bräuchten schon ein bisschen mehr Kooperation. Es geht hier um einen Mord, und Mord ist doch nicht Ihr Geschäftsfeld – oder?«

»Mord? Ich habe niemanden ermordet. Das müssen Sie mir glauben, Sie kennen mich, Herr Matthies. Nein, das ist nicht meine Baustelle.«

»Ja, also, Herr Becker.« Grunder wies auf das Stadionbild. »Dieser Mann hier auf den Fotos ist Daniel Janda. Der Janda, dem Sie in Nürnberg ein Alibi gegeben haben und auch der Janda, der ihr Sohn ist. Sie waren mit seiner Mutter, Ihrer Schwägerin, in Blahotice in Tschechien zusammen. Als Sie in die Bundesrepublik gekommen sind, haben Sie hier geheiratet und den Namen Ihrer Frau angenommen. Nach der Scheidung haben Sie den Namen Becker behalten. Bis zur Hochzeit war der Name allerdings Čechá. Kommt ihr Gedächtnis vielleicht jetzt zurück?«

»Da haben Sie aber viele Hausaufgaben gemacht. Wissen Sie, ich gehe mich mal ankleiden, meine Herren«, sagte Becker und schlurfte in ein Nebenzimmer. Vor dem Spiegel blieb er wie erstarrt stehen. *Mit Mord habe ich nichts zu tun. Wenn dieser Idiot doch bloß ein bisschen besonnener gehandelt hätte ...*, dachte er und zog sich seine Arbeitskleidung an. Plötzlich kam ihm eine Idee – genial, wie er meinte. *So komme ich aus der Sache 'raus. Die*

Bullen werden es lieben. Er ging zurück in die Küche, setzte sich und blickte die Beamten fest an.»Jetzt erinnere ich mich. Ja, der Mann – mein Sohn – war die ganze Zeit neben mir im Stadion. Ich verstehe nur nicht, inwieweit das heute noch wichtig sein soll.«
»Ist es nicht, aber haben Sie mit ihm später noch einmal Kontakt gehabt?«, fragte Stichel.

Peter Matthies übernahm das Gespräch:»Sagen Sie uns, Herr Becker, haben Ihre Geschäftspartner in der letzten Zeit bei Ihnen Ware deponiert?«

»Herr Matthies, Sie kennen mich. Heiße Ware kommt nicht in mein Haus.«

»Selbstverständlich. Aber es könnte doch sein, dass Sie gar nicht gewusst haben, was bei Ihnen hinterlegt wurde.«

Becker erkannte die ›goldene Brücke‹, hielt den Moment für gekommen und fragte:»Wenn ich Ihnen helfe, was springt dabei für mich heraus?«

»Nun«, sagte Grunder,»ich könnte mich für Sie einsetzen, da Sie uns geholfen haben und bei der Aufklärung eines Mordfalles entscheidende Hinweise gegeben haben.«

»Außerdem«, ergänzte Matthies,»könnte es sein, dass die Ermittlungen in Sachen Autoteile auf einer anderen Spur fortgeführt werden. Versprechen kann ich natürlich nichts.« Er blickte Becker erwartungsvoll an und war sich sicher, dass sein Gegenüber verstanden hatte.

»Ich sage Ihnen, Sie werden hier nichts finden. Aber suchen Sie ruhig. Schicken Sie ihre Leute – bringen Sie aber nichts durcheinander.«

Stichel nahm sein Mobiltelefon, entfernte sich vom Tisch, wählte eine Nummer und beauftragte seine Kollegen von der Spurensicherung.

»Ich schlage vor, Herr Becker, Sie kommen mit uns aufs Revier, damit Sie uns alles erzählen und die Aussage unterschreiben können. Inzwischen werden die Kollegen Ihr Haus durchsuchen.«

Alles wurde sehr gründlich durchsucht. Ohne Erfolg. Man tastete in der Garage und der Werkstatt alle Wände nach Hohlräumen ab – ohne Ergebnis. Plötzlich rief einer der Beamten, der in der Werkstatt tätig war: »Kommt ihr mal? Ich glaube, ich habe hier etwas!« Als die Kollegen zur Stelle waren, stiegen sie in die Montagegrube. »Seht ihr das auch? Die sechs Fliesen hier sehen irgendwie anders aus, als die daneben.« Er zeigte auf eine Fläche, die eine Art Klappe bildete. Mit einem Vierkantschlüssel, den einer der Kollegen reichte, öffnete er das Fach und stieß dahinter auf einen Tresor. »Das war's für uns«, sagte einer der Beamten und nahm sein Handy. »Wir brauchen hier Friedrich Melzig.« Kurze Zeit später kam der baumlange Beamte von der Kriminaltechnik und ließ sich den Tresor zeigen, den er öffnen sollte. Nach einer Überprüfung der Schließeinrichtung nahm Melzig eine Liste aus der Tasche und fuhr mit dem Zeigefinger die Zeilen entlang. »Hier ist er. Dann haben wir es gleich.« Vorsichtig drückte er eine, vom Werk aus festgelegte, Zahlenkombination. Nach mehreren Versuchen wurde seine Arbeit durch einen lang gezogenen Piepton quittiert. Zufrieden drehte Melzig am Hebel und öffnete die schwere Tür, die den brisanten Inhalt des Tresors preisgab. »Das ist aber wirklich sehr interessant, meine Herren. Schlage vor, Sie holen Grunder hierher, damit er sich das gleich selbst ansehen kann.«

Mit Bedacht wurde der Inhalt entnommen, fotografiert und aufgelistet. Einer der Kollegen holte einen Karton und legte die Gegenstände aus dem Tresor hinein. »Alles gleich ab ins Labor«, sagte Melzig. Dann stutzte er. »Was haben wir denn hier? Das wird dem Grunder und seinen Leuten aber besonders gut gefallen. Der sucht doch schon lange nach so einem Ding.« Melzig nahm vorsichtig eine Pistole aus der Schachtel und hielt sie hoch. Dann öffnete er eine kleinere Pappschachtel und pfiff durch die Zähne. »Wenn das kein Reichtum ist ...« Er legte die Gegenstände zurück und sagte seinen Kollegen, dass er alles gleich ins Labor bringen würde, damit Grunder schnell die nötigen Details erfahren könne.

Als Grunder in der Werkstatt eintraf, teilte ihm Melzig freudestrahlend mit: »Hier, ich habe noch etwas gefunden. Dieses Notizbuch übergebe ich dir lieber persönlich, denn ich habe gehört, hin und wieder verschwinden auch schon mal wichtige Beweise bei uns im Haus.«
Grunder ignorierte geflissentlich den Seitenhieb, nahm das Notizbuch, schlug es auf und vermutete, dass es in Tschechisch verfasst war. Plötzlich rutschte ein einzelner Zettel aus dem hinteren Teil des Buches und fiel zu Boden. Als Grunder die Notiz aufnahm und näher betrachtete, wusste er sofort, dass sie hier auf etwas Entscheidendes gestoßen waren. Er las die mit einer Schreibmaschine verfasste Nachricht:

- *Robert van Diffel, Antiquitäten Rotterdam –*
Mathenesserdijk am Delfshaven
- *Hotel am 's Gravendijk – Ware liefern – Anteil 25 % –*
Konto Schweiz – Kennwort Blaumeise
- *Weitere Anweisungen folgen*

»Warten wir ab, was die weiteren Untersuchungen ergeben.« Der Hauptkommissar verließ die Werkstatt. Die Notiz hatte er in seine Tasche gesteckt. Er wusste, dass jetzt die Schreibmaschine gefunden werden musste, um den Urheber der Nachricht festzustellen.

Am frühen Nachmittag wurde Heinz Grunder mitgeteilt, dass der verdächtige Daniel Janda zum Verhör gebracht worden war und Kommissar Hollmann mit der Befragung begonnen hatte. Jetzt wollte er dazustoßen, um den Verdächtigen mit wichtigen Einzelheiten zu konfrontieren. Speziell ging es ihm dabei um die Beweise, die sie in den Niederlanden zusammengetragen hatten und die, wie er meinte, Janda eventuell gesprächig machen könnten. Während Grunder den langen Flur entlangging, hörte er hinter sich seinen Namen rufen. Als er sich umdrehte, erkannte er den Kollegen Weifert von der Spurensicherung, der eine Akte hoch in die Luft hielt und rief: »Hallo Heinz, warte bitte. Ich hab' etwas für dich!«

»Was hast du? Ich hab's eilig, ich muss zu einer Vernehmung, weißt du?«

»Ich glaube, das zeige ich dir lieber in deinem Büro.« Zusammen gingen sie in Grunders Dienstzimmer. »Zunächst einmal haben wir die Pistole untersucht.«

»Und?«, fragte Grunder ungeduldig.

»Es handelt sich leider nicht um die Tatwaffe. Es ist eine Baretta. Dein Juwelier ist nicht mit dieser Waffe erschossen worden.«

»Es gibt keinen Zweifel?«

»Nein, nicht den geringsten. Die Tatwaffe muss also noch irgendwo herumliegen.«

»Bei dem Geld könnte es sich um einen Vorschuss auf seinen Anteil handeln, den Janda bereits bekommen hat. In der Werkstatt von Fritz Becker haben die Sachen außerdem sicher gelagert. Wenn bei Janda eine Durchsuchung stattgefunden hätte, hätte man nichts gefunden.«

Grunder suchte auf seinem Schreibtisch nach dem Notizbuch. »Was ist mit der Notiz, die wir bei der Durchsuchung gefunden haben? Kannst du da etwas sagen?«

»Ja, das war eine Kugelkopfschreibmaschine, bei der ein Buchstabe, das ›B‹, am unteren Ende etwas ausgefranst ist. Du siehst es nur, wenn du es stark vergrößerst. Sicher hat das auch etwas mit dem verwendeten Papier zu tun, aber ich denke, das ist schon charakteristisch für diese Maschine. Wenn ihr sie gefunden habt, können wir einen Abgleich machen.«

»Ich werde mich erst einmal in eure Untersuchungsergebnisse einlesen und mir dann den Verdächtigen vornehmen«, sagte Grunder und verabschiedete seinen Kollegen Weifert.

Pilgrim, der auf dem Weg zur Kantine war, traf am Fahrstuhl die Beamten, die den Verdächtigen Daniel Janda zur Vernehmung begleiten sollten. Fast unmerklich stutzte Janda, als er an dem großen Mann vorüberging. Es war nur so ein Gefühl, ihm schon einmal begegnet zu sein. Die Gestalt und die Art zu gehen, kamen

ihm irgendwie bekannt vor. Er konnte sich jedoch nicht erinnern, wo er diesen großen, schlanken Mann gesehen haben könnte. Die Haare waren anders, aber sonst ... Pilgrim spielte den Ruhigen, Besonnenen und würdigte den Verdächtigen keines Blickes, sondern nickte den Beamten zu und ließ in seinem üblichen, herablassenden Tonfall, den er für Untergebene bereit hatte, verlauten:
»Guten Tag, die Herren!«
»Guten Tag, Herr Staatsanwalt!«
Janda blieb fast das Herz stehen. Ein Staatsanwalt. *Dieser Mann ist Staatsanwalt*, dachte er und war sich sicher, dass er es hier mit einer Verwechslung zu tun hatte. Janda wollte sich noch einmal kurz umblicken, aber die Fahrstuhltür hatte sich bereits wieder geschlossen. So gingen sie weiter zur Vernehmung.

Plötzlich hielt Pilgrim inne. Er hatte das Zögern Jandas bemerkt und war sich nicht sicher, ob er ihn erkannt hatte. Pilgrim erinnerte sich wieder an die gestrige Szene vor seinem Haus, konnte aber nicht mit Bestimmtheit sagen, ob das wirklich derselbe Mann war. Wie auch immer, jetzt war er hier im Gebäude zur Vernehmung. *Es muss etwas geschehen.* Pilgrim betrachtete sich im Spiegel, der im Lift angebracht war. Seine Gedanken überschlugen sich. *Genial ist es zwar nicht, aber unter diesen Umständen muss das jetzt durchgeführt werden. Außerdem wird dieser Mann nicht mehr gebraucht. Es ist auch alles seine Schuld, dass es so weit gekommen ist. Er hat durch sein unbesonnenes Verhalten einen Menschen getötet und alle Geschäfte – meine Geschäfte – zunichte gemacht. Er musste handeln.* Pilgrim ging zu seinem Jaguar und je näher er seiner Villa kam, desto entschlossener wurde er.

Nachdem er vor dem großen Portal gehalten hatte, ging er ins Innere der Villa und suchte im Wirtschaftsraum nach einer Packung Zigaretten. Einige Schachteln lagen immer bereit, wenn Gäste erwartet wurden. Er steckte eine davon ein, verließ das Herrenhaus und ging weiter zu den Nebengebäuden, wo einst das Hausmeisterehepaar sein Domizil hatte. Im hinteren Teil des Anwesens stand ein Gärtnerhäuschen nebst einem kleinen Gewächshaus, in dem früher die Zierpflanzen vorgezogen wurden. Pilgrim ging ins Innere des vor langer Zeit verlassenen Hauses und erreichte das jetzt verwaiste Treibhaus. Pflanzenreste und Unkraut beherrschten die Szenerie, Algenkolonien und Moose hatten sich an den stark verschmutzten Scheiben gesammelt. Pilgrim verdrängte die Erinnerung an die Zeit, als er hier als Kind die jungen Pflanzen mit dem Unkrautvernichtungsmittel ›bearbeitet‹ hatte, die der Hausmeister für die Rabatten an der Auffahrt vorgesehen hatte. Ein absolutes Treibhausverbot war daraufhin die Folge gewesen. *Und dann haben sie mich einfach ins Internat abgeschoben.* Verbitterung und ein Gefühl der Verachtung stiegen wieder in ihm hoch, so wie damals. Mit einer Handbewegung wischte er die alten Gedanken beiseite. Sein Blick schweifte durch das Treibhaus und blieb an der rückwärtigen Wand haften. Zielstrebig ging er zu einem alten Holzschrank und versuchte, die verwitterte Tür zu öffnen. Die Scharniere waren nach all den Jahren, in denen sie nicht bewegt worden waren, eingerostet und nur widerwillig quietschend ließ sich die Tür öffnen. Pilgrim suchte etwas Bestimmtes zwischen den alten Flaschen und Behältern, deren Inhalt zum Teil seit Langem nicht mehr genutzt werden durfte. In der hinteren Reihe wurde er schließlich fündig. Vorsichtig holte er die kleine braune, medizinähnliche Flasche nach vorne und las auf dem verwitterten Etikett die Wörter »Nicotiana Tabacum Konzentrat«. Er öffnete die Flasche mit der wässrigen Flüssigkeit, goss etwas mit der beiliegenden Pipette in einen Behälter, nahm die Spritze, die in einer Schale lag, und zog die Flüssigkeit in den Tank der Einmalspritze. Nun entfernte er vorsichtig die Stanniolverpackung aus der Pappschachtel, entnahm einige Zigaretten und verteilte die Flüssigkeit in dem oberen Teil der Filter. Vorsichtig legte er die so präparierten Zigaretten in die silberne Schutzverpackung zurück. »Damit du in vollen Zügen genießen kannst«, sagte Pilgrim laut und sarkastisch. Sorgfältig legte er die

Stanniolverpackung um die Glimmstängel, schob die tödliche Fracht in den Behälter zurück und verschloss sie sorgfältig. Eine Zigarette entnahm er, vernichtete sie, bevor er die Schachtel in seine Manteltasche gleiten ließ. Dann stellte er alle Utensilien an ihren Platz zurück und ging zurück in die Villa in sein Arbeitszimmer. Dort wählte er eine Telefonnummer.

»Also, Herr Janda«, übernahm Grunder die Vernehmung. »Herrn Hollmann haben Sie ja schon einige Details mitteilen können, wie ich vermute. Lassen Sie uns jetzt noch einige andere Dinge klären.«

»Ich habe ja schon dem Kommissar gesagt, dass ich erst einen Anwalt will und auf ihn warten werde.«

»Ihr Vater, Herr Becker, hat schon einen für Sie engagiert. Der müsste auf dem Weg sein.«

»Mein Vater?« Janda wurde unruhig und versuchte, möglichst gleichmütig zu klingen. »Also, wenn das so ist, dann bringen Sie mich wieder in die Zelle zurück und holen mich, wenn mein Rechtsbeistand anwesend ist.«

»Ja gut, Herr Janda, wir sehen uns dann, wenn Ihr Anwalt da ist. Ach, da fällt mir ein, wir haben Ihre Pistole gefunden, die Pistole, mit der Sie den Juwelier erschossen haben. Das ist doch die Waffe?« Grunder forschte in der Mimik des Verdächtigen, ehe er seine Hand auf eine Plastikfolie legte. »Außerdem fiel uns noch eine Notiz in die Hände – schon mal gesehen?« Grunder schob den durchsichtigen Umschlag mit der Nachricht über den Tisch und beobachtete den Verdächtigen genau. Janda blickte auf die Nachricht und erschrak. Jetzt fiel ihm wieder der Mann vor dem Fahrstuhl ein und wo er ihn gesehen hatte. *Niederrad!*, dachte er. *Der Mann war in Niederrad in dem Lokal gewesen. Kein Zweifel – es ist derselbe Mann. Aber was hatte der hier zu suchen?* »Ich sage nichts und warte, bis mein Anwalt hier ist. Haben Sie eine Zigarette?.«

»Tut mir leid, Herr Janda, wir rauchen nicht.«

»Ja, dann bringen Sie mich in die Zelle zurück.« Der Beamte, der vor der Tür wartete, brachte den Verdächtigen zurück in seine Zelle, die sich im Untergeschoss befand. Mit einem schweren Rums schloss sich die Metalltür hinter Janda. Überdeutlich laut hörte er die Verriegelung – er war allein in seiner kleinen Zelle. Ein Tisch, fest an der Wand montiert, ein Stuhl, ein gemauertes Bett mit einer dünnen Kunststoffmatratze und in der Ecke, neben der Tür, hinter einer hölzernen Trennwand die spärlichen sanitären Einrichtungen aus Edelstahl. Er setzte sich auf das harte Bett und stützte das Gesicht in seine Hände. *Wie konnte es nur so weit kommen?*, dachte er resigniert. *Ich muss hier 'raus.* Die Stille, die ihn umgab, schien ihn zu erdrücken. Er blickte sich noch einmal in seiner tristen Zelle um, stand auf, ging zum vergitterten Fenster, das am Ende seines Gefängnisses einen kleinen Ausschnitt der Freizügigkeit verhieß, und schaute auf den Hof. Begrenzt von einem Zaun lag der Parkplatz vor ihm. Hinter dem Zaun, da lag die Freiheit – unerreichbar. Janda spürte eine tiefe Melancholie in sich aufsteigen. Irgendwann musste doch sein Anwalt kommen, da war er sich sicher. Mit ihm würde er die Einzelheiten besprechen. Vielleicht ließ sich ein Kompromiss aushandeln. Immerhin war er auch nur ein Opfer der Machenschaften seines Auftraggebers geworden. *Ein guter Anwalt wird das schon hinbiegen.* Dann legte Janda sich auf sein Bett und starrte die Decke an. Plötzlich fiel ihm wieder ein, was der Kommissar gesagt hatte. »Ihr Vater, Herr Becker« hatte er gesagt. »Vater.« Der alte Mann war sein Vater? Ein Vater, der nicht da gewesen war, als er ihn als Jugendlicher so dringend gebraucht hätte. Jandas Gedanken wanderten weit zurück in die Zeit, als er nach Deutschland gekommen war und in Nürnberg seine ersten ›Geschäfte‹ gemacht hatte. Und zufällig seinen Onkel, wie er glaubte, wieder getroffen hatte, mit dem er einige Unternehmungen durchgeführt hatte. Lange hatte es nicht gedauert, bis sich ein ausnehmend gutes Verhältnis zwischen ihnen entwickelte. Später hatte Fritz sich dann von seiner Frau getrennt und war aus Nürnberg weggegangen.

»In Frankfurt warten die besseren Geschäfte«, hatte er gesagt. *Mutter hat nie von Vater gesprochen*, resümierte Janda. *Wenn der Kommissar recht hat und er ist wirklich mein Vater ... Niemals hat Mutter ihn erwähnt ...* Jedes Mal wenn Janda sie nach ihm gefragt hatte, hatte sie schnell das Thema gewechselt. Und irgendwann hatte er kein Interesse mehr gezeigt. Später, als sich der geistige Verfall seiner Mutter anzeigte, hielt er es dann für richtig, sie nicht mehr mit diesem Thema aufzuregen. Janda nickte ein.

Am späten Vormittag erreichte Rechtsanwalt Harald Meyer die Justizvollzugsanstalt. »Ich möchte zu meinem Mandanten Daniel Janda.« Er legte einen amtlichen Ton an, zeigte seinen Ausweis vor und wartete auf den Beamten, der ihn in das Besucherzimmer führen sollte. »Sie hatten ja angerufen. Herr Janda wartet bereits auf Sie, Herr Meyer. Ich bringe Sie hin.« Matuschek blickte zu seinem Kollegen, der den Türöffner betätigte, und mit einem Summen war der Weg aus dem Zellentrakt frei. Nach einigen Stufen erreichten sie den Besuchertrakt. Der Angestellte schloss Raum 46 auf und sagte: »Ihr Anwalt ist da, Herr Janda.«

Janda, der an einem Tisch saß, blickte zur Tür und sagte nur: »Haben Sie eine Zigarette?«

Matuschek blickte den Anwalt an, der bedauernd den Kopf schüttelte. »Nein, tut mir leid, ich rauche nicht, Herr Janda. Wenn ich Sie das nächste Mal aufsuche, kann ich aber gerne welche mitbringen.«

Als Pilgrim das Untergeschoss erreichte, in dem sich der Zellentrakt befand, war es bereits um die Mittagszeit. Er nahm die Akte, die er unter dem Arm trug, hervor, blätterte darin herum und schien etwas in den aufgeführten Daten zu suchen. Sorgfältig beobachtete er währenddessen aus den Augenwinkeln heraus sein Umfeld. So war es ihm nicht entgangen, dass am Eingang keiner der Beamten zu sehen war und das Eisentor offen stand. Vorsichtig blickte Pilgrim sich um und sah, wie einer der Beamten auf ihn zukam. »Sie wünschen?«

»Sagen Sie, Herr ...«
»Matuschek, Matuschek ist mein Name.«
»Richtig. Ist es üblich, dass die Tore offenstehen?«
»Was? Nein, natürlich nicht, aber hier ist derzeit nicht viel los und ich habe gerade einen Besucher in die Räume gebracht.« Matuschek war sichtlich verunsichert und ging eilig an Pilgrim vorbei, um das Tor zu schließen. »Was kann ich denn für Sie tun?«, fragte der Beamte.
»Nun, es geht um Daniel Janda. Da ist in den Akten geschlampt worden. Ich brauche von einem der Insassen nur eine kleine Information.« Pilgrim wollte eben weitergehen, da meinte Matuschek, er müsse das aber in seine Liste eintragen.
»Ach, nun kommen Sie, ich bin sofort wieder da.«
»Zu welchem unserer ›Gäste‹ möchten Sie denn?«
»Haider. Peter Haider«, sagte Pilgrim schnell, nachdem er scheinbar den Namen in seiner Akte gesucht hatte.
»Der ist ganz hinten in der letzten Zelle. Ich wäre froh, wenn Sie das mit dem Tor niemanden erzählen würden. Ich weiß ja, dass wir immer mit zwei Beamten hier sein müssen, aber mein Kollege ist eben hoch in die Kantine und weil hier ...«
»Nun, dann wollen wir darüber hinwegsehen, Herr Matuschek«, sagte Pilgrim und wartete auf den Summer, der das Metallgitter öffnen sollte. »Ich bin wie gesagt, gleich wieder da.« Als der Summer ertönte, war Pilgrim auch schon auf dem langen Flur, der sich vor ihm auftat. Neben den Zellentüren standen die Namen. *Da haben wir ihn ja.* Wie selbstverständlich ging er aber erst an der offen stehenden Zellentür von Janda vorbei, sah nach, ob ein Beamten in der Nähe war und kehrte dann, als er sich sicher war, nicht beobachtet zu werden, um. Schnell ging er in die Zelle hinein, legte die präparierte Zigarettenschachtel und ein Streichholzbriefchen eines Nachtclubs auf den Tisch, unter eine Zeitschrift und verließ sofort wieder die Zelle. Zügig strebte Pilgrim dem Ausgang zu.
»Das ging aber schnell«, sagte Matuschek.

»Ich sagte ja schon, nur einen Namen abgleichen. Jetzt ist aber alles in Ordnung – noch einen schönen Tag Herr Matuschek.«

Grunder blickte aus dem Fenster seiner Wohnung hinunter auf die Grünanlage und sah, wie einige Spaziergänger den Sonntag genossen. Er dachte an seinen aktuellen Fall. *Ich sollte Janda gleich vernehmen, bevor er sich das wieder anders überlegt. Wer weiß, vielleicht gibt er uns ja Hinweise.* Grunder zog sich seine Jacke an und fuhr ins Präsidium, nachdem er Hollmann ins Büro gebeten hatte. Dann rief er die Abteilung »Inhaftierung« an, um Daniel Janda in den Verhörraum bringen zu lassen und seinen Anwalt zu informieren. »Hat man Sie denn nicht angerufen, Herr Grunder?«, fragte der Beamte.

»Wer sollte mich anrufen?«

»Na, die Kollegen. Sie haben heute Morgen bei Ihrer Bereitschaft angerufen, aber niemanden angetroffen. Dann haben sie den Diensthabenden gebeten, Ihnen eine Nachricht zu übermitteln.«

»Schön – also was ist?«

»Der Janda. Daniel Janda ist heute Morgen bei der Routinekontrolle tot in seiner Zelle aufgefunden worden. Vergiftet – vermutet unser Arzt.«

»Was?« Grunder war außer sich. »Wie konnte das passieren? Habt ihr ihn nicht vorher durchsucht?«

»Selbstverständlich, er hatte aber keinerlei Substanzen bei sich.«

»Hatte er Besuch?«

»Moment, ich schaue ins Protokoll.« Kurze Zeit später meldete sich der Beamte wieder. »Sein Anwalt, Harald Meyer, war bei ihm. Das war am späten Freitagnachmittag. Aber warum sollte der seinen Mandanten vergiften? Sie verstehen, ich kann keine Mutmaßungen treffen – dafür ist Ihre Abteilung zuständig.«

»Das sage ich ja nicht. Aber irgendwie muss er ja das Gift bekommen haben. Wissen wir schon, um welche Art der Vergiftung es sich handelt?«

»Nein, die Gerichtsmediziner haben ihn auf dem Tisch. Sie sollten sich mit denen in Verbindung setzen.«
Grunder legte auf und ließ sich in seinen Sessel zurückfallen. Er blickte Hollmann lange an, ehe er sagte: »Unser Hauptverdächtiger ist tot.«
Hollmann setzte sich auf den Stuhl gegenüber und blickte Grunder fassungslos an. »Wie ist das passiert?«
»Weiß ich nicht. Wir fahren gleich zur Rechtsmedizin.«
Kurze Zeit später standen die beiden Kommissare in dem langen, bis zur Decke gefliesten Raum der Pathologie. Hollmann, den wie immer hier ein mulmiges Gefühl überkam, blickte sich um. An der Fensterfront standen Metallschränke mit Schubladen. Auf einem der Schränke stand eine Waage und in der Mitte des Raumes waren vier Tische mit großen Becken am Fußende aufgestellt. Auf den Tischen, waren an den Längsseiten jeweils zwei Schienen angebracht, sodass eine Art Gerüst vom Kopfende bis zum Ablaufbecken der Tische hin und her geschoben werden konnte. Auf dem Bord dieser fahrbaren Gestelle befanden sich in einer flachen, rechteckigen Schale die jeweiligen Utensilien, die der Gerichtsmediziner zum Öffnen und Untersuchen der Leichen benötigte. An einer der Wände befand sich neben dem Waschbecken ein mobiles Röntgengerät. Grunder, der Hollmann beobachtete, sagte leise: »Wird's gehen, Kurt? Heute ist ja nichts los, aber wenn die Herren die Leichen öffnen … Ich musste mich auch erst daran gewöhnen.«
»Ja, klar, ich …« Hollmann wollte noch etwas sagen, wurde aber von Dr. Heinze unterbrochen.
»Wir sind gerade mit dem Toten, Daniel Janda, fertig geworden. Haben ihn schon weggebracht. Sie kommen doch wegen ihm?«
»Ja. Und was haben Sie für uns?«, fragte Grunder sachlich.
»Nun, es war eindeutig eine Nikotinvergiftung. Wir haben in seinem Blut eine große Menge Cotinin gefunden.«
»Cotinin?«, fragte Hollmann.
»Ja, das hat folgenden Grund: Cotinin ist ein Abbauprodukt des

Nikotins. Wir finden es auch bei Passivrauchern im Blut sowie im Urin. Es ist für uns eine Art Maßeinheit, die uns Aufschluss über das Rauchverhalten des Probanden gibt.«
»Wie wirkt sich das aus?«
»Nun, in dieser Konzentration kam es zu Aufgeregtheit in Verbindung mit Atemnot, was letztendlich zum Kreislaufkollaps und somit zum Tode geführt haben dürfte. Das Gift muss ihm in Form von Zigarettentabak verabreicht worden sein. Neben dem Cotinin haben wir noch einige andere Substanzen gefunden, die mit dem Rauchstrom in Verbindung stehen. Das habe ich Ihnen alles im Bericht noch einmal genau formuliert.«
»Eine andere Form der Verabreichung scheidet aus?«
»Ja, definitiv. Die Spurensicherung hat keinerlei Getränkebehälter gefunden und wir haben keine Einstiche feststellen können, wie man sie zum Beispiel bei einer intravenösen Verabreichung des Gifts sehen würde. Das Einzige, was gefunden wurde, war eine leere Schachtel Zigaretten.«
»Keine Zigarettenreste?«
»Nein, die wurden offensichtlich im WC entsorgt – somit stehen sie uns nicht mehr zur Verfügung. Aber er muss die tödliche Menge am Freitag oder Samstag bekommen haben.«
»Wo bekommt man denn Nikotin in dieser Konzentration?«, fragte Hollmann. »Es muss ja eine starke Dosis gewesen sein oder?«
»Ja, ist es. Richtig. Es handelt sich bei der gefundenen Substanz um ›Nicotiana Tabaco‹, ein etwa bis Ende der 60er-Jahre gängiges Insektizid. Es wurde dann aber wegen seiner starken toxischen Wirkung verboten. Käuflich ist es also nicht mehr, aber Reste davon sind bestimmt noch irgendwo aufzutreiben.«
Auf der Rückfahrt sagte Hollmann:»Wenn Janda das Gift vorher verabreicht wurde, sollten wir seine Besucherliste noch einmal genau checken.«
Wenig später fuhren sie auf den Parkplatz, gingen zum diensthabenden Beamten und ließen sich die Besucherliste zeigen. »Nun,

hier ist nur Harald Meyer, der Rechtsanwalt des Inhaftierten Janda, eingetragen.« Die Kommissare ließen sich die Adresse geben und fuhren in das Frankfurter Westend. Vor einem großen Haus blieben sie stehen. Hollmann las das große, blank polierte Messingschild und klingelte. »Hm, scheint niemand da zu sein«, sagte Grunder und schlug vor, um das Haus herumzugehen und in den Garten zu schauen. In der Garage, die mit dem Seitenflügel des Hauses verbunden ist, fanden Sie einen Mann, der an einer Harley Davidson schraubte. »Herr Meyer? Rechtsanwalt Meyer?«, fragte Hollmann. Der Mann blickte auf. »Ja bitte?« Hollmann stellt Grunder und sich vor. »Wir hätten einige Fragen an Sie, Ihren Besuch des inhaftierten Daniel Janda am Freitag betreffend.«

»Nun, meine Herren, gerne. Aber Sie wissen ja, dass alles, was meinen Mandanten betrifft, der beruflichen Schweigepflicht unterliegt.«

»Selbstverständlich. Dann haben Sie es noch nicht gehört, dass Ihr Mandant tot in seiner Zelle aufgefunden worden ist?«

»Was?« Sichtlich schockiert legte Meyer den Schraubenschlüssel zur Seite und starrte die beiden Beamten an. »Wie ist das geschehen?«

»Er wurde vergiftet. Das Gift wurde während oder nach Ihrem Besuch dem Opfer zugänglich gemacht. Darum frage ich Sie: Haben Sie etwas für Ihren Mandanten mitgebracht?«

»Um Gottes Willen nein!« Meyer war völlig entsetzt. »Ist Ihnen denn irgendetwas aufgefallen bei Ihrem Besuch?«, hakte Grunder nach. »Nein, gar nichts. Alles war ganz normal.« Der Rechtsanwalt war offensichtlich bemühte, sich den Tag wieder in Erinnerung zu rufen. »Doch! Doch da war eine Sache: Ich bin von einem Fritz Becker mit der Mandantschaft beauftragt worden und Janda hat mich gebeten, bei meinem nächsten Besuch eine Stange Zigaretten mitzubringen. Auf dem Rückweg zur Kanzlei, habe ich dann gleich eine Stange Zigaretten gekauft. Sie liegt noch im Auto.« Er deutete auf den Wagen, der vor der Garage stand.

»Irgendwie muss er trotzdem das Gift bekommen haben.«

»Sicher nicht durch mich, denn ich sagte ja schon, ich hatte nichts mit.«

»Gut, Herr Rechtsanwalt, das war's erst einmal«, beendete Grunder die Befragung und wollte gerade gehen, als Harald Meyer rief: »Warten Sie, mir ist da noch etwas eingefallen.« Grunder drehte sich noch einmal zu ihm um. »Ja, also. Wie gesagt, ich hatte keine Zigaretten für Janda mit, aber der Beamte, der mich wieder zum Ausgang begleitet hat, sagte, dass er das mit den Zigaretten komisch fände, denn er habe auf dem Tisch meines Mandanten in der Zelle sehr wohl Zigaretten liegen gesehen. Ich erinnere mich deswegen so gut daran, weil er noch sagte, dass das doch merkwürdig sei, weil ja niemand Janda besucht habe.«

»Kennen Sie den Namen dieses Beamten?«

»Nein, aber, weil ich des Öfteren mit ihm zu tun habe, ist er mir bekannt.«

Nachdem sich die Beamten von Rechtsanwalt Meyer verabschiedet hatten, fuhren sie ins Büro. Grunder sagte: »Wir werden mit diesem Beamten reden und hören, was er zu sagen hat.«

»Kannst du das bitte übernehmen, Kurt?«, bat Grunder. »Ich werde die Akten nehmen und eine Hausdurchsuchung bei unserem Freund Pilgrim beantragen. Morgen gehe ich zu Reese, er soll das in die Wege leiten. Dann können wir eventuell auch die Schreibmaschine ausfindig machen, mit der die Nachricht verfasst wurde. Jetzt wollen wir aber den Sonntag gemütlich zu Ende bringen.« Grunder verabschiedete sich.

Hollmann telefonierte noch am folgenden Tag mit einem Justizbeamten und erfuhr den Namen des diensthabenden Kollegen, der den Anwalt Jandas zum Besucherzimmer geführt hatte. »Sie denken, ich habe dem Häftling etwas angetan? Warum sollte ich denn?«

»Nun, Herr Matuschek, die Sache ist doch merkwürdig. Als sie Janda in seine Zelle zurückgebracht haben, lagen Zigaretten auf seinem Tisch.« Hollmann bemühte sich, sachlich zu bleiben. Er empfand Vergiftungen als äußerst hinterhältig.

»Ja, das stimmt. Da lag auf dem Tisch eine Schachtel. Ich habe mich noch gewundert, warum er dann den Anwalt um welche gebeten hat.«
»Und wie war das am Freitag, als der Anwalt des Opfers hier war?«
»Nun, am Freitag«, überlegte der JVA-Angestellte, »ja, da habe ich den Häftling in den Besucherraum geführt und später, als der Anwalt eingetroffen war, diesen zu Janda gebracht.«
»Und da ist nichts Ungewöhnliches geschehen?«
»Nein, Janda hat gleich gefragt, ob der Anwalt Zigaretten mithätte – aber der hatte keine dabei. Vertröstet hat er ihn.«
»Konzentrieren wir uns noch einmal auf die Schachtel, die in der Zelle war.«
»Meinen Sie, ICH habe sie ihm gegeben? Ist ja lächerlich!«
»Ich versuche nur, den Sachverhalt zu klären, Herr Matuschek. Hat Ihnen vielleicht jemand diese Schachtel gegeben?«
Matuschek ahnte, worauf das hinauslaufen würde. Schnell sagte er: »Sie wollen mir doch nicht unterstellen, dass ich etwas mit dem Tod des armen Teufels zu tun hätte?«
»Haben Sie es denn?«
»Natürlich nicht! Können Sie denn nachweisen, dass die Zigaretten das Gift enthielten? Haben Sie irgendeinen hieb- und stichfesten Beweis?«
»Herr Matuschek, ich frage Sie doch nur.« Hollmann wusste, dass nicht mehr aus dem Mann herauszubekommen sein würde. Er war sich jedoch absolut sicher, dass die Schachtel mit den Zigaretten von Matuschek sein musste, oder in einem unbeaufsichtigten Moment in die Zelle gelangt war. »Kann es sein, dass jemand an Ihnen unbemerkt vorbeigekommen ist?«, wollte Hollmann wissen.
»Nicht das ich wüsste. Aber es kann schon sein, dass etwa in der Mittagszeit, wenn hier nur ein Beamter Vorort seinen Dienst tut, jemand ungesehen vorbeischlüpfen kann.«
»Und war es so?« Hollmann blickte ihn angespannt an.

»Also ausschließen will ich nicht, dass einer von der Staatsanwaltschaft hier seine Akte vervollständigt hat.«
»Gut, Herr Matuschek, belassen wir es dabei. Danke für Ihre Hilfe.«

Es war ein sonniger Vormittag, als Hauptkommissar Grunder das Büro seines Dienstherrn, Oberstaatsanwalt Dr. Reese, betrat. »Sie haben einen Termin, Herr Hauptkommissar?«, fragte die Vorzimmerdame, während sie den Besucher über ihre Brillengläser hinweg streng fixierte.
»Nein, aber die Dinge dulden keinen Aufschub.«
»Gut Herr Grunder, ich frage Herrn Doktor schnell.« Kurze Zeit später bat sie ihn einzutreten.
»Nun, Herr Grunder, ich sehe, Sie haben ordentlich Lesestoff mitgebracht. Die Sache scheint zu eskalieren.«
»Das will ich meinen, Herr Oberstaatsanwalt.« Grunder schob seinem Gegenüber die Akten hin und bat um genaue Durchsicht. Am Nachmittag wollten sie sich wieder treffen. »Dann habe ich mich insoweit eingelesen, Grunder, und wir können die weitere Vorgehensweise abstimmen.«

Als Grunder nach dem Mittagessen wieder vor dem mächtigen Schreibtisch seines Dienstherrn stand, zeigte sich dieser entsetzt. »Unglaublich das Ganze! Wie wollen Sie weiter vorgehen, Herr Grunder?«
»Wir bräuchten einen Durchsuchungsbeschluss für das Anwesen Pilgrim sowie einen Haftbefehl, denn ich meine, die Indizien sind ausreichend und sollte der Tatverdächtige Wind von der Sache bekommen, wäre er nicht mehr greifbar, Herr Dr. Reese. Außerdem hat Hendrik Pilgrim ein gutes Motiv für den Mord an Janda, denn wenn der ausgepackt hätte ...«
Oberstaatsanwalt Reese, der aufmerksam zugehört hatte, während er in der Akte las, hakte nach: »Hier, die Sache mit der Tschechei ... Haben wir da ein Amtshilfeersuchen eingeleitet?«

»Nein, der Kollege Hollmann war im Urlaub in Böhmen und hat auf diesem Wege zufällig von den Machenschaften der Čhechá-Clique sowie Aufschlussreiches über die verwandtschaftlichen Verhältnisse der Jandas erfahren.«

Dr. Reese blickte von den Akten auf und grinste den Hauptkommissar an: »Aha, zufällig! Ich verstehe!« Gleich darauf wurde er wieder ernst. »Mir scheint, hier gibt es dringenden Handlungsbedarf. Immerhin ist Ihr Hauptverdächtiger ums Leben gekommen. Ich frage mich, wie das passieren konnte.«

»Wir wissen durch die Rechtsmedizin, dass es sich um eine Nikotinvergiftung handelt. Verabreicht wurde das Gift in Zigaretten, die dem Verdächtigen untergeschoben worden sind. Wir haben den zu diesem Zeitpunkt diensthabenden Beamten in der Justizvollzugsanstalt auf Herz und Nieren geprüft und es steht fest, dass Herr Matuschek an dem fraglichen Tag jemanden von der Staatsanwaltschaft ohne Registrierung in den Block gelassen hat. Angeblich ging es da um die Vervollständigung einer Akte, wie man ihm weißmachte. Im Grunde genommen eine Lappalie, das kommt schon mal öfter vor, dass nicht alles genau nach Vorschrift abläuft, aber vor dem Hintergrund des Mordes sieht die Sachlage ganz anders aus.«

»Verstehe. Wie war das in den Niederlanden? Hier steht, dass Janda in Rotterdam war.«

»Genau, wir haben zu den dortigen Ermittlungsbehörden einen Kontakt herstellen können und die holländischen Kollegen haben das Diebesgut aufgespürt und sichergestellt. Janda hat bei der Aktion eine Hauptrolle gespielt. Der vollständige und aussagekräftige Bericht aus Rotterdam sollte in den kommenden Tagen hier bei uns eintreffen.«

»Wie können wir denn Pilgrim mit den Niederlanden in Verbindung bringen?«

»Nun, das ist einfach: Die ganze Bande ist mit ihm verwandt. Nur seine Mutter, Lieke van Diffel, hat scheinbar von den kriminellen Machenschaften ihrer Sippe nichts gewusst. Sie hat ih-

ren Ehemann, also Hendriks Vater, verlassen als er als Diplomat Probleme bekommen hatte, und ist zurück in die Niederlande gegangen wo sie jetzt in einem Supermarkt arbeitet, der ihrem Bruder, Robert van Diffel, gehört.«
»Und die Schweiz?«
»Ja, da gibt es anscheinend ein Konto, dass auf den Namen Pilgrim geführt wird. Wir haben eine Nachricht bei der Hausdurchsuchung der Werkstatt von Fritz Becker gefunden, die diesen Schluss zulässt. Und dieser Becker ist im Übrigen der Vater des Ermordeten.«
»Und Daniel Janda wiederum hat Juwelier Veit erschossen. Ich sehe hier, Sie haben die Tatwaffe nicht gefunden?«
»Genau, Janda ist der Täter. Er hat bei Veit eingebrochen und ihn erschossen. Leider konnten wir die Tatwaffe noch nicht sicherstellen. Wir werden aber noch einmal Fritz Becker als Zeugen befragen und dann sehen wir weiter.«
»Wie genau ist Staatsanwalt Pilgrim nun in diese ganze Sache involviert?«
»Ich denke, er hat, als er in der Kriminalprävention tätig war, die Kunden der Sicherheitsfirma ausspioniert und dann seinem Komplizen Janda alle nötigen Informationen weitergegeben, um die Einbrüche abwickeln zu können. Pilgrim hat seine späteren Opfer sehr eng beraten und ein enges Vertrauensverhältnis aufgebaut. Niemand wurde misstrauisch. Die Sache bei den Veits ist aber offensichtlich schief gelaufen, denn nach Aussage der Witwe wäre das Ehepaar an jenem besagten Abend eigentlich gar nicht im Hause gewesen. Ein Termin ist kurzfristig abgesagt worden und so ist Janda von Veit komplett überrascht worden.«
»Eines müssen Sie mir noch beantworten, Herr Grunder: Wie kam Pilgrim zu dem Geld aus der Beute?«
»Die holländischen Kollegen haben ermittelt, dass die Gebrüder De Jong Firmen in den Niederlanden, Belgien und der Schweiz unterhalten. Die genauen Zusammenhänge werden noch schriftlich fixiert. Von Rotterdam gehen die Rohdiamanten nach Ant-

werpen, wo sie geschliffen beziehungsweise auf die einzelnen Filialen verteilt, um dann als neutrale Ware verkauft zu werden. Die Gelder fließen zwischen den einzelnen von den De-Jong-Brüdern unterhaltenen Firmen hin und her, sodass nach einigen Transaktionen der genaue Verlauf nur noch schwer zu rekonstruieren ist. An welcher Stelle und wie genau dann Pilgrim zu seinem Anteil der Beute kam, wissen wir noch nicht.«

»Verstehe. Gute Arbeit, die Sie und Ihr Team da geleistet haben! Ich werde mich noch einmal mit einem Kollegen besprechen und Ihnen dann Bescheid geben, wenn ich die Papiere vom Richter zurückhabe. Die Hausdurchsuchung können Sie aber schon ansetzen. Den Beschluss habe ich schnell da. Inzwischen holen Sie Becker noch einmal zur Befragung. Der Aspekt mit der Waffe erscheint mir wichtig.«

»Ja, Herr Oberstaatsanwalt.« Zufrieden verließ Grunder das Büro und rief seine Kollegen zu sich und erklärte ihnen, was jetzt anstand.

Noch am selben Nachmittag saß Fritz Becker im Verhörraum den Kommissaren Hollmann und Grunder gegenüber. »Ich weiß nicht, was Sie schon wieder von mir wollen, meine Herren. Ich hab Ihnen bereits alles gesagt, was ich in dieser Sache weiß. Dass mein Junge tot ist, ist ganz alleine Ihre Schuld! Er war in Ihrem Knast! Aber Sie scheinen ja öfter mal was zu verlieren, wie man so hört.«

»Nun mal langsam, Herr Becker. Es geht jetzt hier nicht um die Ermordung Ihres Sohnes, sondern es geht um die Mordwaffe, mit der Ihr Herr Sohn Juwelier Veit bei einem Einbruch erschossen hat.«

»Die haben Sie doch …«, sagte Becker.

»Nein, die haben wir eben nicht. Wir haben zwar eine Waffe – aber leider ist das nicht die Tatwaffe.« Grunder legte die in einer Klarsichthülle befindliche Pistole vor Becker auf den Tisch.

»Und was wollen Sie jetzt von mir?«

»Diese Waffe wurde bei Ihnen, in Ihrer Werkstatt gefunden. Woher haben Sie diese Pistole? Unerlaubter Waffenbesitz und

-handel – da kommt was zusammen. Wer weiß, was mit dieser Baretta schon angestellt wurde ... Die Ballistiker prüfen das noch. Na, Becker, wir werden es bald wissen.«
»Moment, ich überlege ja schon!« Becker wurde sichtlich nervös. *Vorbei war es mit seinen ruhigen Geschäften. Er saß in der Falle.* »Nun, Herr Becker?«
»Ich dachte, das wäre die Waffe, die Daniel in jener Nacht bei dem Bruch benutzt hatte. Er hat gesagt, dass er sie entsorgen wolle. Und als Ihre Männer meine Werkstatt auf den Kopf gestellt haben, da war das Ding plötzlich wieder da. Hab' mich total gewundert.«
»Wo wollte ihr Sohn die Baretta denn verschwinden lassen?«
»Keine Ahnung ... Doch – jetzt fällt mir was ein. Vor vielen Jahren haben wir schon mal was fortschaffen müssen, da waren wir am Westhafen. Sie kennen die Brücke am Ende des Westhafens? Ich erinnere mich, dass Daniel das erwähnt hat – aber ist jetzt ohnehin alles egal.« Der letzte Satz klang verbittert.
»Gut, Herr Becker. Natürlich wäre es gut für Sie, wenn wir etwas finden würden.«
»Mehr kann ich Ihnen nicht sagen.«
»Na, dann sind wir erst einmal fertig. Sie können dann gehen, Herr Becker.« Grunder beendete die Befragung und drückte die Stopp-Taste am Aufnahmegerät.
»Ich werde gleich die KTU und die Taucher informieren und dann könnt ihr los.«

Einige Zeit später klingelte Kommissar Stichel am Eingangstor zur Villa Pilgrim. »Ja, wer draußen?«, blaffte eine Frauenstimme aus der Lautsprecheranlage.
»Polizei, machen Sie bitte das Tor auf!«
»Wie? Ich hier nur Putzfrau.«
»Das macht nichts! Öffnen Sie jetzt!«, mischte sich Dr. Reese ein, der in diesem brisanten Fall anwesend sein musste und wollte. Die Torflügel bewegten sich daraufhin auseinander und gaben den Weg für den Tross an Polizeifahrzeugen frei.

Als die Beamten vor dem Portal standen, öffnete eine zierliche Frau die Tür und trat zur Seite. »So vieles Polizei? Herr Pilgrim nix da.«

Peter Stichel hielt ihr den Durchsuchungsbefehl unter die Nase und war sicher, dass sie nicht das Geringste vom dem verstand, was hier vor sich ging. Schnell delegierte er die Männer der KTU in die einzelnen Bereiche der Villa. »Ihr zwei schaut euch draußen um, ob ihr etwas findet«, wies er zwei Kollegen an. Er wollte der Putzfrau noch etwas sagen, aber die war gerade dabei zu telefonieren: »Hallo Chef! Hier viel Unordnung. Alles voll mit Polizei. Ich putze und aufräume – kommt Polizei und wieder Unordnung. Was soll machen?« Stichel nahm ihr den Hörer aus der Hand und legte auf. »Nix Telefon, gute Frau.«

»Wir sollten Herrn Matuschek kommen lassen, damit wir seine Aussage hieb- und stichfest bekommen.« Während die Kollegen die Villa Pilgrim auseinandernahmen, war Hollmann im Polizeipräsidium mit den weiteren Zeugenbefragungen beschäftigt.

»Gute Idee!« Grunder rief im Untergeschoss an und bat darum, den Beamten zu ihm zu schicken. Nach einiger Zeit meldete sich der Beamte im Dienstzimmer bei Marion Lange, die ihn durchleitete.

»Ah, Herr Matuschek. Es gibt noch einige Punkte zu klären. Das werden Sie verstehen.«

»Welche Punkte? Ich wüsste nicht ...«

»Nun – immerhin hat das Opfer, Daniel Janda, in einer Ihrer Zellen den Tod gefunden. Woher kamen die Zigaretten? Und sagen Sie mir nicht, dass Sie in der fraglichen Zeit ganz alleine waren. Es geht hier um Mord an dem Häftling Janda.«

»Moment! Mit Mord will ich nichts zu tun haben.«

»Verstehe. Kennen Sie eigentlich einen Herrn namens Pilgrim?«, fragte Grunder schnell und beobachtete den Mann genau.

»Sie meinen den Staatsanwalt? Ja, den habe ich des Öfteren gesehen, bei uns im Keller, wenn er dienstlich da war.«

»Und da haben Sie ihn auch näher kennengelernt?«

»Nein, eigentlich nicht. Der Herr Staatsanwalt gibt sich nicht mit Leuten, wie wir es sind, ab. Wenn er zu uns kommt, werden lediglich die Formalitäten abgewickelt, mehr nicht.«

»Ich möchte Ihnen helfen, Herr Matuschek. Im Moment sieht es jedoch so aus, als ob Sie alleine für den Tod des Mannes verantwortlich sind ...«

»Herr Kommissar. Was kann ich denn machen, um aus der Sache glimpflich herauszukommen? Es war lediglich ein kleines ›Vergehen‹.«

»Wie lange sind Sie schon in dem Dienstverhältnis?«

»Etwa zwölf Jahre. Wenn ich meinen Job an den Nagel hängen muss ... das wäre fatal. Wissen Sie, Frau und Kinder, Haus und die Nebenkosten ... So viel verdiene ich auch nicht.«

»Vielleicht kann ich Ihnen helfen, aber nur, wenn Sie mir genau sagen, was an jenem Tage, als Sie allein waren, passiert ist.«

»Ja, also gut, Herr Kommissar – also, wenn ich Ihnen alles sage, wie schlimm wird es denn für mich?«

»Nun, Herr Matuschek, wie schlimm es wird, kann ich nicht sagen, aber ich vermute, dass es einen Eintrag in die Akte gibt – na, wir wissen ja beide, dass Papier unheimlich geduldig ist«, sagte Grunder und blickte den Mann erwartungsvoll an.

Matuschek gab auf. »Also gut: Ich war allein im Keller. Da das Tor immer geschlossen sein muss, hatte ich Zeit einen Kaffee zu trinken. Ich holte noch etwas aus dem Zellentrakt und habe vergessen, das Tor zu schließen. Es war ja nichts los. Als ich wieder nach vorne blickte, stand einer vor der Scheibe. Ich ging zu ihm und fragte, zu wem er wolle. Er komme von der Staatsanwaltschaft und müsse nur eben schnell einen Namen überprüfen. Da er es sehr eilig hatte, bat er – nein, befahl er – die nötigen Eintragungen am Ende des Besuches zu machen. Dann hielt er mir eine Predigt wegen des Tores, das immer noch offen stand. Ich gebe zu, eine Nachlässigkeit von mir. Aber zu der Zeit waren doch nur zwei Zellen belegt und Untersuchungshäftling Janda war schon oben im Besucherzimmer, weil sein Anwalt gekommen war und seine Zellentür stand offen.«

»Und wurde der Besucher von der Staatsanwaltschaft ordnungsgemäß eingetragen?«

»Nein, ich sagte ja schon, er hatte es sehr eilig. Er ließ auch durchblicken, die Sache mit dem Tor nicht weiter an die große Glocke zu hängen, was mir nur recht war. Ich beobachtete ihn, wie er an der Zelle von Janda vorbeiging, um offensichtlich zu dem anderen Insassen in der letzten Zelle zu gelangen und mit ihm durch die Luke zu sprechen. Ich habe ihn dann auch gar nicht weiter beachtet, weil er in kürzester Zeit schon wieder auf dem Rückweg war. Als er an mir vorbei ging, habe ich ihm noch gesagt, ich müsse das notieren. Er meinte aber nur, das wäre nicht nötig, er wäre ja schon fertig und ich solle immer das Tor schließen. Er würde in diesem Fall auf eine Meldung verzichten. Dann war er auch schon verschwunden.«

Pilgrim verfluchte gerade innerlich diesen Montag, als sein Telefon klingelte und die polnische Putzfrau, die er für die Reinigung der Villa engagiert hatte, ihm mitteilte, dass gerade eine Hausdurchsuchung bei ihm stattfand. Pilgrim merkte, wie ihm das Blut in den Kopf stieg. Dass seine Karriere kurz vor dem Ende stand, konnte er sich zu diesem Zeitpunkt noch nicht einmal annähernd eingestehen. Zornig sprang er auf und schob seinen Stuhl zurück, als seine Sekretärin hereinstürmte und rief: »Herr Pilgrim, ich verstehe nicht, die Herren Kommissare sind da und wollen ...«

»Ja danke«, sagte Grunder höflich, aber bestimmt. »Wir brauchen Sie nicht mehr. Wir würden gerne allein mit Herrn Pilgrim reden.«

»Was fällt Ihnen ein, Grunder, mein Haus auf den Kopf zu stellen! Sie wissen wohl nicht, mit wem Sie es zu tun haben!« Pilgrim baute sich vor den Beamten auf und wollte noch etwas hinzufügen, aber Hollmann unterbrach ihn: »Herr Pilgrim, beruhigen Sie sich erst einmal.«

»Ich beruhige mich mitnichten! Was wollen Sie von mir?«

»Wir müssen Sie verhaften, Herr Staatsanwalt.« Grunder wurde förmlich.

»Verhaften? Warum?«

»Nun, Sie stehen im Verdacht, den Untersuchungshäftling Daniel Janda ermordet zu haben. Außerdem steht da unter anderem noch das Thema »Anstiftung zu einer Straftat« auf dem Programm.«

»Wie bitte?« Pilgrim ging zu seinem Schreibtisch, setzte sich und zog eine Schublade auf, die Hollmann, der bereits neben ihm stand, mit dem Knie wieder hereinschob. »Ich schlage vor, Sie machen kein Theater und kommen mit uns. Auf die Handschellen verzichten wir.« Grunder bemühte sich, freundlich zu wirken. In diesem Moment kam Richter Kapellmann herein und sagte nur: »Ich glaube, das war es dann mit Ihnen, Herr Pilgrim. Sie haben mich sehr enttäuscht. So kurz vor der Beförderung – ein einziges Trauerspiel! Abführen.«

»Also kommen Sie, Herr Pilgrim«, sagte Hollmann und zusammen gingen sie vorbei an der völlig fassungslosen Sekretärin, die nur »Ja, aber, Herr Staatsanwalt ...« stammelte. Sie brachten Staatsanwalt Hendrik Pilgrim in den Vernehmungsraum, wo sie ihn anwiesen zu warten, bis man ihn zur Sache befragen würde.

Grunder rief seinen Kollegen Stichel an, der noch in der Villa, zusammen mit Dr. Reese, die Hausdurchsuchung überwachte.

»Habt ihr etwas gefunden, Peter?«

»Ja, haben wir. Es geht da um die Schreibmaschine. Die Leute von der KTU sind sich sicher, dass es sich um die Maschine handelt, mit der die Nachricht aus der Werkstatt verfasst wurde. Und in einem der Nebengebäude haben wir ein Pflanzengift gefunden – Nikotin! Genaue Untersuchungen werden noch folgen, aber wir sind uns sicher, dass es sich um das Gift handelt, mit dem Janda ermordet wurde.«

»Wir haben Herrn Pilgrim hier und warten auf Dr. Reese, der sicher bei der Vernehmung anwesend sein will.«

»Dr. Reese ist gerade los und wird jeden Moment bei euch eintreffen.« Stichel legte auf und widmete sich wieder seiner Arbeit.

Als Dr. Reese das Büro von Grunder betrat, wartete der schon zusammen mit Hollmann, dass die Vernehmung von Hendrik Pilgrim endlich beginnen konnte.

»Also, Herr Pilgrim«, setzte Dr. Reese an. »Wir haben inzwischen alle Beweise, die belegen, dass Sie der Urheber der Einbruchsserien und somit auch für den Tod Ihres engen Freundes Hermann Veit verantwortlich sind. Damit Ihr Komplize, Daniel Janda, nicht aussagen kann, haben Sie ihn mithilfe von vergifteten Zigaretten umgebracht. Am besten wäre es, wenn Sie alles erzählen – von Anfang an.«

»Ach, Herr Oberstaatsanwalt, das sind doch alles leere Behauptungen. Wo sind die Beweise?« Pilgrim wollte auf Zeit spielen. Vielleicht ergaben sich Zweifel, die er für sich nutzen konnte.

Sofort war Grunder am Zuge und konfrontierte ihn mit dem gesamten Tatsachenbestand, der unumstößlich war. Als die Sprache auf die Privatschule in Verbindung mit Jutta Neidhöfer kam, grinste Pilgrim: »Na, da haben Sie aber tief gegraben. Jutta, ja die war ganz schön zickig. Das kann ich Ihnen sagen. Aber das Zusammensein mit der Kleinen war ja nicht verboten – oder?« Pilgrim gab sich lässig, innerlich aber fühlte er, dass sich die Schlinge um seinen Hals zuzuziehen begann.

Am Ende seiner Ausführungen fragte ihn Dr. Reese: »Nun sagen Sie mir bloß noch, wie Sie auf Janda gekommen sind.«

Eiskalt trat Pilgrim die Flucht nach vorne an und bekannte: »Der hatte einen Unfall verursacht. Ich habe das gesehen, aber es nicht gemeldet, weil ich die Sache für mich nutzen wollte – was ja auch geklappt hat.«

»Auf den Gedanken, dass das Unfallopfer vielleicht Hilfe hätte gebrauchen können, sind Sie nicht gekommen?«
»Was hätte ich denn machen sollen? In meiner Situation war es mir unmöglich zu erklären, was ich in der Nähe des Unfallortes gemacht habe.«
»Und was haben Sie gemacht?«, fragte Hollmann und zog sich einen wütenden Blick Pilgrims zu.
»Das ist hier absolut nicht relevant, meine Herren.«
»Das können Sie schon mir überlassen, Herr Pilgrim, was in diesem Fall relevant ist oder nicht.« Hollmann stieg allmählich die Galle hoch. »Also, was haben Sie am Unfallort gemacht?«
»Ich war in Damenbgleitung, meine Güte! Und deshalb konnte ich den Unfall beobachten. Ich habe dann den Mann verfolgt. Unfallflucht mit Todesfolge. Das war doch ein Tatbestand, der mir dienlich sein konnte, das war mir auf der Stelle klar. Ich habe Janda dann unter Druck gesetzt und ihn des Öfteren für meine Zwecke benutzt. Zu mehr war der Typ ohnehin nicht zu gebrauchen. Dann, als Sie ihn verhaftet haben, gab es für ihn keine Verwendung mehr und: Er musste zum Schweigen gebracht werden. Sein Leben war ohnehin nur das eines Verbrechers.«
Dr. Reese starrte Pilgrim fassungslos an. Er rang sichtlich um Haltung nach diesen menschenverachtenden Worten des Staatsanwaltes und fragte dann: »Und wie war das mit Juwelier Veit, der bedauerlicherweise ums Leben kam?«
»Ich kannte ja die Sicherheitscodes und habe Janda beauftragt, in der Villa etwas für mich zu holen. Einige Tage zuvor war ich bei den Veits gewesen und wollte mir etwas Geld leihen, aber der Alte hatte abgelehnt, weil er erst nach Afrika wollte. Die Veits wären ja auch gar nicht da gewesen. Also eigentlich leichtes Spiel für die Aktion ...«
»Das Ehepaar war aber im Haus, als Ihr Janda dort eingestiegen ist.«
»Ja, und da erschießt dieser Idiot den Alten.« Pilgrim stieg die

Wut in den Kopf. Er spürte, dass er die Kontrolle über sich zu verlieren begann.

»Dann kommt zu den Einbrüchen auch noch Erpressung hinzu.«

»Ich würde nicht von Erpressung sprechen, Herr Grunder. Es war eher eine Art Symbiose – Zusammenarbeit, müssen Sie wissen.«

»Ja, Sie haben in der Zeit, als Sie bei der Kriminalprävention angestellt waren, die Schließanlagen ausspioniert, indem Sie bei den jeweiligen Kunden der ›CtP Security‹ beratend tätig waren. Dieses Wissen hat Ihr Komplize später für seine Einbrüche verwendet. Aber Sie hatten ihn trotzdem in der Hand. Hätte er nicht gespurt, wäre er ans Messer geliefert worden.« Dr. Reese erhob sich und sagte im Gehen: »Wir sind hier fertig. Und so einem Menschen habe ich vertraut. Pilgrim – aus Ihnen hätte etwas werden können.« Grunder war tief erschüttert. Pilgrim schwieg. *Alles hat seine Zeit*, dachte er.

Grunder und Hollmann standen vor dem Eingang der Villa Veit, als die Witwe des Juweliers die Auffahrt heraufkam. »Frau Veit, wir würden gerne mit Ihnen reden.«

»Ja, gut, kommen Sie herein, meine Herren«, sagte Gerlinde Veit und bot den Kommissaren einen Platz an.

»Wir kommen, um Ihnen zu sagen, dass wir den Mörder Ihres Mannes dingfest machen konnten.« Grunder erzählte ihr die Zusammenhänge und dass der Täter von Hendrik Pilgrim ermordet worden ist. Immer wieder schüttelte die Witwe während des Berichts fassungslos den Kopf. »Ich kann es nicht glauben! Hendrik! Er war wie ein Sohn für uns! Aber wissen Sie, irgendwie ist mir der Junge so fremd geworden. Und nach dem Tod meines Mannes hat er sich wirklich merkwürdig mir gegenüber verhalten. Erst dachte ich, dass ihn der Verlust von Hermann so getroffen habe, aber dann, hatte ich das Gefühl, als wolle er mich aushorchen. Und als ich ihm gesagt habe, dass ich das Geschäft weiterführen wollte, war er nicht gerade begeistert; er wollte mich lieber nach

Südafrika schicken. Aber meine Herren: Ich bin hier zu Hause. Südafrika, das war mehr der Wunsch meines Mannes. Ich hatte ja eine Belohnung von 20.000 Mark ausgesetzt. Ich würde das Geld gerne der Polizei zukommen lassen. Was halten Sie davon?«
»Eine schöne Idee, Frau Veit, aber leider darf die Polizei das nicht annehmen. Aber was halten Sie davon: Hans Malken, ein Detektiv, war maßgeblich an den Ermittlungen beteiligt. Ich kann sagen, dass wir ohne ihn nicht zu den Ergebnissen gelangt wären. Außerdem, wenn Sie es wünschen, könnte auch der Fond der Polizei von der Belohnung profitieren. Aber, Frau Veit, das ist Ihre Entscheidung.«

Grunder sah auf die Uhr und sagte: »Wir wollen Sie dann auch nicht weiter Ihrer Zeit berauben, Frau Veit.«

»Herr Kommissar, ich danke Ihnen sehr, dass Sie mich aufgesucht haben. Jetzt weiß ich, wer meinen geliebten Hermann auf dem Gewissen hat. Und er hat seine gerechte Strafe erhalten. Und Hendrik wird sie auch noch bekommen.« Als sie die Tür hinter den Beamten geschlossen hatte, atmete Gerlinde tief durch.

»Ja, Hermann, man kann eben in einen Menschen nicht hineinschauen«, sagte sie laut und bereitete sich einen Tee.

***

Mit der spektakulären Gerichtsverhandlung endet der Bericht, den ich, Hans Malken, zusammengetragen habe. Sehen wir noch, was aus den Menschen geworden ist, die mich lange beschäftigt haben:

Lieke Pilgrim hat das Geschäft ihres Bruders Robert übernommen und neben dem Antiquitätenhandel eine Kunstgalerie etabliert. Sie geht voll in ihren Tätigkeiten auf. Die kriminellen Machenschaften ihrer Familie hat sie mit Abscheu verurteilt.

Robert van Diffel wurde wegen Hehlerei und Begünstigung einer Straftat zu einer mehrjährigen Haftstrafe verurteilt und sitzt diese in Amsterdam ab.

Die Brüder Pierre und Ruben De Jong sind auf Kaution bis zur Hauptverhandlung freigekommen und haben sich über Belgien und Mali in den Kongo abgesetzt. Gerüchte behaupten, dass sie in Angola gesehen worden sind, aber ihre Spur hat sich endgültig verloren.

Piet Knurp hat eine neue Identität erhalten und ist heute Hausmeister einer öffentlichen Bibliothek in einer kleinen Stadt im Süden der Niederlande.

Fritz Becker ist mit einer Bewährungsstrafe davongekommen und arbeitet weiter in seiner Werkstatt. Wie man hört, geht er seinen Geschäften nach.

Friedrich Matuschek wurde mit einer Verwarnung belegt, weil er unvorschriftsmäßig gehandelt hatte. Kommissar Grunders Hilfe ist es zu verdanken, dass er heute noch in seinem Aufgabenbereich tätig sein kann.

Hauptkommissar Heinz Grunder, ist in den Vorruhestand gegangen und hat es endlich geschafft, sich mit seinem Freund Bergmann in Holland zu treffen. Zusammen sind sie mit einem Boot über die Kanäle und Grachten durch die Niederlande gefahren.

Kurt Hollmann hat nach der Pensionierung von Grunder eine Fortbildung besucht und ist Dezernatsleiter geworden, wo er noch heute zusammen mit Stichel und Theuner ein äußerst schlagkräftiges Team bildet. Hin und wieder treffen sie sich mit Heinz Grunder und tauschen ihre Erinnerungen aus. Oft wird es Mitternacht, bis sie sich trennen.

Gerlinde Veit führt das Geschäft ihres ermordeten Mannes fort und ist zur Wohltäterin junger Künstler geworden. Mit dem Geld aus der Lebensversicherung hat sie eine Stiftung ins Leben gerufen, die jungen talentierten Malern und Bildhauern gute Perspektiven eröffnet.

Hendrik Pilgrim wurde neben der Aberkennung des Anwaltstitels zu einer langjährigen Haftstrafe verurteilt, die er in Frankfurt absitzt. Wir haben nie wieder etwas von ihm gehört.

Ich, Hans Malken, habe die Ereignisse aus dem Jahr 2001 niedergeschrieben und das Manuskript bei einem bedeutenden Verlag eingereicht. Völlig überraschend kam für mich, dass die Witwe von Hermann Veit mir die von ihr ausgesetzte Belohnung übergeben ließ. Ich habe die 20.000 Mark eigentlich nicht annehmen wollte, dann aber die Hälfte dem »Weißen Ring« gespendet. Ich arbeite noch heute manchmal mit Heinz Grunder zusammen, der mir hin und wieder bei meiner Arbeit in der Detektei wertvolle Hilfe zukommen lässt.

ENDE